Stephan Ebers

Die Liebe zur Scholle

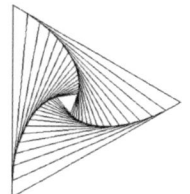

Covergestaltung: systemix-media (S.Ebers)

Coverfoto: Harald Ebers

sonst. Fotos: Stephan Ebers, Lutz Ebers-Lehmann

Stephan Ebers

Die Liebe zur Scholle

ein deutsches Lesebuch für Untertanen

in memoriam:
meinem Freund und Lehrer

Dr. Lothar Meyer
(1924 - 2003)

Bibliografische Information der Deutschen
Nationalbibliothek: Die Deutsche
Nationalbibliothek verzeichnet diese
Publikation in der Deutschen
Nationalbibliografie; detaillierte
bibliografische Daten sind im Internet über
http://dnb.dnb.de abrufbar.

© Stephan Ebers
ISBN: 978-3-8192-2715-8

Verlag: BoD · Books on Demand GmbH,
Überseering 33,
22297 Hamburg, bod@bod.de

Druck: Libri Plureos GmbH, Friedensallee
273, 22763 Hamburg

Inhalt

Bemerkung des Autors:

Den Texten und Gedichten liegt ein wahrer Kern zugrunde. Die sich aber daraus ergebenden Handlungen und ihre darin vorkommenden Personen sind als Fiktion zu betrachten. Ähnlichkeiten mit noch lebenden Personen sind zufällig und könnten mit ähnlichen historischen Vorfällen, die in den öffentlichen Medien berichtet wurden, unbeabsichtigte Übereinstimmungen aufweisen.

Die Intention des Verfassers ist es dagegen, möglichst authentisch Volkes Stimme erklingen zu lassen und das gesunde Leben in der Volksgemeinschaft, die so vorzüglich von ihren Verantwortlichen gelenkt wird, auf satirische Art zu würdigen.

C' est la vie.

Zum Geleit:

Es war ganz wichtig:
Zu ranzigen Schmalzstullen
untermalt von Skifflemusic,
plärrenden Kindern
sozial integrativ
in die Augen zu schauen

Das wird wichtig werden:
friedvoll bereit zu sein
durch unsere
aktive Verteidigung
dem Feind unseres Weltbildes
durch Angriff zuvorzukommen

Wir empfanden:
Innere Sperren im irgendwo,
die einrasteten
bei Bedrohung
unserer Perfektion

Wir werden empfinden:
die große Selbsterlösung
durch das Opfer der Anderen,
die einsichtig und demütig
unsere Qualen ertragen.

Es ist sehr wichtig:
Im unermüdlichen Kampf
für alternativlose Werte
das niedere Volk
in die Richtung
unseres Heils zu zwingen

Es wird wichtig gewesen sein:
Die Härte und Konsequenz
zur Durchsetzung
notwendiger Verbote
zu unserem Wohlsein
gezeigt zu haben

Wir empfinden:
Das herzbewegende Gefühl
des Wohltätigen,
frei vom Zwang
zur Rechtfertigung.

Wir werden empfunden haben:
Diese sadistische Lust
mit unserer Überlegenheit
im Denken und Handeln
zum verbrannten Welterbe

Der Chemiebaukasten

Die Familie hatte am Tisch zum Abendbrot gegessen. Aus der Küche wehte noch ein Hauch knusprig gebratener Toufou-Koteletts. Dominik und seine Schwester saßen gegenüber den Eltern, die sich gerade über die Tagung des Komitees „Ausländer rein!" unterhielten. Hans-Jürgen, der Vater, als Soziologe auch Leiter einer Selbsthilfegruppe für „Ödipal intendierte Chauvinisten", widmete sich der Arbeit im Komitee mit regem Interesse. Seine Frau Christiane, die einen Naturkostladen in der Stadt leitete, verwaltete bei „Ausländer rein!" die Kasse. Das heutige Gesprächsthema bildete der türkische Kulturabend, den „Ausländer rein!" veranstalten wollte.

„Kinder!", rief plötzlich Hans-Jürgen, „ihr kennt doch den Hubertus, der mit euch bei der Demo zum letzten Castor-Transport so schön ‚Super-GAU' gespielt hat." Ivonne, Dominiks Schwester, verzog den Mund: „Ach das doofe Spiel, wo wir auf dem Rasen wie tot liegen bleiben mussten und uns nicht bewegen sollten, weil überall Strahlung war." Christiane bemerkte energisch: „Das war überhaupt nicht ‚doof', immerhin wisst ihr jetzt, wie Ihr euch in solchen Situationen zu verhalten habt. Außerdem konntet Ihr ja auch der Singegruppe Cäsium 137 zuhören. Eifrig ergänzte Dominik: „Die doch immer gesungen haben: ‚…da kommt das giftige Neutron, gleich packt es dich schon!' Ivonne fiel ihm ins Wort: „Das haben die Eltern ja gar nicht mitgekriegt, weil die Erwachsenen alle beim Holunderbeerenpunsch von ‚Grünfriede' standen und rumlaberten.

„Also, ich wollte doch lieber das Neueste von Hubertus erzählen", unterbrach Hans-Jürgen die Unterhaltung. „Am Stadttheater hatte jemand mit schwarzer Farbe so eine schreckliche Inschrift an die Wand gesprüht. Schandbar! Deutlich war zu lesen:

'Ausländer 'raus!' Christiane nickte beifällig. Sie fuhr fort: „Da haben wir im Komitee lange überlegt, was man alles dagegen unternehmen könnte. Manche meinten, wir sollten vielleicht 'Ausländer rein!' darunter malen." Jürgen hob warnend seine Gabel: „Das darf man nicht, denn es ist Sachbeschädigung. Andere wollten dann die Parole übermalen. Regina aber gab zu bedenken, dass wir nicht den gleichen Farbton treffen würden, wie die ursprüngliche Wandfarbe." Feierlich fragte Hans-Jürgen: „Was hättet ihr denn getan?" Ivonne strahlte: „Vielleicht einen Büchertisch davor aufbauen. Das war doch neulich so lustig, als wir gegen den Autobahnzubringer demonstriert haben. Karli hat mit seinem Rad immer mit uns Überfahren gespielt." „Davon habe ich ja noch gar nichts gewusst", unterbrach Christiane das Mädchen ärgerlich. Sie wendete sich an ihren Mann: „Was sind denn das für Eltern?" „Och", erwiderte der Angesprochene gedehnt, „Der Alte fährt einen BMW, er ist Ingenieur im Farbenwerk." Christiane nickte: „Ich hätte es mir denken können. Solche Leute wissen einfach nicht in ihrer Technikgläubigkeit, was sie bei den Kindern anrichten. Mit dem werde ich wohl 'mal ein ernstes Wörtchen reden müssen."

Statt einer Erwiderung fuhr Hans-Jürgen fröhlich fort. „Wo war ich stehen geblieben? Ach ja, wir haben lange über eine Aktion gegen diese Schmiererei diskutiert. Erhan-Cem Közdemir musste dann nach Hause. Danach konnten wir uns zwangloser unterhalten, denn so mächtig ist er ja der deutschen Sprache nicht. Wir haben schließlich eine Resolution verfasst, in der wir der Stadtverwaltung gegenüber unseren schärfsten Protest zum Ausdruck brachten. Ultimativ forderten wir die Entfernung der Hetzparole. Als Hubertus heute am Theater vorbeikam, – na, was hat er wohl gesehen? Die Inschrift wurde übermalt. Wir sind im politischen Kampf wieder ein großes Stück weitergekommen." Der Vater strahlte über das ganze Gesicht.

Endlich konnte Dominik auch etwas zur Unterhaltung beitragen. „Wir haben heute mit Karlis Chemiebaukasten gespielt und eine Stinkbombe gebaut. „Christiane ließ ihren Löffel schlagartig in ihr Müsli fallen. „Was habt ihr gemacht? Eine Bombe gebaut?" fragte der Vater fassungslos. „Meine Güte", überlegte Dominik, „als ob wir sonst was angerichtet hätten." Seine Mutter fasste sich am schnellsten. „Also, Dominik, dann wollen wir das einmal in Ruhe besprechen. Ihr habt mit Chemie gespielt. Weißt Du eigentlich, wie engagiert Deine Eltern gegen die Erweiterung der Raffinerie gekämpft haben, damit ihr Kinder mit weniger Gift aufwachsen dürft? Du, dagegen, hast nichts Besseres zu tun, als mit Giften zu hantieren. Mit zwölf Jahren solltest du mittlerweile alt genug sein, um zu wissen, wie umweltfreundlich das ist. So ein verantwortungsloses Tun macht mir aber Angst. Wessen Idee war das? Bitte gib präzise Antwort."

Dominik stotterte: „Eigentlich hatten wir nur so 'mal was ausprobieren wollen. Dann ist es einfach passiert. Wir haben Schwefel mit Eisen verbrannt. Das hat richtig geflackert! Danach haben wir das Ganze mit Säure übergossen. Im Zimmer hat es herrlich gestunken." „Mit Säure und herrlich gestunken", echote Hans-Jürgen. Er sah seine Frau vielsagend an. Die entgegnete nur: „Mit diesen Eltern muss man Klartext reden. Was die bei den Kindern anrichten! Hans-Jürgen, das diskutieren wir in der Gruppe." Der Angesprochene nickte. Die Mutter schob die Müslischale beiseite. „Mir schmeckt es nicht mehr. Zur Strafe geht Dominik sofort ins Bett. Es gibt heute kein Revolutionslied aus Nicaragua. Außerdem sprechen wir morgen noch einmal darüber." Yvonne dachte: „Der hat es gut. Da braucht er nicht diesen ewigen Singsang anhören, den sowieso keiner versteht."

Als die Kinder in ihren Zimmern verschwunden waren, warf Hans-Jürgen einen Blick in die Zeitung. Nach kurzer Zeit räusperte er sich: „Da bauen sie doch tatsächlich eine neue Trafostation am Pommernring. Nur damit sie den Atomstrom noch schneller zu uns liefern können. Der 'Grüne Kaktus' fordert alle Anwohner auf, dagegen zu demonstrieren. Am kommenden Sonnabend." Christiane entgegnete bestimmt: „Da haben wir keine Zeit. Ich habe Regina fest zugesagt, dass wir an einer Kundgebung gegen die 'Förderung des männlichen Sexismus durch Schaufensterpuppen' teilnehmen." Hans-Jürgen fragte erstaunt: „Haben wir denn darüber bereits gesprochen?" Christiane schüttelte energisch den Kopf. „Das scheint mir ja wohl nicht nötig zu sein, oder kannst du es als aufgeklärter und sozialisierter Mann gutheißen, wenn durch die penetranten aufreizenden Posen dieser 'Plastik-Models' Männer angetörnt werden sollen, Kleidungsstücke zu kaufen, die zu der Erniedrigung der Frau beitragen?" Zustimmend nickte Hans-Jürgen. „Das wird mir erst jetzt richtig bewusst. Unsere chemiefreien, aus biologischem Anbau stammenden Kaschmirpullover aus Norwegen haben wir ja auch ohne Schaufensterpuppe gekauft. Es ist gut, dass du noch einmal so deutlich darauf hingewiesen hast."

Die Frau schwieg, schaute in Richtung der Wendeltreppe, die neben dem Kamin zu den Schlafzimmern im oberen Geschoss führte, bis sie unvermittelt dem Gespräch eine neue Wendung gab. „Wir müssen uns noch Schritte wegen des intellektuellen Missbrauchs von Dominik überlegen." Während im Kamin die letzten Holzscheite verglimmten, beratschlagten die Eltern die Zukunft ihres Sohnes.

Am nächsten Morgen schien der Ärger von gestern wie weggeblasen. Christiane gab Dominik das Weizenkeim-Zucchinibrot, das in Ölpapier eingewickelt war, mit der eindringlichen Ermahnung auf den Weg, die Schnitten ja fern der Autos zu essen, damit kein gefährliches Blei, das ja an den Straßenrändern unsichtbar durch die Luft schwebe, daran gerate.

Auf dem Schulhof traf er Karli. Der kramte aus seiner Jackentasche ein Tablettenröhrchen, das mit einer weißen, krümeligen Substanz gefüllt war. „Hey, weißt du, was das ist?" Dominik schüttelte den Kopf. „Das ist Soda", belehrte er Dominik, der an seinem Brot kaute. „Wir brauchen nur Säure darauf zu gießen, dann schäumt das. Kommt vom Kohlendioxid. Das ist unbrennbar und man kann sich so einen Feuerlöscher bauen." Dominik nickte abwesend. „Sag' einmal", begann Karli aufs Neue: „Hast du jetzt keinen Bock mehr auf chemische Experimente?" „Na ja", stotterte der Angesprochene, „das hat daheim mächtig Stunk gegeben. Von wegen giftiger Chemie und so."

Karli schüttelte den Kopf. „Es hat doch bei mir gestunken und nicht bei euch zu Hause! Mein Vater hat gelacht." „Nein, es war nicht wegen dem Stinken, sondern wegen dem Gift." „Wieso", fragte Karli, „ist denn bei euch zu Hause jemand durch uns vergiftet worden?" Dominik dachte bei sich: „Die sind doch längst alle vergiftet." Noch ehe er etwas Karli erwidern konnte, steuerte Hubertus auf ihn zu. Offenbar hatte er heute Pausenaufsicht. Er knuffte den Jungen freundschaftlich in die Seite und meinte: „Hallo, du Terrorist! Regina und ich wollen uns einmal über deine Bombenbauerei unterhalten. Hast Du Lust mit zu uns nach Hause zu kommen?" Dominik nickte. Besser die Zwei zu ertragen, als von den Eltern weiter wegen Karli befragt zu werden. Hubertus lächelte und entfernte sich raschen Schrittes, um zwei andere Schüler wegen ihrer Kokelei mit einer Lupe zu belehren, weil sie das ultraviolette Licht bündeln würden, um noch mehr tödliches Ozon zu entfachen. Diese Leier kannte Dominik und seine Schwester schon seit langem, als sie einmal den Brennglas-Effekt ausprobierten.

Der Pausengong ertönte, die Kinder strömten in den modernen Betonbau, dessen Fenster mit Bildern voll gehängt waren. Auf dem Stundenplan stand Deutsch. Regina diktierte: „Also schreibt jetzt! Der Öko-Bauer Ludwig düngt ohne Pestizid aus blauen Plastiksäcken..."

Eigentlich mochte Dominik Hubert und Regina ganz gern. Doch als er das Wohnzimmer der Beiden betrat, fand er drei Stühle vor, die in einem Dreieck aufgestellt waren. Was sollte hier gespielt werden? Reise nach Jerusalem? Offenkundig nicht. Denn er musste den einen Stuhl besetzen, Hubertus und Regina setzten sich ihm gegenüber. Hubertus schaute ihn ernst an und begann: „Wir wollen dich heute etwas fragen. Als deine Freunde kannst du uns alles sagen. Ehrensache."

Regina fragte scheinbar unbeteiligt: „Hast du schon einmal über den Tod nachgedacht?" Die Frage war Dominik unheimlich. Das hatte ihn sein Vater auch gefragt, als vor dem Elternhaus die Katze überfahren wurde. Die Katze war eines Tages im Garten gewesen und wurde sehr anhänglich. Doch seine Mutter mochte das Tier nicht. Sie schrie: „Lasst das räudige Tier bloß draußen!" Dominik kannte den Begriff räudig nicht. Es musste etwas Schlimmes sein. Doch die Katze schnurrte stets, wenn er sie streichelte. Als mit einem Male der Körper platt auf dem Asphalt lag, bemerkte sein Vater: „Diese Mordautos." Yvonne antwortete lediglich: „Wir haben doch auch einen Wagen. „Hans-Jürgen schwieg, aber aus dem Haus ertönte die Stimme Christianes: „Gott sei Dank, jetzt kann ich wieder die Haustür einmal offen stehen lassen, ohne dass das Vieh in die Küche kommt." Dominik überlegte: „War es das, was man von ihm wissen wollte?" Doch bevor er noch seine Überlegung zu Ende führen konnte, hörte er Regina sagen: „Das haben wir uns gedacht. Dein Schweigen ist Ausdruck starker Betroffenheit. Schau' in dieses Buch, da ist ein Bild. Lauter tote Menschen." Hubertus sekundierte: „Sieh' dir das gut an! Das ist die Frucht der Chemie." Dominik starrte auf ein Bild, auf dem ein Knäuel toter Gerippe lagen. Dass es Menschen waren, erkannte er erst auf den zweiten Blick. Hubertus fuhr fort: „Die wurden nämlich mit dem Giftgas Cyclon B umgebracht, in Auschwitz. Siehst du, so gehen Industrieanbeter mit den Menschen um!" Regina klappte das Buch zu. Sie fragte ihn sanft: „Hast du dir einmal Gedanken gemacht über den Zusammenhang zwischen Stinkbomben, die giftige Gase freisetzen und Cyclon B? Beide verderben die Schöpfung von Mutter Erde. Aber du bist noch ein Kind, bevor du zum Mann wirst, musst du dir über deine zukünftige Rolle klar werden, ob du auf der Seite der Bewahrer, oder Zerstörer stehen willst."

Dominik schaute sehr verwirrt drein. Hubertus kam ihm zur Hilfe: „Regina sagt da etwas sehr Wichtiges. Wir Männer sind durch unsere Erziehung sehr einseitig geprägt. Als ich ihr einmal erzählte von einem Streich mit der Katze meiner Oma, der wir eine Blechdose an den Schwanz gebunden haben..." Dominik wurde es zunehmend unbehaglich. Er unterbrach: „Der Oma?" Regina schüttelte den Kopf. Hubertus antwortete unwirsch: „Der Katze natürlich. Du wirst albern. Da hat sie mich auf einen schweren Fehler hingewiesen." Regina fiel ein: „Ich habe ihm erklärt, dass es die männliche Art ist, weibliche Wesen zu quälen. Warum haben sie zum Beispiel keinen Kater genommen?" Hubertus nickte. „Erst viel später habe ich begriffen, was wir damals in deinem Alter angerichtet haben. Davor wollen wir dich bewahren."

Dominik überlegte angestrengt, bis er sich zu der Erwiderung entschloss: „Aber wir haben doch keinen gequält. Es hat lediglich gestunken." Regina klappte das Buch ärgerlich zu. „Mir stinkt es auch", sagte Sie und fuhr fort, „anscheinend muss hier gründliche Basisarbeit geleistet werden. Es ist gut, du kannst jetzt nach Hause gehen." Hubertus hatte sich eine Seite Notizen gemacht und nickte zustimmend. Pause

Auf dem Weg zum Elternhaus traf Dominik eine Katze. Ängstlich duckte sich das Tier in das hohe Gras im Ödland. Er lockte es und sprach auf die Katze ein: „So ein Blödsinn, dir eine Dose an den Schwanz zu binden. Komm doch her, damit ich dich streicheln kann!" Aber die Katze verschwand. Zu Hause angekommen empfingen ihn die Eltern sehr freundlich. Er durfte sogar mit Yvonne im Fernsehen die Kindersendung anschauen. Keine Fragen, wie er den Schultag verbracht habe, ob er auch heute für eine bessere Welt gekämpft habe. So brauchte er auch keine Geschichten zu erfinden, damit die Eltern zufriedengestellt wären. So ging er später auf sein Zimmer und spielte mit dem Bauernhof. Dort warf er alle Holztiere auf einen Haufen und modellierte mit den Händen eine Gaswolke. „Cyclon B", murmelte er beschwörend. Er ließ sich auch nicht stören, als der Vater für einen Augenblick hereinschaute. Nebenbei hörte er Gesprächsfetzen: „Das beschäftigt ihn jetzt. Also ist noch nicht alles verloren."

Des abends verließen die Eltern das Haus, um an dem Treffen der Selbsthilfegruppe „Anders denken und aktiv steuern", genannt „Andast" teilzunehmen. Christiane schaute noch einmal in sein Zimmer und verabschiedete sich mit den Worten: „Nächste Woche wirst du häufiger Wolfgang besuchen. Er möchte sich gern mit dir unterhalten."

Die Garagentür fiel ins Schloss. Yvonne kam kurz darauf zu ihm in das Zimmer. Sie war barfuß im Nachthemd. „Los beeile dich, ich ziehe mich wieder an und dann lass uns nach unten gehen.

Gleich kommt ein geiler Krimi auf dem Ersten." Dominik brummelte noch etwas, von nicht vorhandener Lust, aber die Aussicht auf ungestörtes Fernzusehen verlockte schon.

Währenddessen begann Christiane im Auto ein Gespräch: „Die Prognose von Regina war heute, am Telefon, sehr ungünstig. Es scheint bei Dominik ein traumatisches Erlebnis aus der Kindheit nicht verarbeitet worden zu sein. Ich denke, es ist die Sache mit der elektrischen Eisenbahn." Draußen begann es zu nieseln. Hans-Jürgen schaltete die Scheibenwischer ein. Langsam antwortete er: „Das war ein Fehler meines Vaters. Er wollte den Kindern etwas Gutes tun. Obwohl ich ihm mehrfach sagte, dass die Kinder aufgeklärt sind. Sie wüssten, wie der Atomstrom aus den Gleisen strahlt. Aber er war davon nicht abzubringen." Christiane ließ nicht locker: „Ich habe viel Mühe gehabt, ihnen das zu verleiden. Aber offenbar sind sie von dem Technikfetischismus unserer Zeit infiziert worden." „Ja, vielleicht", stimmte nachdenklich Hans-Jürgen zu, „aber heute Abend hat er mit seinem Bauernhof gespielt. Alle Tiere lagen auf einem Haufen, wie ein Scheiterhaufen. Was sagt uns das?" Deutlich war ein erleichtertes Aufatmen von Christiane zu hören. „Da hat er sich bestimmt mit der modernen Massentierhaltung auseinandergesetzt. Ich glaube, das macht mich froh. Es muss nur sein Bewusstsein stärker geprägt werden."

Sie hatten ihr Ziel erreicht. Vor dem einsamen Landhaus, das ursprünglich als Scheune diente und nun zu einer komfortablen Wohnstätte umgebaut war, parkten etliche Wagen. Das Wohnmobil von Michael, neben dem Porsche von Rolf. Der Oppositionsgeist der Gruppe hatte wieder Vaters Wagen genommen. Obwohl die Gruppe jenes Fahrzeug als infantiles Phallussymbol gebrandmarkt hatte, ließ es Rolf sich nicht nehmen, damit vorzufahren. Hans-Jürgen nahm sich vor, mit ihm darüber einmal unter

Männern zu reden. Sie betraten das Wohnzimmer des Hauses, wo etwa zehn Leute versammelt waren. Eine angeregte Diskussion über Kürbis-Bratlinge in Dill-Sauce empfing die neu Hinzugekommenen.

Bevor jedoch Hans-Jürgen von den akuten Problemen mit Dominik berichten konnte, erklärte Heiner, der zum Gruppenleiter gewählt worden war, dass man/frau leider auf die Teilnahme von Hubertus und Regina verzichten müsse, was eigentlich sehr schade sei, denn gerade heute sollte doch die Gruppe nachgucken, was Regina immer so verletzte, wenn Hubert vor dem Schlafengehen mit heruntergezogener Unterhose auf der Bettkante saß und las. „Was ist denn dazwischen gekommen?", fragte Gisela. „Die wurden zu einer Spontan-Demo alarmiert", warf Wolfgang ein. Heiner zuckte mit den Schultern. Doch Michael reckte sich in dem Korbsessel auf. Seine grauen Augen sahen zwar freundlich aber auch bestimmend auf die Fragende: „Mich würde einmal interessieren, warum du so fragst? Da bemerke ich eine gewisse Aggressivität." Gisela schaute etwas hilflos zu Hans-Jürgen, doch Christiane bemerkte den Blick und setzte nach: „Ist es nicht ein unterbewusstes Bedürfnis, Lebensläufe zu überwachen aus dem 'Feeling' einer Verlassenheit?" Gisela geriet ins Stolpern, sie habe sich nur für den Anlass des Fernbleibens interessiert, was ja auch für die Gruppe wichtig wäre. Heiner nickte. Da fiel Rolf ein: „Ich denke, Fragen sind eine andere Form des Herrschaftsanspruches. Der Frager täuscht ein eigenes Anliegen als öffentliches Interesse vor. Ich empfinde dabei die plötzliche Aggression als ausgesprochen vordergründig. Denn vorher hattest du dich an den Gesprächen, die von allgemeiner Bedeutung waren, kaum beteiligt. Jetzt wird ein neuer Kontrapunkt gesetzt. Was empfindest du dabei?" Heiner hob den Finger: „Rolf hat da etwas sehr Wichtiges gesagt, wir sollten uns fragen, was bezwecke ich mit meinem Anliegen? Ist es, analytisch betrachtet, Wissensdurst, oder Ausdruck des begrifflichen Unvermögens? Dazu sollten wir Statements erarbeiten, um den wahren Kern herauszuschälen." Waltraud löste sich aus der Umarmung von Michael und ihre Miene wurde ernst. „Ich habe bisher zugehört. Aus Giselas Frage war eindeutig eine verbitterte Komponente zu hören. Wir sollten uns bewusst werden, dass unsere Probleme die Kommunikation unterstützen, wenn nicht gar bedingen. Was ist das Problem? Hubertus, oder die Neugier zu gesellschaftlich wichtigen Vorgängen, wie diese Demo?" Die Angesprochene zupfte verlegen an ihrem baumwollenen Rock. Dann strafften sich ihre Gesichtszüge: „Ich vermag durchaus sachliches von Emotionalen zu trennen. Eure Fragen verstehe ich nicht." Wolfgang lächelte: „Gisela, wir begreifen ja deine Reaktion. Es ist schwer für dich, unsere Analyse zu akzeptieren, aber es gilt, dass du den Ursprung deiner Aggressivität erkennst. Du möchtest doch spannungsfrei leben. Dabei wollen wie dir helfen!" Heiner schaltete sich ein: „Diese Hilfe kann aber nur im gruppendynamischen Rezeptionsprozess entstehen. Deshalb muss sich jeder Einzelne der Gruppe gegenüber öffnen. Bei dir, Gisela, ist es noch nicht so weit." Hans-Jürgen unterbrach: „Das ist es. Mir geht es da ähnlich. Ich habe da so eine Sperre, mich Gisela völlig zu öffnen, ihre Unnahbarkeit hindert mich, ihr wahres Ich zu erkennen." Christiane wollte soeben etwas erwidern, denn diese Offenbarung ihres Mannes behagte ihr gar nicht, da wurde die Tür des Wohnzimmers vorsichtig geöffnet. Hubertus steckte seinen Kopf in den Türspalt: „Gut, dass ihr versammelt seid. Ich mache zwar die auch für mich wichtige Sitzung kaputt, aber ich bin völlig fertig." Heiners Frau war aufgesprungen, um dem Neuankömmling eine Tasse Flachsblütentee anzubieten. „Jetzt stärke dich erst einmal, du siehst ja furchtbar aus." Hubertus dankte schwach: „Wir wollten doch zur Demo nach Wuppertal. Doch unser VW-Bully ist bei Bergheim zusammengebrochen." „Was ist denn mit Regina", wollte Rolf wissen. Hubertus nahm einen Schluck Tee. „Sie wartet dort. Ich habe mich auf den ganzen Weg zu euch gefragt, was mag sie wohl empfinden?" „Egal", erwiderte Heiner, „wir werden dies als praktische Umsetzung unserer Gruppenarbeit gestalten. Helfen wir Hubertus und Regina!" „Worauf warten wir noch?", rief Gisela. „Ich bleibe bei den Kindern", verkündete Heiners Frau. Der nickte zustimmend. Während die Gruppe nach draußen ging, nahm Heiner Gisela beiseite: „Diese spontane Äußerung eben von dir, du, das finde ich hervorragend. Ein gewaltiger Fortschritt." Gisela strahlte.

Der Nieselregen sich verstärkt, als die Gruppenteilnehmer zu den Autos liefen. Christiane sprach Wolfgang an: „Du, wir haben doch über Dominiks Probleme gesprochen. Das wäre sehr wichtig für ihn, wenn du da etwas erreichen könntest." Wolfgang strich Christiane über die Haare: „Mach' dir keine Sorgen, das kommt alles ins Lot", sagte er zuversichtlich.

Nach dem ersten Besuch bei Wolfgang fällte Dominik über das Gespräch mit Wolfgang ein vernichtendes Urteil: „Hier gehst du nicht freiwillig hin!" Es gab weder interessante Spiele noch Gespräche. Lediglich Fragen waren zu beantworten. Wenn er wissen wollte, warum er eine Frage wie jene beantworten sollte: „Hast du gern als Kind auf dem Nachttopf gesessen?" erfolgte die Gegenfrage: „Warum ist das jetzt wichtig für dich?" Das erschien ihm idiotisch. Er konnte sich kaum daran erinnern. Statt eine Erklärung zu erhalten, wurde ihm wieder eine Frage vorgelegt. Er solle doch nur über seine Gefühle berichten. Da traute er sich sein Unbehagen zu äußern. Er könne nicht begreifen, wozu das Bohren in seiner Vergangenheit dienen solle, wenn er selbst nicht den Sinn dazu einsähe. Das kleidete er in Ausdrücke, die auch sein Unbehagen ausdrückten. Wolfgang ließ nicht locker. Wütend gab Dominik auf eine weitere für ihn idiotische Frage zurück: „Was soll' der Scheiß?" Da klappte der Fragende verärgert seinen Notizblock zu und meinte: „Das hat ja wohl alles keinen Sinn!" Dominik durfte von dem Sofa aufstehen und nach Hause gehen.

Tags darauf rief Karli bei ihm an. Aufgeregt teilte er ihm mit, er habe jetzt eine Waschflasche besorgt, womit man einen Feuerlöscher bauen könnte. Während die Beiden miteinander sprachen, kam Christiane vorbei. Sie fragte ihn, mit wem er telefonieren würde. Als sie den Namen Karli hörte, nahm sie den Telefonhörer aus seiner Hand und beauftragte Karli sofort die Mutter an den Apparat zu rufen. Wenige Minuten später war ihr Wunsch anscheinend erfüllt worden. Dominik hörte zwar nicht die Entgegnung von Karlis Mutter, aber dafür die energische Stimme Christianes. „Frau Zensmann, es geht hier um Dinge von existentieller Wichtigkeit. Mein Mann und ich haben nicht dafür gekämpft, dass mein Sohn Chemie betreibt, sondern sich schon als Kind dagegen zu wehren weiß. Reicht Ihnen das noch nicht, dass unsere Umwelt verpestet und vergiftet ist? Sie unterstützen mit solchem Spielzeug, welches von der Industrie aus eindeutiger Absicht hergestellt wurde, das Seveso in Ihrem Kinderzimmer! Das macht mir Angst, Frau Zensmann. Ihr Mann ist Ingenieur habe ich erfahren. Das sind doch jene, die uns weismachen wollen, wir könnten mit einem Restrisiko leben. Wie können Sie noch ruhig mit der Verantwortung leben, dass mein Sohn sich jetzt in psychotherapeutischer Behandlung befindet?"

Dominik ging in sein Zimmer. „Das ist es also, warum ich zu Wolfgang muss", sagte er zu sich, „wie hieß das, psychotherapeutische Behandlung?" Im Geiste buchstabierte er das Wort noch einmal. Als er an Yvonnes Zimmer vorbeiging, schaute er hinein. Sie saß dort auf dem Fußboden und war damit beschäftigt, aus einem Pappbogen Teile für das Modell eines Biogenerators auszuschneiden. „Weißt du", fragte er, „was eine psychotherapeutische Behandlung ist?" Yvonne ließ sich nicht stören. Nach einer Weile antwortete sie: „Na klar, Tante Ursula musste doch auch so ein 'Psycho-Dingsda' machen. Dazu haben sie doch unsere Eltern überredet, weil sie nicht ganz richtig im Kopf war. Sie hat einen Heißhunger auf richtiges Fleisch gehabt, obwohl es doch mit Hormonen verseucht ist. Ich habe übrigens auf dem letzten Geburtstag von Petra auch Hamburger gegessen. Sag' aber nichts darüber, denn mit Ketchup schmeckte es geil. Abgemacht?" Dominik nickte. Er hatte aber keine Lust das Thema zu vertiefen und verzog sich in sein Zimmer. In seinem Jugendlexikon fand er unter Psychotherapie den Begriff 'Seelenheilkunde'. Wovon wollte man ihn heilen, wenn er sich gar nicht krank fühlte? Er stellte das Buch in das Regal zurück. Plötzlich wurde aus dem Wohnzimmer sein Name gerufen. Widerwillig stiefelte er nach unten.

Feierlich schaute ihn Hans-Jürgen an. „Dominik, du weißt, dass wir Eltern Wert auf Vertrauen untereinander legen. Wir vertrauen dir ganz einfach, dass du dich in Zukunft nicht mehr mit Karli treffen wirst." „Warum?" gab Dominik zur Antwort. Christiane räusperte sich, offenbar um ihren Ärger zu unterdrücken: „Sieh' einmal, wenn du mit Menschen zusammenarbeitest, die nicht verstehen wollen, was unsere Welt wirklich bewegt, dann ist es sinnlos sich mit ihnen zu beschäftigen. In ihrer Unwissenheit werden sie immer versuchen, dich zu überzeugen. Manchmal gelingt es ihnen aus Bauernschläue auch gute Argumente zu finden. Gehst du darauf ein, so wird deine klare Positionierung unsicher. Also muss man sich davon fernhalten, oder diese Leute aktiv bekämpfen." Hans-Jürgen nickte zustimmend. "So etwas hast du bei uns noch nie kennengelernt. Wir haben in eurem Interesse immer darauf geachtet, dass Ihr solchen Widersprüchen nicht ausgesetzt werdet. Das fiel uns manchmal schwer, aber ich denke, das Opfer hat sich bisher gelohnt. Du bist alt genug zu erkennen, dass unsere Opfer für eine bessere Welt nicht vergebens waren. Darum erwarten wir auch von dir eine gewisse Anerkennung. Aber, was soll es, du bist unser Sohn, da kann ich mir weitere Worte sparen." Dominik fühlte in sich eine Barriere wachsen. So wie Raubritter sich auf ihrer Burg verschanzten, spürte er die Pfeile der Belagerer, aber er wollte nicht kapitulieren. Er kämpfte mit sich innerlich: „Dafür soll ich den einzigen Freund von mir verlassen? Der nicht über meine Pausenbrote lästert, sondern mir von seinem Salami-Baguette abgibt?" Er unterdrückte die aufkommenden Tränen und schwieg. Christiane zuckte mit den Schultern und wandte sich an Hans-Jürgen: „Da hast Du es. Panem et circensem. Gib dem Pöbel ein chemisches Experiment und es knallt und zischt, sie klatschen Beifall und 12 Jahre guter ganzheitlicher Erziehung sind ausgewischt." Dominik wollte ablenken und rief: „Das reimt sich sogar!" Hans-Jürgen wurde ärgerlich. „Deine Albernheiten habe ich satt. Wir können die letzten Tage nicht mehr ruhig schlafen, und du machst dich noch lustig darüber. Christiane hat sogar nur deinetwegen die Seminarreihe ‚Mann bleibt Mann trotz Mutters Erdes nachhaltige Beben' platzen lassen, um deinem Problem in der Gruppe Vorrang zu geben. Ist dir das überhaupt jemals klar geworden? Wir Männer konnten bisher den Widerspruch in unserem Wesen nicht ausdiskutieren, in diesem Seminar hätten wir den Versuch einer Lösung spüren können. Denn gerade jetzt sind die Tage des Aszendenten von Neptun im Gleichklang mit der Venus, jenem kosmischen Ying und Yang, was uns zur vollendeten Vereinigung hätte verhelfen können. Dieses wichtige Datum haben wir deinetwegen verpasst. Findest du das lustig?" Dominik überlegte anstrengend: „Also früher habt ihr auch immer gerammelt, ohne das Ding-Dong. Ihr habt mir doch selbst erzählt, Yvonne wäre so nebenbei entstanden." Sein Vater lief rot an und verzerrte das Gesicht. „Schluss jetzt", schrie Christiane. „Der Kerl ist durch die Eisenbahn deiner Eltern so abgefahren, dass sich jegliche Erörterung erübrigt. Das darfst du mein lieber Hans-Jürgen mit deiner Erb-masse klären. Ich verspüre den Zenit von Jupiter mit Frau Mon-din, und möchte mir das nicht verderben lassen. Also, wenn du mir nicht Zeit deines Lebens etwas vorgemacht hast, dann lass uns Mutter Erde ein Opfer bringen." Hans-Jürgen entgegnete schwach: „Dominik, es war gut, dass wir darüber gesprochen ha-ben. Ich bin stolz auf dich, dass du unsere Motive begriffen hast. Wir müssen uns jetzt mit deiner Mutter beraten. Am besten, du gehst auf dein Zimmer und denkst auch selbst darüber nach. Morgen kannst du uns etwas über deine Fernhaltungsstrategie ge-genüber Karli berichten."

Dominik war erleichtert. Denn es war noch recht glimpflich für ihn abgegangen. Doch Karli war sein Freund, ihn liebte er, neben Yvonne, obwohl sie zwar fast zwei Jahre jünger war, verstand sie ihn ohne ausführliche Erklärungen. Als er in sein Bett kriechen wollte, fand er es besetzt. Yvonne hatte sich mit ihren Kuschel-tieren dort breitgemacht. Missmutig raffte er sich ein Stück Bett-decke zurecht. Davon wurde seine Schwester wach: „Was haben sie dir erzählt?" fragte sie. Dominik war sehr müde. So gern, wie er seine Schwester hatte, aber jetzt bitte keine weiteren Diskussi-onen. „Das Übliche", antwortete er. Yvonne gab sich damit nicht zufrieden: „Also haben sie dich vollgesülzt. Warum bist du dann schon hier?" Dominik dachte, 'verdammte Weiber', aber kuschel-te sich an Yvonne, während er fortfuhr: „Sie laberten etwas von Neptun im Aszendingsbums von Venus. Mit Karli darf ich nicht mehr reden." Yvonne blieb gelassen: „Das Eine heißt, Hans-Jür-gen darf einen weiteren Anlauf auf unseren zukünftigen Ge-schwisterteil nehmen, und du musst deinen Freund fallen lassen." Dominik war außer sich: „Das ist doch wohl nicht dein Ernst!" rief er empört. Yvonne lachte. „Das Eine klappt genau sowenig, wie das Andere. Denn die Petra darf die Zeitschrift 'Applaus' le-sen. Die Eltern erlauben es ihr. Darin stand ein Bericht: ‚So wird dein erstes Mal zum Erlebnis'." Dominik wurde neugierig: „Was gab es darin zu lesen?" fragte er. Yvonne räkelte sich. „Also, so wie das unsere Eltern anstellen, brauche ich in den nächsten zehn Jahren keine Windeln für unser jüngstes Geschwisterchen zu wechseln." Dominik brummelte etwas von: „Das hätte mir auch noch gefehlt." Aber Yvonne gab sich damit nicht zufrieden: „Du hast es gut, denn du bist ja mit Chemie verseucht. Bei deinen Fingernägeln würden sie dich niemals in die Nähe eines Säuglings lassen." Dominik war verwirrt. „Hä?", fragte er. Langsam kam ihm ein Gedanke: „Vielleicht kann ich dir helfen, dann sollen die Beiden sich doch um das Blag selber kümmern, wenn du auch mit Chemie infiziert wirst, von Karli." Yvonne stutzte: „Heißt das etwa, wir bauen zusammen den Feuerlöscher? Das ist aber geil." Dominik umarmte seine Schwester. Im Grunde genommen war sie ein hervorragender Kumpel, obwohl sie manchmal nervtötend sein konnte. Das müsste er nur noch Karli bei biegen. Als er einschlief, sah er ein quäkendes Bündel vor sich, ein Produkt von welcher Konstellation? Scheiß' drauf, dachte er noch und dann verschwand auch dieses Bild vor seinen Augen.

Am nächsten Morgen erinnerte ihn Christiane an das gestrige Gespräch, nicht ohne lobend zu erwähnen, wie erwachsen er eigentlich sei. Auf dem Schulweg dachte Dominik über das Erwachsensein nach. Wollte er wirklich auch so wie seine Eltern werden? Zugegeben, es gab selten größere Auseinandersetzungen zwischen ihnen. Aber ständig zu Büchertischen, Demos und Mahnwachen mitgeschleppt zu werden. Das war auch langweilig. Zwar wurde da manchmal auch mit den Kindern gespielt. Aber „Fangt den bösen Fabrikdirektor", oder „GAU in Büllesheim" war auch nicht immer spannend. Stets griff ein Erwachsener in das Spiel ein und erklärte die weitere Handlung. Eigene Ideen wurden verbessert, oder als doof hingestellt. Plötzlich riss ihn ein Pfiff aus seinen Gedanken. Er kam von Karli. Er stand neben ihm an der Ampel und fragte: „Was war das denn, gestern? Meine Mutter wurde richtig ärgerlich. Deine Alte behauptete, wir würden mit Chemie hantieren, um zu töten." Dominik schüttelte ratlos den Kopf. Er entgegnete: „Ich habe ihnen nur von dem Chemiebaukasten erzählt." „Der ist doch wohl toll, oder?" fuhr Karli fort, „deine Eltern müssen einen an der Waffel haben. Wir können jetzt einen Feuerlöscher bauen. Was wir nur noch brauchen, ist ein Feuer." Dominik konnte nichts erwidern, denn er dachte noch an die Redewendung: „einen an der Waffel haben." So sahen offenbar andere seine Eltern. Daran war sicher mehr als ein Körnchen Wahrheit. Deshalb einen Freund verlieren? Zum ersten Male hasste er seine Eltern. Warum wurde er vor eine solche Entscheidung gestellt? Er schob diese Gedanken beiseite. Denn er wollte jetzt Yvonne mit ins Spiel bringen. „Karli, meine Schwester möchte bei dem Feuerlöscherbau mitmachen. Ich habe auch schon eine Idee. Wir werden bei uns im Kamin ein Feuer anfachen und meinen Eltern den Feuerlöscher zeigen, wie er funktioniert. Dann werden sie einsehen, dass wir Forscher sind und keine Vergifter." „Na meinetwegen, wenn Yvonne Spaß daran hat. Aber wir brauchen noch Säure. Mein Vater erlaubt mir nicht mehr Salzsäure zu benutzen, weil der Teppich im Wohnzimmer ein Loch hat." „Ich schaue einmal nach, was sich bei uns zu Hause auftreiben lässt", entgegnete Dominik. Sie verabredeten sich für den Nachmittag bei der alten Zuckerfabrik. Dort wollten sie den Feuerlöscher zuerst ausprobieren, denn Karli meinte abschließend: „Peinlich, wenn wir deinen Eltern das Feuer im Kamin löschen wollen und nichts tut sich."

Dominik fand auf dem Mittagstisch Löwenzahnsalat mit Sonnenblumenkernen und gebratene Steckrübe im Kleiemantel vor. Das aß er nun wirklich nicht gern, aber Christiane meinte, dass es sehr vitaminreich sei. Als sie für kurze Zeit den Raum verließ, fragte Yvonne: „Na, was ist? Kann ich bei euch mitmachen?"

Dominik nickte: „Aber ich brauche noch Säure dazu. Ich weiß nicht, wo ich die herbekommen soll?" Christiane rief aus der Küche: „Yvonne, heute Nachmittag musst du die gesammelten Salatmarinaden entsorgen!" Das Mädchen antwortete: „Jaha!" Dann flüsterte sie zu Dominik: „Ich hab 's, das mit den Salatsoßen hat mich darauf gebracht. Wir haben doch den Bambus-Mandarinen Essig. Den setzt doch Hans-Jürgen immer im Keller an, weil er so scharf ist." Dominik war erleichtert und grinste: „Du meinst, der Essig ist scharf." Yvonne musste jetzt auch lachen und fragte: „Wann trefft Ihr euch? Drei Uhr? Gut, dann bringe ich die Altmarinaden weg und du kannst die Essigessenz aus dem Keller holen. Die ist im Giftschrank mit der Atomsonne drauf. Die Flasche steht neben dem Brennspiritus. Ich muss ja den Kanister mit den Salatölen holen. Der steht neben dem Schrank. Die Flasche verstecke ich dann unter der Kellertreppe in dem Puppenwagen" „Und wo ist der Schlüssel?" fragte Dominik? „Das lass man 'mal meine Sorge sein", antwortete Yvonne und stand vom Tisch auf.

Das Sammeln der Marinaden, um sie am Ende umweltgerecht zu entsorgen, war eine Idee der Selbsthilfegruppe gewesen. Hubertus hatte in einer Kampfabstimmung durchgesetzt, die ölhaltigen Soßen nicht mehr im Klo zu verklappen, sondern dem Sondermüll zuzuführen. Als zum ersten Male eine Delegation der Gruppe diese Abfälle bei der Altölannahme der Mülldeponie abliefern wollte, um ein deutliches Zeichen zu setzen, Yvonne und Dominik mussten abwechselnd ein Transparent tragen, mit der Aufschrift: 'Kein Öl ins Feuer oder ins Wasser!', hatte der Aufseher der Mülldeponie seinen Hund auf die Gruppe gehetzt und geschrien: „Verarschen könne er sich selber!"

Dominik war begeistert. „Wenn ich so etwas zu Hause sage, dann gibt es eine endlose Diskussion, oder Wolfgang will wieder wissen, ob ich als Kind gern auf dem Nachttopf gesessen habe."

Nachdem die Gruppe in einer Sondersitzung mögliche Kampf-maßnahmen gegenüber dem faschistoiden Aufseher ausgiebig diskutiert hatte, wurde dann beschlossen, dass Yvonne „einen Beitrag zum giftfreien Leben" leisten müsse. Seither wanderte sie in unregelmäßigen Abständen zum Müllplatz. Der Aufseher ließ sie auch mit dem Hund spielen und meinte kopfschüttelnd: „Für Deine verschrobenen Eltern kannst Du ja nichts. Gieß das Zeug mal dahinten hin! Er deutete auf einen Haufen, wo ein Schild mit der Aufschrift stand: „Grünabfälle". Sie streichelte noch einmal den Hund und verabschiedete sich von dem Mann: „Heute habe ich nicht soviel Zeit. Nächstes Mal gehe ich mit Hektor wieder spazieren." Der Mann lachte und ging in sein Büro zurück. Er schüttelte den Kopf: „Das Mädchen war wie seine Enkelin, aber solche vogeligen Eltern, also wenn meine Tochter so wäre...", ein LKW hupte vor der Einfahrt und der Gedanke wurde nicht mehr zu Ende geführt.

Indessen kam Yvonne etwas außer Atem bei der alten Zuckerfa-brik an. Hinter einem Erdwall waren Karli und Dominik damit beschäftigt, ein Glasgefäß mit einem Stopfen zu versehen. Erst war Yvonne enttäuscht. Sie hatte sich eine große rote Dose mit Schlauch vorgestellt, aber das konnte ja noch kommen. „Hey, Ihr zwei", rief Sie. Die Jungen zuckten zusammen und Karli fasste sich als Erster: „Mann, hast du uns erschreckt!" Yvonne fragte: „Wo habt ihr denn den Feuerlöscher?" Karli setzte eine ernste Miene auf: „Das ist ein Modell, gewissermaßen eine Simmelati-on." „Simulation", verbesserte Dominik. „Egal", gab Karli zu-rück, „also mein Vater sagt dazu Waschflasche. Hier siehst du die Düse zum Sprühen, wo das Glasrohr eng wird. Auf der ande-ren Seite haben wir über ein Stück Schlauch und Korken ein Re-gagenzglas..." „Reagenzglas", korrigierte Dominik unbeirrt. „Lass' ihn doch reden, wie das Dingsbums heißt, ist doch nicht so wichtig", unterbrach Yvonne. Karli nickte, denn im Deutschunterricht tat er sich schwer. Seine Mitschüler machten sich oft darüber lustig. Lediglich Dominik half ihm stets, weshalb er ihn auch zu seinem besten Freund erklärte. „Im Reagenzglas ist eure Essigessenz. Wenn wir die jetzt in die Soda-Lösung kippen, dann entsteht Kohlendioxid, was das Wasser aus der Düse sprüht. Damit wird das Feuer gelöscht. Das Gas erstickt auch später alles, was noch glimmt. Denn es ist schwerer als Luft. „Yvonne war fast sprachlos. Doch da stimmte doch etwas nicht. Sie hakte nach: „Du, ich habe mit Dominik einmal bei der Protestveranstaltung gegen das neue Kohlkraftwerk aus Draht und Papier eine Glocke gebaut, um das Treibhausgas Kohlendioxid darzustellen, wie es aufsteigt und die Sonnenstrahlen abhält. Man hat uns gesagt, dass unter der Glocke sich alles aufheizt und wir später einmal durch den schmelzenden Nord- und Südpol ertrinken müssen." Karli zuckte die Schultern. Dominik fiel ein: „Vielleicht haben sich unsere Eltern geirrt. Ich habe in der Anleitung vom Baukasten gelesen, dass sich das Gas auf dem Boden ausbreitet. Alles wissen die anscheinend auch nicht." Karli nahm einen Lappen und umwickelte das Gefäß. „Mein Vater hat gesagt, falls die Waschflasche platzt, hält der Lappen die Glassplitter auf, damit man sich nicht verletzt. Dominik, los jetzt! Wasser Marsch!"

Dominik nahm vorsichtig das Reagenzglas und kippte den Inhalt in die Waschflasche. Ein dünner Strahl quoll aus der Düse. Plötzlich entstand ein feiner Sprühnebel. Als ob jemand auf einen Gartenschlauch den Daumen setzte, sprühte das Wasser in dünnen Schleiern. „Schaut!", rief Yvonne, „es gibt darin sogar einen Regenbogen." Im Sonnenlicht des Herbsttages fanden sich in dem Sprühnebel die Farben des Spektrums. „Cool", staunte Karli. „Das müssen wir unbedingt unseren Eltern zeigen", rief Dominik. Nach etwa einer Minute war das Schauspiel beendet. Die Drei verabredeten sich für den Freitag. „Da kommen unsere Eltern von dem 'Elektrosmog Seminar' um fünf Uhr nach Hause.

Da zeigen wir das ihnen", beschloss Yvonne. Sie besprachen noch die Vorbereitung und trennten sich.

Am Freitag schürte Dominik das Feuer, während Yvonne und Karli die Vorbereitungen zu diesem Experiment trafen. Als sie fertig waren, meinte Yvonne: „Ich empfange unsere Eltern und sage ihnen, dass wir etwas sehr Wichtiges vorführen wollen. Dann begrüßt du sie, Dominik, mit 'es brennt im Kamin' und ich frage ängstlich 'was können wir dagegen tun?'. Dann ist Karli dran. Du verkündest bestimmt: 'wir haben eine Waffe gegen Feuersbrünste. Wasser Marsch!' Dann muss Dominik das Readingsbums reinkippen und das Feuer ist aus. Könnt Ihr das behalten?" Die Jungen nickten. Doch Yvonne gab sich nicht damit zufrieden. „Das üben wir noch einmal, ok?" Es klappte hervorragend. Das Feuer im Kamin erlosch und Dominik mühte sich lange, es wieder anzufachen.

Das Garagentor wurde geöffnet. „Jetzt kommen sie", zischte Yvonne. Es klappte wie am Schnürchen. Die eben noch lodernden Flammen fielen schlagartig in sich zusammen, doch das Wasser schwappte aus dem Aschenbehälter und eine schwärzliche Brühe ergoss sich auf das Parkett. Hans-Jürgen stand regungslos da, während Christiane brüllte: „So eine Sauerei! Das gutes Natureschenparkett, ohne Tropenholzanteil. Ihr besudelt unser gemeinsames Aufbauwerk mit Giftgas." Sie würgte und hustete. „Hans-Jürgen", schrie sie, „öffne die Fenster und hole den Mundschutz aus der Hausapotheke!" Das waren die letzten verständlichen Worte. Danach erschütterte ein unablässiges Schreien das Wohnzimmer, das nach einer Weile in ein heftiges Weinen überging.

Hans-Jürgen sah so zornig aus, wie ihn die Kinder noch nie erlebt hatten. Er hob zwar seine Stimme kaum, doch sie zitterte vor

Wut: „Was habt ihr eigentlich da angerichtet? Ist euch das überhaupt klar? Yvonne und Dominik, ihr verschwindet auf eure Zimmer und bleibt dort, bis ich euch rufe. Du, Karli verlässt augenblicklich das Haus, wenn ich dich noch einmal hier sehe, rufe ich die Polizei. Ist das klar?" Karli senkte den Kopf und schlich sich aus dem Haus.

Eine Stunde später betrat Gisela das Gebäude. Kein Laut war mehr zu vernehmen. Dominik hörte nur, als sie sich von seinem Vater verabschiedete, wie jener noch nachfragte, ob er denn getrost den Rosmarin und die Zitronenmelisse im Garten ernten dürfe, wo doch das Giftgas aus dem Kamin bestimmt in die Umwelt gekrochen sein müsste. Gisela raunte ihm, aber für Dominik noch vernehmlich zu: „Das brauchst du ja den Kindern nicht zu erzählen. Es ist alles völlig ungefährlich, aber sie müssen daraus lernen. Wenn Dominik schon früh begreift, dass sanfte Technik in Verbindung mit ganzheitlichem Fühlen uns wieder eins mit der kosmischen Schöpfung werden lässt, dann ist das unendlich wichtiger als es die noch so besten chemischen Kenntnisse vermögen." Dann wurde es wieder still im Hause.

Am nächsten Morgen saß er mit dem Vater und Yvonne am Frühstückstisch. Kein Wort fiel über die gestrigen Vorgänge. Seine Mutter erholte sich schnell, aber es schien, als gehe ein Riss durch die Familie. Lediglich Yvonne schüttelte den Kopf gelegentlich, aber sie kam auch nicht mehr auf den Vorfall zurück. Karli stellte nur kurz fest; „Meine Eltern haben gesagt, wenn du Lust hast, kannst du zu uns kommen. Sie werden nichts deinen Eltern sagen." Das Angebot nahm Dominik gern an. Wochen vergingen, bis seine Eltern ihn eines Abends in das Wohnzimmer zitierten. „Wir haben uns sehr lange Gedanken um deine Zukunft gemacht. Es gibt bei Bergheim eine Schule mit Internat. Sie heißt "Kraftquell". Dort kann dir hervorragend geholfen werden. Das Essen dort ist Vollwertkost und du hast noch zusätzlich Unterricht in "Ganzheitlicher Erkenntnis". Es werden jegliche dich beklemmenden Gedanken, warum du zum Beispiel deine Schwester als Mittäterin angestiftet hast, diskutiert und nachempfunden. Auch das Schuldgefühl deine Mutter zutiefst verletzt zu haben, wird nach gelebt. Du kannst nächste Woche dort anfangen." In Dominiks Brust wurde es eng. Denn Karli würde bestimmt nicht dahin mitkommen. Außerdem, was sollte das heißen, Yvonne angestiftet zu haben, oder Schuldgefühl gegenüber seiner Mutter zu empfinden? Er hatte doch lediglich beweisen wollen, dass chemische Experimente auch ihren Nutzen haben können? Doch er konnte sich zu keiner Antwort aufraffen. Seine Mutter lobte ihn: „Ich bin stolz auf einen so vernünftigen Jungen, auch wenn du mir viel Leid zugefügt hast."

Als sie wenige Tage später mit dem Auto in einen Feldweg einbogen, der nicht weit von einem stillgelegten Tagebau entfernt war, fand er ein leicht verfallenes Haus vor. Vor dem Eingang stand ein älterer Mann mit einem Vollbart. Er trug trotz der winterlichen Temperaturen eine Latzhose und ein bunt kariertes Hemd. Er begrüßte zuerst Christiane, die er umarmte und fragte sie: „Ihr habt bestimmt eine furchtbare Reise mit dem Auto hinter euch, aber wie fühlst du dich im Moment?" Christiane sagte mit bebender Stimme: „Jetzt, wo ich weiß, dass Dominik gut aufgehoben ist, da fühle ich in mir eine gewisse Erleichterung." Dann wandte sich der Mann an Hans-Jürgen: „Es wird nicht leicht sein, aber jeden Abend haben wir eine Gruppensitzung. Die Kinder müssen an Fäden ein Pendel in der Mitte des Kreises halten. Wir sehen durch den Ausschlag, den das energetische Feld verursacht, wer heute besonders unter Spannung steht. Dann ist Zeit darüber zu reden. Die dabei aufgestauten Gefühle entladen sich dann. Bisher hat jeder seine Einheit im Ying und Yang gefunden." Hans-Jürgen nickte. Sie zeigten Dominik sein Zimmer. Sechs Betten standen darin. Ein Junge las in einem Pilzbuch. „Das ist Niklas", erklärte der Bärtige, „Übrigens ich heiße Franz-Diethelm. Wir lassen euch jetzt allein. Niklas studiert das Innere des Pilzwesens, wie die Kraft des fruchtbaren Bodens durch das Myzel in den Hut gelangt. Aber keine Sorge, wir essen keine Pilze, denn du weißt ja, seit Tschernobyl wird auch in dem Pilz die Radioaktivität aufgesogen wie von einem Schwamm. Doch wir können aus seinem Wesen viel lernen. Niklas, erzähle doch einmal Dominik, was du schon gelernt hast." Die Eltern umarmten Dominik und sein Vater holte ein Taschentuch heraus, um laut hinein zu schnauben. Christiane kramte in Ihrer Jute-Tasche und förderte zwei Sandalen zum Vorschein. „Das ist für dich. Korksohle mit Alpenheu-Einlage ohne Kunstdünger. Das ist gut für deine Füße. Dann hast du immer Verbindung mit der Natur. Das tragen hier alle Kinder im Hause." Dominik war das peinlich. Solche Jesus-Latschen hatte er bisher noch nie anziehen müssen. Er wurde rot, was sollte Niklas von ihm denken? Doch in dessen blauen Augen blitzte etwas auf. Eine kaum merkliche Bewegung mit dem Kopf verriet ihm, dass er sich bedanken solle, dagegen Niklas etwas ganz anderes im Sinn hatte. Die Eltern drehten sich nicht mehr um, als sie den Raum verließen. Die Tür fiel ins Schloss und wenige Minuten später waren die Erwachsenen verschwunden.

Niklas drehte sich auf dem Bett herum: „Hast Glück, schläfst neben mir. Denn Rainer auf der anderen Seite von mir ist manchmal sehr aggressiv, dann bleibe ihm fern. Bei mir kann dir nicht viel passieren. Was hast du denn ausgefressen, dass sie dich hierher brachten?" Dominik überlegte: „Ausgefressen, gar nichts. Ich habe mit meinem Freund einen Feuerlöscher gebaut. Meine Schwester war auch dabei. Dann wollten wir das unseren Eltern vorführen. Da sind sie ausgerastet." Niklas lachte: „So ein Ding hätten wir gut gebrauchen können, als wir in Dünnwald am Stadtrand ein Feuer machten. Es war echt geil, so Plastik verschmoren zu sehen und wie eine Spraydose hochging. Irgendjemand muss uns verpetzt haben. Plötzlich war da Polizei und brachte uns zu unseren Eltern. Kannst dir vielleicht ausmalen, was da gebacken war. Jedenfalls haben die mich vollgelabert, bis ich mich habe breitschlagen lassen, hierher zu gehen. Ist eigentlich kein Unterschied zu daheim. Der Fraß ist öde, das Geseire geht den ganzen Tag. Aber wenn du dich auflehnst, dann dauert es nur noch länger. Ich sage dir noch, was du am besten antwortest, damit wir abends unsere Ruhe haben." Dominik war zuerst fast gelähmt von Traurigkeit, doch sein Gegenüber erinnerte ihn an Karli. „Was macht ihr denn sonst so?" „Tolle Projekte", gab Niklas zur Antwort, „Energiefelder an Kräutertees messen, mit dem Erdstrahlendetektor barfuß über den Acker laufen, um den Kontakt zur Erdin zu spüren." „Erde, wolltest du doch bestimmt sagen", fiel Dominik ein. Niklas schaute ihn mitleidig an: „Das ist dein erster Fehler hier, so eine Äußerung zieht ein halbstündiges Einzelgespräch mit Karin nach sich. Da wird dir beigebracht, dass es d i e Sonne heißt und d i e Mondin und d i e Erdin, weil alle Drei Leben hervorbringen und daher weiblich sind, oder bist du schon einmal schwanger gewesen?"

Dominik lachte: „Dazu gehören doch zwei, oder wie sollten ich und meine Schwester wohl auf die Welt gekommen sein?" Niklas seufzte: „Ich muss dir noch eine Menge erzählen. Also hier meint man, der Mann ist nur so etwas wie eine Zündkapsel. Danach ruht er ausgebrannt, während das Leben explosionsartig entsteht und bewahrt werden muss. Dafür ist Karin zuständig. Hans-Diethelm ist zwar eine komische Figur, aber heimlich lässt er uns auch Freiheit. So dürfen wir einmal in der Woche in die Stadtbücherei gehen, ohne dass die Bücher kontrolliert werden, die wir mitbringen. Hier!" Er kramte unter der Matratze ein Buch hervor.

'Chemische Experimente für die Schule' stand auf der Umschlagseite. „Da steht eine genaue Anleitung zur Herstellung von Schießbaumwolle und Nitroglycerin. Wenn du da schon Erfahrung hast, Rainer und ich besorgen schon die Zutaten, aber auf guten Rat können wir nicht verzichten." Dominik erschauerte vor Aufregung: „Also, da kannst du voll auf mich zählen. Sag' mal knallt das wirklich so, wie im Film?"

„Weiß' nicht", antwortete der Angesprochene gleichmütig. „Aber wir wollen hinten den Schuppen damit sprengen, wo sie ihre Schrotmühle aufbewahren, damit diese ekligen Müslis am Morgen aufhören. Einen Bekennerbrief werden wir zurücklassen. Rainer hat sich auch einen Text dazu überlegt. Der geht so: „Wehe den Pflanzenschändern, die ungestraft zarte Pflanzenseelen morden! Für eine Nahrung aus rein chemischen Substanzen! Solidarität mit allen Wesen aus Mutter Natur!"

Adelheid im Zwiegespräch über das 'Somenschein'

Ich hätte die S-Bahn
nicht nehmen sollen.
Man liest soviel,
aber wir sind hier sicher
vor jenen, die überall anwesend.
Freust Du Dich?

Der Mann dort,
mit der Aktentasche.
Dreh' Dich nicht um!
Er ist von der Behörde,
die alles weiß, kaum bekannt
und insgeheim verflucht wird.

Ich weiß das genau,
sie haben sich abgesprochen
in den langen Gängen,
wo Stimmen sich verlieren,
unsere gelbe Akte in der Hand
                    haltend.

Da ist er wieder, der Gestank.
Es ist das Gift
der Immerlächelnden,
wenn ich um Hilfe schrie.
Gut, daß die Jacke
mich jetzt schützt.

Warum steigt der Mann
nicht hier aus?
Er hat etwas vor,
ach ja, sie beobachten,
den Notizblock parat,
Siehst Du, er schreibt es auf,

Ich habe alles gesagt,
das weißt Du doch.
Diese Tabletten und Tropfen,
Du hast sie geschluckt,
Aber der Geruch - von
Schweiß und Angst, ist er
verflogen?

Woher wissen die
von unserem Ausflug?
Ich habe nur mit Dir
darüber gesprochen,
um keinen Verdacht
zu erregen, doch die Verfolger
                    bleiben.

Es hat wenig Zweck,
Menschen aufzuklären.
Vielen fehlen
die geschärften Sinne
für die geheimen Vorgänge,
die nachts sich unter uns
ereignen

An meiner Tür
klopfte es -
drei Tage lang
in der Morgenstunde,;
aber ich war schlau, tat so,
als wäre ich nicht daheim,

Die Nachbarin sagte,
es wären Installateure.
Das sagen sie immer,
um kein Aufsehen zu erregen,
Und der Gestank
ihres unerträglichen Giftes
drang durch die Abflüsse.

Wir sind gerettet,
Der Mann ist weg.
Du, laß uns den Sitzplatz
tauschen, Sind wir am Bahnhof,
verlieren wir uns
in der Menge der Unwissenden.

Die Frau - dort vorn,
die habe ich schon gesehen,
Ach schweig' ! Ich seh' doch,
sie schminkt sich,
um im Spiegel
unser Gespräch zu verfolgen,
Das machen sie immer so.

Wir werden kontrolliert,
immerfort.
Es ist gibt nichts mehr,
was wir verbergen können;
denn ich habe Alles verraten,
durch ihr Gift.

Verzeih' mir, dass ich versagte.

Anm. d. Autors: Das Gedicht entstand im Jahr 1990 zur Erinnerung an das Attentat auf Oskar Lafontaine, das im gleichen Jahr stattfand.

Wastl's größte Wurst

- eine Hundegeschichte, die das Leben schrieb -

Die Dorfbewohner nicken dem Mann freundlich zu, wenn er des morgens aus dem dunklen Wald zurückkehrt. Sein grünes Wams und das Jägerhütchen sitzen immer so akkurat, da käme keiner auf den Gedanken dieser, zugegebenermaßen längst pensionierten Amtsperson, respektlos entgegenzutreten. Forstamtmann Höckler war im Weißbachtalrevier wohl an die dreißig Jahre tätig. Lächelnd streicht er sich über den eisgrauen Bart, spricht er über seine tausend Kinder, die schon so stattlich den östlichen Berghang begrünen. Kein Schuljunge im Dorf, der nicht irgendwann einmal von ihm ermahnt wurde und fortan die wald- und waidgerechten Benimmregeln zu beachten gelernt hatte.

Doch ist der Forstbeamte mittlerweile recht allein. Seine Frau hatte er schon kurz nach der Geburt seiner Tochter begraben müssen. Das waren harte Zeiten; nicht nur die Witwerpflichten ließen ihn oft Trost bei den mächtigen Buchen des Ehrenhaines suchen, die den Weg vom Gedenkstein zur verfallenen Waldbühne säumten. Dort leistete ihm nur sein Hund „Garm" Gesellschaft. Einst lernte er auf dem mittlerweile zerfallenen obersten Rang seine spätere Ehefrau bei dem Theaterstück „Deutsche Passion" von Robert Heuriger kennen. Doch es sollte noch lange dauern, bis aus dem Forsthaus die ersten Laute eines Säuglings ertönten.

Ein Unglück kommt selten allein. Drei Jahre später, Tochter Brunhild zählte schon fünf Lenze, wurde sein Hund rücksichtslos überfahren. Ein Lieferwagen aus der Stadt Ledeburheim, deren Silhouette mit seinen Rauchfahnen von Kokerei und Walzwerk und dem hohen Hochofengerüst sich vom Aussichtsturm auf dem Thingkopf deutlich als ein Fremdkörper in dieser harmonischen

Landschaft abhebt, gehört zu einem Unternehmen, welches Kurierdienste im Umland ausführt. Das Fahrzeug war nicht nur dem Dorfpolizisten mehrmals unangenehm aufgefallen, weil der Fahrer ohne Rücksicht auf Fußgänger und frei laufende Hühner durch die Königsberger Straße raste. Dabei wollte der gut erzogene Schäferhund lediglich eine Katze von der Fahrbahn vertreiben, als es ihn selbst erwischte. Durch den Aufprall landete er in der Gladiolenrabatte in dem Vorgarten des Realschulrektors. Jener verzichtete aber auf Regressforderungen, viel mehr schnitt er die Gladiolen vollends ab und drapierte sie um das edle Tier, welches nun mausetot war. Nicht weit entfernt vom Unfallort steht am Hang, wo hundertjährige Fichten den Waldanfang markieren, das alte Forsthaus. Es wurde von dem damaligen Reichsjägermeister gefördert und von dem Gaujägermeister Fritz Albers persönlich eingeweiht. Zu gern erinnert sich Hermann Höckler an diese Feier. Er war damals zehn Jahre alt und durfte vor den Lokalpolitikern, der versammelten Jägerschaft, den Dorfbewohnern, die zu diesem feierlichen Ereignis ihre Ausgehuniformen angelegt hatten, ein Gedicht vortragen. Es begann mit der Zeile: „Ich hatt' einen Falken". Der Gaujägermeister drückte ihm die Hand und beide grüßten sich nach deutscher Art. Den Zeitungsausschnitt mit dem Foto von diesem erhebenden Moment aus dem „Flothetaler Beobachter" bewahrt er bis heute auf. Ab diesem Zeitpunkt stand für ihn fest, dass er Förster werden wollte.

Die Schützenbrüder und -schwestern, allen voran Bürgermeister Vornkahl, beschlossen dem leidgeprüften Witwer mit seiner jungen Tochter einen wahren Freund zu schenken. Sie warfen Geld zusammen und der Kauf von Wastl war beschlossene Sache. Es war ein richtiges Prachtexemplar von Teckel. Die rehbraunen Augen ließen einen tiefgründigen Charakter vermuten, der sich nur allzu bald beweisen sollte.

Als das Töchterchen in die erste Klasse der Bienroder Volks-schule kam, war ihr erstes Wort, was sie sehr gut lesbar schrieb: W a s t l. Eine prächtig anzusehende Familie, wenn leider auch keine ordnende Hand einer treusorgenden Ehefrau im Förster-haus dem Trio zur Seite stand. Der Hund war klug und völlig furchtlos. Kein Wunder, bei dem respektheischendem Herrn und dem kleinen Mädchen, das immer wieder ausgleichende Worte fand, wenn einer der Filzpantoffeln des Vaters ein Opfer von Wastls Übermut wurde. Sie war so recht der Sonnenschein der kleinen Familie, dazu trugen die blonden Locken bei, die im Licht der über dem Weißbachtal untergehenden Sonne einen gol-denen Schimmer erhielten und leise im Abendwind spielten. Das lockige Haar war ein Erbe der verstorbenen Mutter. Jene hatte sogar dem berühmten Maler Anton Knissell als Modell zu dem bekannten Gemälde „Weißbacher Bauernfamilie" gedient.

Doch die Dorfgemeinschaft sollte nicht mehr lange unter sich bleiben. Immer mehr Sommerfrischler suchten Bienrode im Weißbachtal auf und so mancher hatte eine völlig artfremde Auf-fassung von Erholung und Entspannung. Sie wussten nichts mit der geheimen Stille des Buchenhaines anzufangen, obwohl der große Gedenkstein dort von der Erhabenheit des Opfertodes kün-dete. Kaum das Brunhild Höckler laufen konnte, so sah man die Drei den steinigen Weg zum Ehrenhain erklimmen, wo der Vater so oft Trost in seiner inneren Einsamkeit empfangen hatte.

Einige Jahre später an einem Herbsttag, der sich golden seinem Ende zuneigte, stand der Forstmann an einem Felserker und blickte wohlgefällig über das Tal, während einen Steinwurf ent-fernt Brunhild die frische Hinterlassenschaft von Wastl mit ei-nem Schippchen in dem moosgrünen Waldboden beerdigte. Un-ten flammten in den Häusern die ersten Lichter auf. Brunhild warf ein kleines Stöckchen fort und Wastl rannte freudig hinter-her, als ein ohrenbetäubender Krach einsetzte. Dem Hund standen die Schlappohren aufrecht. Da hatten sich doch direkt vor dem Gedenkstein zwei Jungen und ein Mädchen auf einer Decke niedergelassen. Lässig ließen sie eine Flasche mit billigem italienischen Rotwein kreisen und der Lautsprecher eines Höllenradios schrie aus Leibeskräften. Wer aber glaubt, dass Forstamtmann Höckler eine jähzornige Natur war, der hat sich gründlich getäuscht. Es gehörte nämlich schon einiges dazu, ihn in Rage zu bringen. Aber dieser Anblick ließ ihm die Zornesröte in sein Antlitz steigen.

„Eine Affenschande, so eine Teufelsmusik – und das vor dem Gedenkstein", stieß er empört hervor. Wastl legte die Ohren an und knurrte, während sich Brunhild die Ohren zuhielt.

Der Forstbeamte nickte: "Recht so, mein Kind!" Dann marschierte er in Richtung des Gedenksteins und rief mit scharfer Stimme: "Halt!" Die Jugendlichen blickten erstaunt zu dem Dreigespann hinüber. Sie wirkten etwas unsicher. Ohne den Tonfall zu vermindern, befahl Forstamtmann Höckler: „Augenblicklich schaltet Ihr diese Urwaldmusik ab! Wenn Ihr Euch hier im Wald und an dieser Stelle nicht zu benehmen wisst, dann werde ich Euch das schon beibringen." Die Jungen hatten wohl einen Rest von Schuldbewusstsein bewahrt, dagegen ließ sich das Mädchen nicht so schnell einschüchtern. Sie kam offenbar aus der Stadt, denn sie fragte frech: „Wieso?" Aber da kam sie bei dem Beamten gut an. „Das habe ich mir schon gedacht. So etwas lernt man ja nicht mehr auf der Schule heutzutage, nämlich die Achtung vor dem Lebenswerk der Toten. Der Stein hier, der ist dem Andenken von Albert-Leo Schlageter geweiht, falls Ihr überhaupt die Inschrift lesen könnt." Einer der Jungen antwortete müde: „Der Typ ist uns leider nicht bekannt, da werden sie ja wohl nichts dagegen haben, wenn wir weiter den Ghettoblaster laufen lassen." Er wollte soeben den Einschaltknopf wieder betätigen, als der gute Wastl zu dem Apparat stürmte und dem Vorwitzigen in die Hand biss. Der Junge schrie auf, aber das ging im grimmigen Lachen des Forstmannes unter. „Frech sein, das könnt Ihr, aber ich werde euch zeigen wie es im Ghetto wirklich zugeht, wie in Riga, wo wir für Recht und Ordnung sorgten. Da hat keiner mehr gewagt zu rebellieren. Wenn es wirklich hart auf hart kommt, dann wäre Stalingrad mit euch bereits nach einer Woche verloren gewesen." Brunhilde klatschte vor Begeisterung in die Hände und rief: „Der gute Wastl, so ein feiner Hund!"

An diesem Abend kam der heldenhafte Dackel zu der größten Wurst seines Lebens, denn der Wirt des „Deutschen Hauses" wollte sich nicht lumpen lassen und Forstamtmann Höckler musste immer wieder von Neuem dieses Abenteuer schildern, weil die Zahl seiner Zuhörer in dem Gasthaus wuchs. Ein schönes Beispiel für eine intakte Dorfgemeinschaft.

Die Begebenheit hatte aber noch ein juristisches Nachspiel. In der folgenden Gerichtsverhandlung wurden die Jugendlichen wegen schweren Waldfrevels im Naturpark in Tateinheit mit Bedrohung und Beleidigung zu einer empfindlichen Strafe verurteilt, nachdem einwandfrei die bedrohliche Situation, in der sich der pensionierte Beamte befand, vom Gericht bestätigt wurde.

Etliche Jahre sind vergangen, der alt gewordene Forstamtmann Höckler durfte bis an sein Lebensende im alten Forsthaus wohnen bleiben. Denn sein Revier wurde bei der Gebietsreform der Landkreise aufgelöst. Brunhild hat in eine Unternehmerfamilie eingeheiratet. Ihr Mann hat das Bienroder Sägewerk von seinem Vater übernommen und ist erster Vorsitzender des Hegeringes. Das Ehepaar erfreut sich an fünf gesunden Kindern, von Hund und Katze ganz zu schweigen. So hat wohl an die zwanzig Male der Schnee den Gedenkstein zugedeckt und damit auch den Wastl, der zu Füßen des Ehrenmals begraben liegt. Die Dorfbewohner bewahren noch heute den beiden Märtyrern des deutschen Vaterlandes ein ehrendes Gedenken. Zum Volkstrauer-

und dem neuen Veteranentag an St. Pisstolius halten die Bürger an diesem Stein eine würdige Gedenkfeier ab. Stets bleiben, nach dem Ende des Festakts und dem geordneten Abmarsch der Dorfbewohner und der zahlreichen Vereine, vier in Kreuzform angeordnete halbrunde Würste, die mit Blumen umkränzt sind, vor dem Stein zurück. Für den Wastl ein letzter Gruß von Brunhildes Kindern.

zur Person von Albert-Leo Schlageter siehe S. 262

Alfredo – oder der Dorfumzug

Die Dampfwolken über der Kokerei zeichneten sich schneeweiß gegenüber dem dunkelgrauen Himmel ab. Während unserer Besprechung verwandelte sich der Herbstwind in einen veritablen Sturm und wirbelte uns den Hüttenstaub entgegen. Nach vorn gebeugt kämpfte ich mich mit unserem Verkaufsleiter Richtung Parkplatz; zu unserem Überdruss setzte noch ein kräftiger Regen ein. Als wir langsam zum Werkstor rollten, sorgfältig darauf bedacht nicht mit einem Zug zusammenzustoßen, brach mein Kollege das Schweigen: „Ich mag heute weder über die Pfannenwirtschaft im Blasstahlwerk sprechen, noch einen Fuß vor die Tür setzen, obwohl Sie mir vorher von diesem idyllisch gelegenen Hotel erzählt haben und die Reize der Umgebung eindringlich schilderten." Ich musste lachen. Dieses Landhotel am Waldrand und am Ausläufer eines Karstgebietes gelegen, glich eher einem Naturreservat inmitten von intensiv genutzten landwirtschaftlichen Flächen. Weniger für ausgedehnte Wanderungen in der Waldeinsamkeit geeignet, doch um so berühmter für seine Wildspezialitäten und guten Wein. Beides wussten wir sehr zu schätzen. Mich auf die Schnellstraße einordnend entgegnete ich: „Dann schlage ich vor, dass wir auf die Jagd nach frischem Wild verzichten und direkt uns an den gedeckten Tisch setzen. Reiche Beute haben wir ja heute anscheinend schon gemacht, wenn der Einkauf uns nicht zu sehr herunterhandelt." Doch der Angesprochene ist mit seinen Gedanken längst woanders. „Was es hier für Orte gibt", fährt er fort, „Nordharingen – nie gehört." Ich klärte ihn darüber auf, dass ich dort einige Jahre gewohnt hatte und deshalb eine genaue Ortskenntnis besitze. Trotz langsam hereinbrechender Dunkelheit zeige ich ihm einige markante Punkte, in der Ferne sind die Betriebsgebäude der Indusan AG zu erahnen, wo ich zuvor gearbeitet hatte. Er schaute sich um: „Also, wenn ich hier hätte arbeiten müssen, dann wäre ich trübsinnig geworden, da ist es ja noch in Hattingen anheimelnder." Nach wenigen Minuten erreichten wir das Hotel und verabredeten uns zum gemeinsamen Abendessen.

Einige Stunden später ist der Tisch abgeräumt worden. Es hat uns sehr gut geschmeckt, der Rotwein sorgt für wohlige Wärme und mein Kollege greift das Thema über das dörfliche Leben in dieser Gegend wieder auf. Der Sturm hat an Stärke zugenommen und es sitzen noch drei versprengte Wanderer an unserem Tisch, die wegen des Wetters im Gasthof übernachten wollen. Ich gerate in Erzähllaune und beginne mit meinen Erlebnissen.

Es war im Jahre des Herrn 1984, als ich mit wenigem Mobiliar, das eine Freundin von mir nicht mehr brauchte, in die Bahnhofstraße in Nachbarschaft zum alten Stationsgebäude einzog. Die Möbel waren noch gut, obwohl die Freundin einen großen Teil bereits von ihrem Amtsvorgänger, Pastor Schlunger, geerbt hatte. So kränkte es mich leicht, als ein zehnjähriges Mädchen während des Beladens des gemieteten Kleinlasters zu seiner Mutter rief: „Mutti, guck mal! Sperrmüll!" Diese spontane Äußerung war dazu angetan meine Freunde, die gerade einen Couchtisch aufluden, selbigen wieder abzustellen um ungehindert lachen zu können, ob der munteren Göre. Endlich konnte ich sie bewegen sich zu beeilen, damit wir noch vor Einbruch der Dunkelheit in meinem neuen Zuhause in Nordharingen ankämen. Seit Wochen war dort das Blütenfest Hauptgesprächsthema. Der Anlass ist stets derselbe – die Rübenblüte. Es dauert von Sonnabend bis Sonntag. Am Sonntagabend findet gewöhnlich der Abschlusskommers statt. Da ich aber keine Lust zu solchen Festivitäten verspüre, vor allen Dingen, wenn als kultureller Höhepunkt ein Männerballett angekündigt wird, beschloss ich am folgenden Sonntagabend gegen sieben Uhr die Deckenleuchte für die Wohnküche anzubringen. Als ich das zweite Dübelloch mit der Schlagbohrmaschine gebohrt hatte, läutete es an der Wohnungstür. Brummig stieg ich von der Leiter und öffnete. Vor der Tür stand die Frau Schiffner, welche unter mir wohnte. Bei dem Einzug hatte ich das Pärchen, samt Kindern gesehen und mich kurz vorgestellt. Sie mochte wohl fünf Jahre jünger als ich sein. Bevor ich noch „Guten Abend" wünschen konnte, fragte sie mich: „Bohren Sie noch lange? Denn die Kinder müssen zu Bett!" „Nein, ich bin gerade fertig geworden. In der Wohnküche war die Deckenleuchte zu montieren." Sie blieb freundlich, trat in den Flur und entgegnete: „Es ist ja nur wegen der Kinder." Dann schob sie sich an mir vorbei, warf einen Blick in die Räume und antwortete: „Das ist ja interessant, wie Sie sich eingerichtet haben. Kommen Sie mit zum Kommers?" Ich bedauerte, leider hätte ich kein Geld mehr und in Nordharingen gäbe es ja noch keinen Geldautomaten. Sie strahlte mich an: „Geld haben wir sowieso nicht, aber ich kenne so viele Bekannte im Festzelt. Die geben einem immer etwas aus." Frau Schiffner vergaß allerdings nicht mich vor dem örtlichen Gasthof zu warnen, weil er zu teuer und das Essen nur mäßig wäre. Bald sollte ich über dieses Etablissement mehr erfahren.

Während ich mich noch mit Frau Schiffner unterhielt, kletterte die Stimmung in dem Gasthof „Zur goldenen Rübenhacke" auf den Gipfel des Frohsinns. An einem Tisch saßen gemeinsam der Kohlenhändler Niels Wilhelmsen, Alfred Bontik, den man auch Alfredo nennt und Peter Schrillke, der Sohn der berühmt-berüchtigten „Schwungrad-Emma", die wegen ihrer Gangart sich diesen Kosenamen verdiente. Peter Schrillke lernte ich, nebst Familie, bei meinem Einzug in die Bahnhofstraße kennen. Argwöhnisch betrachtete er, wie wir zu dritt die Möbel in das Haus schleppten. Als dann noch seine Frau aus dem Haus trat, auf dem Arm ein Kleinkind haltend, und noch zwei plärrende Kinder im Vorschulalter am Rockzipfel – da war ich doch zufrieden, dass diese Familie im Nachbarhaus beheimatet war. Jener Schrillke also war es, der im Gasthof noch einen Stuhl an den besagten Tisch stellte, um den sich an schleichenden Mitarbeiter der Indusan AG, namens Helmut Fechmann, zu ermuntern: „Komm, setz Dich zu uns! Niels Wilhelmsen hat gerade eine Runde für uns bestellt." Helmut Fechmann ließ sich das nicht zweimal sagen. Er pflanzte sich wie ein im freien Fall begriffener Blumentopf aus dem dritten Stockwerk auf den Sitz und blickte bierselig in die Runde. Da nahte die Bedienung. Es war die „rote Anni". Diesen Spitznamen erhielt sie wegen ihres rotblonden Haares. In Wirklichkeit heißt sie Anneliese Tachyfec und sie vergisst niemals darauf hinzuweisen, dass sie ja eigentlich ungarisch-österreichischer Abstammung ist. Ganz in der Nähe von Braunau wäre sie aufgewachsen.

Helmut Fechmann kriegte einen roten Kopf, als er Annies tief ausgeschnittenes Dekolleté erblickte. „Noch ein Bier", rief er aufgeregt. Sie nickte und verschwand hüftwackelnd in Richtung Tresen. „Donnerwetter", bekannte Alfredo, „die ist aber rassig! Dabei ist sie doch schon Ende vierzig." Säuerlich reagierte dagegen Niels Wilhelmsen. Er kennt seinen Helmut. Dazu braucht es keinen Hellseher, um die heran nahende Situation vorauszusagen. Indessen fragte Alfred Bontik seinen Sitznachbarn: „Helmut, sage mal hast du einen Zehn-Mark-Schein?" Helmut Fechmann schüttelte den Kopf, entgegnete merklich unwillig: „Nee, nur zwei, Heiermänner'." Alfred fragte verwundert: „Hä?" Helmut, ganz Herr der Lage, dozierte: „Das ist eine Sprache unter Eingeweihten, das habe ich nämlich von zwei Durchreisenden! Mit denen trank ich neulich ein Bier in Bad Salzhausen, im Park gegenüber vom Schlaukauf. So werden nämlich die 5-DM-Stücke bezeichnet." Helmut triumphierte. Endlich konnte er einmal seine breite Allgemeinbildung unter Beweis stellen. Alfred winkte unwillig ab: Metall ist zu kalt. Das zieht nicht." Dagegen lief das Gesicht von Niels Wilhelmsen dunkelrot an: „Da haste wohl wieder für lau mit gesoffen, als du dein jährliches Kontingent Hosen aus dem ‚Secondhandshop' erstanden hast." Helmut zweifelte: „Nein so heißt der Laden nicht, der heißt 'Kleiderkammer Bad Salzhausen'. Außerdem haben mich die Kumpels eingeladen." Niels brummte missmutig: „Na, da müssen deine Saufkumpanen wohl von weit auswärts gewesen sein, weil sie dich noch nicht kannten." Inzwischen nahte Anni mit dem Bier. Sie stellte das Tablett auf dem Tisch ab und zückte den Kugelschreiber. Fast automatisch griff sie zu dem Bierdeckel von Niels Wilhelmsen, um die Biere abzustreichen. Doch jener wurde laut: „Helmut, mach' deine Geldbörse auf!" Der gehorchte auch brav, denn er ist stolz darauf stets ein gut gefülltes Portemonnaie bei sich zu tragen. Befriedigt nahm Niels den Inhalt zur Kenntnis: „Die nächste Runde zahlst aber du!"

Alfred Bontik warf ebenfalls einen neugierigen Blick in die Barschaft von Helmut Fechmann. Er stieß seinen Nachbarn sanft in die Rippen: „Leih' mir ‚mal den Zwanziger, wenn Du schon keinen Zehner hast. Kriegste auch gleich wieder. Ist gewissermaßen ein zinsloser Kredit." Helmut Fechmann schüttelte den Kopf. In Geldfragen ist er eigen. Schließlich hatte ihn der Kampf gegen die Gerichte, als er die elterliche Bauernkate in Pöppeln als ostpreußisches Rittergut anerkennen lassen wollte, viel Überzeugungskraft und auch einiges Geld für die Rechtsanwälte gekostet. Das ihm, als einfachen Arbeiter. Wozu also sein Vermögen sinnlos verschleudern? Alfred Bontik zögerte nicht lange. Während Helmut Fechmann noch von seinen Gedanken gefangen genommen war, schnappte sich Alfred die Geldbörse, entnahm den Zwanziger und trompetete: „Wir machen jetzt das Trinkgeld-Spiel!" Er begann, den Geldschein zusammenzurollen. Halb versöhnt antwortete Helmut Fechmann: „Aber, herausholen tue ich ihn." Alfred nickte.

Da kam Anna Tachyfec mit einem vollen Tablett. Sie streifte mit ihrem Körper leicht Alfred Bontik und verkündete gewichtig: „Nächsten Monat fange ich bei der Indusan AG an, nämlich als Privatsekretärin!" Mit leichtem Hüftschwung stellte sie die vollen Gläser am benachbarten Tisch ab. Helmut schaute der Kellnerin wie gebannt nach. „Also, wenn ich noch jünger wäre, ich weiß ja nicht." Alfred witterte die Gelegenheit: „Na versuchen kannst Du es doch. Pass auf, wenn sie zurückkommt. Dann kriegste auch Deinen Zwanziger zurück."

Anni, beschwingt durch zahlreiche Komplimente der anderen männlichen Gäste, deren Alkoholgehalt in der Atemluft die im Steinkohlenbergbau höchste Explosionszone mühelos erreichen würde, tänzelte sie zwischen den Tischen, genoss die Klapse auf ihr Hinterteil. Gerade, als sie im Begriff war an Alfred Bontik vorbeizugehen, steckte er ihr unversehens den zusammengerollten Zwanzig-DM-Schein zwischen die prallen Brüste. Sein Kommentar: „Hier Frau Privatsekretärin, das ist die Rückzahlung eines Kredites, den ich vom Helmut erhalten habe." Dabei griff er noch einmal richtig zu, denn er hat eine herzhafte Beziehung zu ihr. Wenn die Sozialhilfe wieder einmal vorn und hinten nicht reicht, dann versorgt sie ihn mit Resten aus dem Gasthof. Augenblicklich erhob sich Helmut Fechmann und angelte mit beiden Händen nach der Banknote. Anni Tachyfec kreischte, fast hätte sie die leeren Gläser fallengelassen. "Der hat ja eiskalte Hände!" schreit sie. Niels Wilhelmsen vor Lachen kaum verständlich: „Kein Wunder, der kam ja gerade von draußen und ist besoffen in eine Pfütze gefallen. Es ist doch ein Hundewetter zu unserem Fest der ‚Rübenblüte". Anni wurde stocksauer. Sie stellte das Tablett ab und entschuldigte sich bei den anderen Gästen, die aufmerksam die Situation verfolgten. „Daher die lehmigen Pfoten. Ich gehe mich jetzt erst einmal sauber machen." „Das ist nie verkehrt", höhnte Niels Wilhelmsen. Helmut Fechmann besitzt einen hochroten Kopf. Er schwenkte begeistert die wieder eroberte Geldnote. Triumphierend verkündete er: „Ich halte eben mein Geld zusammen!" Darauf gab Niels Wilhelmsen schnell zurück: „Dann kannste ja die nächste Runde ausgeben. "Helmut antwortete darauf nichts. Genüsslich trank er sein Bier aus, stand schwerfällig auf und meinte: „So, dann will ich man wieder los. War nett mit Euch. Der Abend hat sich auf alle Fälle gelohnt, aber morgen muss ich wie immer die Firma aufschließen." Peter Schrillke stutzte: „Und was ist mit der Runde?". Helmut Fechmann war schon im Gehen begriffen: „Ich sage der Anni wegen der neuen Runde Bescheid."

Wenig später erschien Anni Tachyfec mit drei Halblitergläsern Bier an den Tisch. Wütend schaute sie Alfred Bontik an: „Das nächste Mal gebe ich den Geldschein nicht mehr 'raus, von dem Kerl lasse ich mich nicht befummeln. Schließlich arbeitet er in dem Rohstofflager der Indusan AG. Dafür, dass er mir den Tipp gegeben hat, mich als Führungshilfskraft zu bewerben, darf er noch lange nicht mit seinen tiefgekühlten Gichtgriffeln an mein warmes, feinfühliges Fleisch grapschen. Was soll denn der Herr Walkner denken, wenn ich erst für ihn als Sekretärin arbeite?" Niels Wilhelmsen klappte der Unterkiefer herunter. Anni fuhr ungerührt fort und fragte: „Wo kann ich nun endlich die Striche machen?" Da fasste sich der Niels und stammelte: "Wie, Striche machen? Das ist doch die Runde vom Helmut. Der wollte doch nur schon gehen und hat für uns nur noch die Bestellung übernommen." Anni lächelte säuerlich: „Bestellt hat er, sogar eine komplette Runde. Aber er trank sein Bier schnell aus, weil er zeitig nach Hause musste. Also, wer bezahlt die nun?" Anni war sichtlich gereizt, denn es waren noch viele Gäste im Schankraum anwesend. Peter Schrillke warf ihr seinen Bierdeckel zu. „Dieser Nassauer, immer das gleiche Übel mit ihm", knurrte Niels Wilhelmsen. „Ich dachte, Ihr kennt ihn so gut, seid Freunde", entgegnete Anni Tachyfec schnippisch. Sie fuhr fort: „Hast Du überhaupt soviel Geld, Peter?"

Der Angesprochene zog langsam sein Portemonnaie aus der Hosentasche, klaubte umständlich drei Fünf Markstücke zusammen und wirft sie plötzlich mit der schmalen Seite blitzschnell in den Ausschnitt von Anni. Sie kreischte auf, ihre Geldbörse fiel zu Boden. Breitflächig wurde das Kleingeld zerstreut. Fluchend kroch sie auf dem Fußboden und suchte nach den Münzen. „Beuge dich doch noch etwas tiefer, dann fallen Dir die Heiermänner vielleicht auch wieder heraus", riet Alfred Bontik. Verbissen sammelte sie die Geldstücke wieder ein. Niels Wilhelmsen nahm indes einen tiefen Schluck aus dem Bierglas. Alfred, dagegen, kniff Anni flugs in das breite Gesäß. Da reckte sie sich urplötzlich, wirbelte herum und schlug ihm mit der flachen Hand in das Gesicht. Sie schrie: „Ich bin eine feine Dame, habe in den ersten Restaurants von Worthlar bedient, wo du Prolet nie hineingelassen worden wärest!" Als Einziger blieb Peter Schrillke völlig gelassen. Er sagte: „Zu Hause wartet meine Familie auf mich. Ich möchte endlich gehen." Es dauert noch einige Minuten, bis Anni Tachyfec ihre Geldbörse aufgefüllt hatte, dann postierte sie sich schwer atmend vor dem zurückgebliebenen Trio und schnaufte: „Wie gut, dass ich jetzt eine leitende Angestellte bei der Indusan AG werde! Dann trete ich euch allesamt in den Arsch." Peter erhob das Glas und antwortete: „Frau Privatsekretärin, wenn Sie ja bald bei der Indusan AG arbeiten, da dachte ich mir, vielleicht haben wir dann hier nur noch einen Getränkeautomaten. Die haben ja so einen engen Schlitz zum Münzeinwurf. Da wollte ich schon 'mal üben."

Von diesem denkwürdigen Festkommers, Geldspiel inbegriffen, erfuhr ich, als ich in der Kohlenhandlung Wilhelmsen meine Bestellung, wegen der günstigen Sommerpreise, aufgab. Voller innerer Entrüstung schilderte mir Niels Wilhelmsen das Verhalten von Helmut Fechmann. „Den müssen Sie doch kennen", meinte er zu mir. Ich entgegnete, dass ich ihm schon im Rohstofflager begegnet wäre. Dort wäre er meist am schippen.

Als ich ihn zum ersten Mal gewahr wurde, war er genüsslich am Pinkeln. Die Ablaufrinne war eine beliebte Möglichkeit, sich eines lästigen Wasserdrucks zu entledigen. Eine aufgetakelte Fregatte wurde von unserem Betriebsleiter Kalle Kabuffke durch das Lager geführt. Offensichtlich handelte es sich um die neue Schreibkraft, die den Buchhalter Josef Walkner entlasten sollte. In der Konzernzentrale hatten sich letztlich Beschwerden gehäuft, dass die Lohnzahlungen für die Niederlassung Nordharingen der „Indusan AG" verspätet abgearbeitet wurden. Deshalb hatte man sich dazu durchgerungen, eine weitere Arbeitskraft einzustellen. Diese Schnalle würde also für unseren Jupp tätig werden. Na Klasse, dachte ich mir: „Gut, dass ich nicht in der Buchhaltung arbeite."

Helmut drehte sich um und vergaß vor Erstaunen die Hose zu schließen. Deshalb schrie ihn der Betriebsleiter an: „Kannste dich nicht 'mal anständig anziehen. Das ist eine Dame hier – und bei dir schaut noch der halbe Schniedel aus der Hose!" Das war natürlich übertrieben, doch Helmut Fechmann knöpfte sich umständlich die Hose zu, bevor er der Fregatte die feuchte Hand reichte, mit den Worten: „War doch ein schöner Festabend in der ‚goldenen Rübenhacke', nicht wahr, Anni?" Die Angesprochene antwortete würdevoll: „Für die Zukunft – nur mal so zum Merken – ich heiße Frau Tachyfec! Eigentlich sogar Frau Privatsekretärin – aber ich will ja nicht so sein. Für Menschen, die mir freundschaftlich verbunden sind, die dürfen mich auch 'Frau Tachyfec' nennen. Das bin ich meiner neuen Position schuldig. Wo kämen der Herr Buchhalter Walkner und ich sonst hin!"

Stand vorher dem Helmut Fechmann die Hose offen, so war es jetzt der Mund. Als ich ebenfalls in gebührendem Abstand der neuen Schreibkraft folgend die Treppe hinaufging, da hörte ich oben einen Schrei. Anni Tachyfec war bei dem Gang über die Gitterroste mit einem Stöckelschuh in einer Masche stecken geblieben. Bei dem Versuch sie aus dieser Lage zu befreien, packte Kalle Kabuffke tatkräftig zu. Ich konnte gerade noch sehen, dass er wohl die Hüfte umfasst hatte und bei dem Herausziehen der feinen Dame mit seinen Händen weiter nach oben gerutscht war. „Lümmel!", hallte es durch das Gebäude. Damit beendete ich die Erzählung, der Niels Wilhelmsen aufmerksam gefolgt war. Er nickte: „Ja ja, der Helmut ist ein Schlawiner. Wie viel Zentner Briketts sollen es denn sein?"

Das Ehepaar Schiffner pflegte spätabends eine lebendige Konversation. Das Gebrüll war ohne weiteres in meiner Wohnküche zu verstehen. Mir gefiel die pädagogische Konzeption der Eltern, bereits Kleinkinder an einen bestimmten Lärmpegel zu gewöhnen. So würden sie in ihrem späteren Leben auch keine Probleme haben, einmal unter einer Autobahnbrücke zu nächtigen. Als mich eine Dienstreise nach Süditalien führte, gab es in meiner Abwesenheit ein dramatisches Ereignis in meiner neuen Behausung.

Spätabends wurde bei Frau Dörge, meiner Nachbarin, geklingelt. Als sie die Tür öffnete, stand Lydia Schiffner mit blutenden Handgelenken in der Öffnung und verkündet bedeutungsschwanger: „Frau Dörge – ich habe soeben Selbstmord gemacht." Die Angesprochene warf einen finsteren Blick auf die Suizidkandidatin. Eine deutliche Blutspur schlängelte sich die Treppe hinab und schien vor der Wohnungstür der Schiffners zu enden. „Ausgerechnet heute", dachte sich Frau Dörge, „wo ich mit der Hauswoche dran bin!" Dennoch schluckte sie ihren Ärger hinunter und verständigte den Notarztwagen.

Als mir dieses Vorkommnis mit flammenden Worten geschildert wurde, sprach ich der Frau Nachbarin, zwischen Reisegepäck und Supermarkttüte, meine aufrichtige Anteilnahme aus. Nebenbei erfuhr ich, dass es in der besagten Wohnung der Schiffners seit einigen Tagen sehr ruhig sei.

In der Tat, die Etage unter mir schien nicht mehr bewohnt. Die Fenster waren Gardinenlos, der Briefkasten quoll über vor Werbesendungen. Es war schon merkwürdig. Aber einige Wochen später sollte ich aufgeklärt werden.

Als Niels Wilhelmsen die Kohlen auslieferte, bog gleichzeitig ein Mann mit einem karierten Hütchen um die Ecke. Er wirkte geistig leicht abwesend. Niels Wilhelmsen warf mir einen vielsagenden Blick zu. „Das ist Sigi Schnobert, der war mal Dachdecker, doch dann ist er in Riedelahe vom Dach gefallen. Seiner Frau gefiel das ganz und gar nicht – weg war sie. Das Einzige, was bei ihm jetzt nicht mehr fällt, ist der Spritpegel." „Aha", beginne ich zu kalauern, „dann hat er wohl während des Fallens ‚Vom Himmel hoch, da komme ich her' gesungen." Niels Wilhelmsen schaute mich verdutzt an: „Nee, wieso? Kann der denn singen? Ich bin ja schon 25 Jahre im Männergesangverein. Aber da hat er sich noch nicht blicken lassen."

Der Kohlenhändler lehnte sich an das Fahrerhaus des LKW und beobachtete die Arbeit seiner Leute. Sein Gesicht zeigte einen zufriedenen Eindruck. Plötzlich straffen sich seine Gesichtsmuskeln. Seine Augen schauen nach rechts, wo ein Mann mit einem Teppich unter dem Arm Kurs auf unser Mietshaus nahm. Der Mann besaß dichtes schwarzes Haar. Eine Schmalzlocke hing ihm in die Stirn. Sein Alter war schwer zu schätzen. Niels Wilhelmsen begrüßte ihn: „Hallo Alfredo, was machst Du denn hier?" „Na, siehste doch, ich bin am Einziehen. Der Sigi hilft mir mit den Möbeln. Hier, den Perserteppich habe ich vom Sperrmüll. Einwandfreie Ware – da kenne ich mich nämlich mit aus. Sigi, fass' mal mit an!" Sigi Schnobert schaute skeptisch auf den zusammengerollten Teppich. „Sage 'mal, der ist doch von Schrillkes." Alfred Bontik klang genervt: „Na und? Erst wollten sie mir ihn für fünfzig D-Mark verkaufen, da habe ich gesagt: ‚ohne mich'. Nun habe ich ihn im Sperrmüll wiedergefunden. Wenn das kein Schnäppchen ist!" Sigi Schnobert war aber nicht so leicht zu überzeugen: „Ja das Prunkstück haben die doch bloß entsorgt, nachdem sie sich diese Töle ‚Apollo' zugelegt hatten. Der Köter hat nämlich nicht nur die Blagen gebissen, sondern auch ständig auf den Teppich gepinkelt." „Das ist die Natur", gab ich zu Bedenken. Niels Wilhelmsen pflichtete mir bei: „Vor allem vertreibt das die Kleidermotten. „Sigi Schnobert schaute mich ungläubig an, während Alfred Bontik die Stirn runzelte: „Als ich vor ein paar Tagen mit Peter einen gepflegten Umtrunk unternahm, weil mir diese Komfort-Sozialwohnung zugewiesen wurde, da habe ich keinen Hund bemerkt." Sigi Schnobert fand seine Fassung schnell wieder. Überlegen antwortete er: „Kannste ja auch nicht. Denn vor einer Woche hat die Töle das Stöckchen von den Bahngleisen holen wollen. Nur der Zug aus Worthlah war schneller."

„Egal", erwiderte Alfred, „das ist 'n gutes Stück und wie Niels schon sagte – es vertreibt die Motten." Die Zwei entschwanden im Treppenaufgang und schleppten den Teppich nach oben. „Sie sind ja wohl Junggeselle", fuhr Niels Wilhelmsen ungerührt fort, „wenn Sie eine Frau hätten, dann müssten Sie die wohl vor Alfred in Schutz nehmen." Das war nun doch zu viel des Guten. Schließlich bezahle ich nicht für einen Fahrer, der seine Leute bei dem Ausladen der Kohlen überwacht und gepflegte Konversation mit Teppichfachleuten betreibt. „Ich darf Ihnen versichern, dass meine weiblichen Bekannten keinen ‚Elvis-Verschnitt' in Betracht ziehen." Niels Wilhelmsen schaute mich schief von der Seite an und rief seinen Leuten zu: „Beeilt Euch gefälligst!" Wenige Minuten später knatterte der Dieselmotor des LKW.

Dagegen blieb es unter meiner Wohnung nicht immer ruhig. Nachdem Schiffners wegen des Auszuges keine lautstarken Auseinandersetzungen mehr pflegen konnten, denn Frau Schiffner war nach erfolglosem Selbstmord mit dem Besitzer der „Kutscherstube" aus Kriebenburg in Richtung Brasilien durchgebrannt, statt nach Rio gelangten sie mangels ausreichender finanzieller Rücklagen nur zum Manneken Pis in Brüssel. Dort entschloss die Unternehmungslustige, doch lieber mit ihrem Mann in Kriebenburg wieder zusammenzuleben, bis sich vielleicht eine neue Möglichkeit zum Suizid oder einer erfolgreichen Flucht böte. Stattdessen übergab sich Alfred Bontik des abends pünktlich zwischen Neun und Zehn Uhr. Fast konnte man die Uhr danach stellen, wenn er volltrunken seinen Mageninhalt in seiner Toilette entleerte.

Im September findet das Dorffest statt. Alle Vereine Nordharingens stellen einen Festwagen für den großen Umzug. Wochen vorher werden schon die Vorbereitungen getroffen. In diesem Sommer saßen Peter Schrillke, Alfred Bontik, Helmut Fechmann in der „goldenen Rübenhacke", als Alfred Bontik meinte: „Wir sollten bei dem Umzug mitmachen." Helmut Fechmann fragte ungläubig: „Hä?" Dann fügte er noch an: „Von mir aus, wenn es nichts kostet." Alfredo lässt sich nicht aus der Ruhe bringen: „Helmut, Du hast doch den schönen Bollerwagen."

Daraufhin erläuterte Alfred Bontik seinen Schlachtplan: „Ihr kennt doch noch den ‚Brademann-Trick'." „Was hat das mit dem Bollerwagen zu tun?", fragte Helmut Fechmann verwundert. Peter Schrillke ergänzte: „Die Olle ist doch schon seit zehn Jahren tot. Außerdem hatte die ihren Tante-Emma-Laden in Kriebenburg." „Ich denke, wir machen mit meinem Bollerwagen bei dem Dorffest mit, statt der Verblichenen einen Friedhofsbesuch abzustatten. Womöglich noch Blumen kaufen, oder so?", moserte Helmut Fechmann. Alfredo, ganz Herr der Lage, die Helmut Fechmann nun wirklich bezahlen muss: „Also die Brademann hatte doch vor dem Laden diesen riesigen braunen Kasten. Da verstaute sie doch immer die Pfandflaschen. Wenn sie im Laden war, hat sie sich meist mit ihrem Alten im Hinterstübchen gezankt. So haben wir dann heimlich die Flaschen aus dem Kasten genommen, um sie dann wieder bei ihr gegen Bargeld einzulösen. Die Kuh hat sich bloß gewundert, dass ihr Kasten so furchtbar langsam voll wurde. Aber wir konnten dafür ins Wanderkino gehen. „Wander-was?", ließ sich Peter Schrillke vernehmen. „Na Kriebenburg hatte doch kein Kino. Da kam immer so ein Typ mit Traktor und Anhänger, der dann einmal im Monat Kino im Dorfgemeinschaftshaus machte. Waren ja damals ganz andere Zeiten. Der Helmut hat ja dazu immer vorher Spenden für das Heimatvertriebenenhilfswerk gesammelt. Manchmal sogar mit dunkler Sonnenbrille und drei schwarzen Punkten auf der gelben Armbinde." „Das weiß ich noch wie heute", unterbrach Helmut Fechmann, "ich habe doch auf drei Meilen gegen den Wind gesehen, wer sich mit einem Hosenknopf oder Unterlegscheibe loskaufen wollte." Peter Schrillke rutschte fast die Brille von der Nase: „Und dann?" „Na, wenn wir genug für die Kinokarten zusammen hatten, sind wir da eben hineingegangen. Der erste Film, den wir gesehen haben war: ‚das Schweigen'. Der war wirklich sehr verrucht."

„Na, ich weiß nicht, so etwas habe ich zu Hause öfter. Was ist daran denn so aufregend?", fragte Peter Schrillke. Alfredo schüttelte den Kopf: „Na die haben doch in dem Film Schweinkram gemacht – na du weißt schon." „Nee, weiß ich nicht." Die Antwort wurde von der neuen Kellnerin unterbrochen mit der Frage: „Darf es noch etwas sein?" Helmut Fechmann, unter den bohrenden Blicken seiner Zechgenossen, antwortete zähneknirschend: „Ja drei Pils, aber nur kleine!"

Alfred kommentierte die Bestellung: „Das haste ‚mal wieder billig hingekriegt. Aber wenn mein Plan aufgeht, dann machen wir eine tolle Einweihungsparty in meiner neuen Wohnung." Dann begann er seinen Plan zu erklären: „Der Festwagen der 'Lutter-Brauerei' ist doch immer bei dem Umzug dabei. Die haben aber keine Zapfanlage auf dem Wagen, weil sie doch Pferde vorgespannt haben. Dafür aber jede Menge Pfandflaschen in Eistonnen. Dann geben sie eine Bierflasche, Bierdeckel und Öffner mit Firmenaufdruck ‚Lutter-Bräu' aus. Bei dem letzten Fest hat es doch deshalb soviel Ärger gegeben, weil die Bierflaschen in die Gärten geworfen wurden, oder auf der Straße liegen blieben." „Das stimmt", ergänzte Helmut Fechmann eifrig, ich habe noch drei Flaschenöffner übrig – aber die Bierflaschen habe ich meinem Kollegen Kurt Keune mitgegeben, der doch immer für die Belegschaft zum Frühstück einen Kasten Bier heranschafft." „Helmut, du hast das fast schon begriffen", antwortete wohlwollend Alfred Bontik, „Du, Peter, malst ein Schild, wo darauf steht: ‚Bierflaschenentsorgung – für eine saubere Nordharinger Umwelt!' Du hast doch 'mal als Maler bei der Firma Schrapper gearbeitet." Peter, mit stolz geschwellter Brust: „Ich bin sozusagen eine Pinselfachkraft. Aber warum sammeln wir nun die Bierflaschen?" „Mensch Peter, jetzt kommt doch der Brademann-Trick. Mit dem Sammelgut gehen wir zum Edeka-Laden und nachdem der Typ seinen bescheuerten Spruch: ‚Haben Sie alle Ihre Wünsche gefunden?', abgelassen hat, tauschen wir die Pfandflaschen gegen Bares ein. Es liegt an euch, wie viel wir sammeln. „Peter Schrillke war begeistert: „Mein Ältester hat einen Stempelkasten. Damit bastele ich einen Stempel mit der Aufschrift: ‚Entsorgungsgutschein'. Dann geben wir für jede Flasche einen Zettel mit dem Stempelaufdruck ab." „Du bist wirklich pfiffig", lobte Alfred Bontik seinen Zechkumpanen.

Die weitere Unterhaltung entging dem Ohrenzeugen, weil die Gaststätte sich beständig füllte und der Lärmpegel anstieg und das Trio zu anderen Gesprächsthemen wechselte.

Am 3. September, es war ein Sonnabend, schien eine warme Frühherbstsonne, als sich der Festzug vor der Kirche sammelte. In diesem traditionellen Gottesdienst, den der Männergesangsverein stets zusammen mit der Feuerwehrkapelle gestaltet, pflegt der gestrenge Gottesmann Pastor Feuereisen über das Wort aus dem alten Testament im 3. Buch Mose den „Bestimmungen über die körperliche Unreinheit" zu predigen. Damit hofft er, dem zügellosen Treiben, welches nach reichlichem Alkoholgenuss um sich greift, Einhalt zu gebieten. Seiner Meinung nach sind besonders junge Männer der Versuchung zu unzüchtigen Handlungen gefährdet. Darum wird sehr passend, nach dem Kanzelsegen von der Blaskapelle der beliebte Choral: „Ich bete an die Macht der Liebe" angestimmt. Die dösenden Kirchenbesucher erwachten bei den ersten Takten, setzten sich aufrecht, was Pastor Feuereisen mit Genugtuung bemerkte. Hatte doch seine Predigt offenkundig die Menschen aufgerüttelt.

Dann marschierte der Festzug zu den Klängen der Amboss-Polka über die Hauptstraße zum Kriegerdenkmal. Am Ende des Zuges sah man Helmut Fechmann den Bollerwagen ziehen, begleitet von Alfred Bontik und Peter Schrillke. Letzterer hatte ein großes Schild gemalt: „Bierflaschen-Endsorgung! Für ein sauberes Nordharingen – mit Gutschein!" Alfred Bontik bemängelte zwar die Rechtschreibung, aber Helmut überzeugte ihn, dass es nicht Entsorgung heißen müsse, sondern Endsorgung, weil ja schließlich nach dem Austrinken das Bier ‚zu Ende' sei. Seit Abmarsch von der Kirche hatten sie bereits eine beträchtliche Anzahl an Pfandflaschen eingenommen. Nur Tischlermeister Studer wunderte sich, als ihm Helmut Fechmann die halbvolle Bierflasche aus der Hand nahm und ihm dafür einen grünen Zettel in die Hand drückte. „Was soll ich denn mit dem Gutschein?" Helmut Fechmann tröstete ihn: „Für irgendetwas wird er schon gut sein." Während er den Rest der Flasche austrank, rief er noch dem Handwerksmeister zu: „Man soll ja nichts umkommen lassen, nicht wahr?"

Dann nahte die Feierstunde am Kriegerdenkmal. Die feierliche Kranzniederlegung. Das war zwar eher etwas für einen erhebenden Volkstrauertag, aber so hatte der 1. Vorsitzende der Kyffhäuserkameradschaft, der zugleich auch stellvertretender Bürgermeister war, die Gelegenheit eine ausführliche Rede zu halten. Er sprach über Werden und Vergehen und der mit kostbarem Nordharinger Blut gedüngten Erde in Verdun und Stalingrad. Die Feier wurde mit der Blasmusik zum ‚guten Kameraden' beendet worden.

„Ich muss ‚mal pinkeln", ließ sich Helmut vernehmen. „Dann geh' doch hin zur Buchsbaumhecke", entgegnete Alfred Bontik leicht verärgert. „Da stehen aber so viele Leute", nörgelte Helmut. „Dann nimm' dir eine Bierflasche. Wir stellen uns um dich herum. Dann merkt das Keiner", schlägt Peter Schrillke vor. Gesagt – getan. Während die Blaskapelle das Lied: „Ich hatt' einen Kameraden…" intoniert, standen Helmuts Kameraden Spalier, um bei dem Füllen der Bierflasche keine unerlaubten Blicke zu ermöglichen. Dann hob Helmut Fechmann die Flasche in die Höhe, ließ Sonnenlicht einfallen und meinte stolz: „Randvoll, ist doch ‚ne Leistung. Ich habe eben eine gute Verdauung." Da durchzuckte Alfred ein Gedankenblitz: „Gib mir ‚mal die Flasche, ich habe noch einen gut erhaltenen Kronenkorken." Sorgfältig drückte Alfred Bontik mit einem Stein den Kronenkorken auf dem Flaschenhals fest. „Klasse, das sieht ja wie neu aus", begutachtete Peter Schrillke das Werk.

An der Straßeneinmündung zum Pommernsteig entdeckte Peter Schrillke einen alten Bekannten. „Schaut 'mal! Da ist ja Sigi Schnobert! Der hält wohl die Laterne fest, damit sie nicht umfällt." Sigi Schnobert verfolgte mit leicht glasigen Augen den Festzug. Als das Trio mit dem Bollerwagen an der besagten Straßenleuchte anlangte, reichte ihm Alfred Bontik die Bierflasche mit den Worten: „Hier ist für dich. Ist aber nicht mehr kalt. Du weißt ja; bei so einem Wetter." Sigi nimmt dankbar das Gebräu entgegen und lallte: „Alfred, bist ein wahrer Kumpel."

Jedoch Helmut Fechmann blieb nörgelig: „Musste das denn sein? Das ist doch eine Pfandflasche." Daraufhin brauste Alfred auf: „Was kann ich denn dafür, wenn Du eine Sextantenblase hast!" Helmut überlegte: „Sechs Tanten habe ich nie gehabt. Da waren: Tante Olga, Tante Ludmila und Tante Elena. An der Blase hatten die nie etwas. Die wurden steinalt." „Na so was", staunte Peter Schrillke, „ich dachte, du kämst von einem ostpreußischen Rittergut – aber das hört sich ja eher nach ‚Russisch-Polen' an." Helmut Fechmann blieb unerschütterlich: „Das war ja das Grenzgebiet in Ostpreußen, am Kurischen Haff. Da konnte schon mal etwas durcheinander gehen,"

Nachdem der Festumzug zum Versammlungszelt auf dem Sportplatz angekommen war, machte sich das Trio auf zum Supermarkt. Dem Marktleiter blieb die Frage nach eventuell gefundenen Wünschen im Halse stecken. Eher verwünschte er seine Kunden. Denn für die vielen Flaschen fehlten ihm passende Bierkästen. Zähneknirschend tauschte er den Dreien den Pfanderlös in frische Pilsener um und legte sie lose in den Bollerwagen, nicht ohne die Ermahnung, sich einmal nach passenden Kästen umzusehen. Helmut Fechmann freute sich über den Hinweis, dass ein solcher Kasten mit sechs harten D-Mark und sechzig Pfennigen bei der Rückgabe entlohnt wird.

Mit einer stattlichen Anzahl an Getränken kehrten sie dann in Alfred Bontiks neuer Wohnung ein. In geselliger Runde, konnte dann das folgende Gespräch, wegen der geöffneten Fenster mühelos verstanden werden.

„Also erst einmal Prösterchen. Ich bin schon ganz ausgetrocknet." erklärte Peter Schrillke. „Na lass mal dem Helmut den Vortritt, der hat ja den Wagen gezogen, obwohl die Idee von mir war. Eigentlich steht mir eine extra Portion des frischen Gerstensaftes zu." „Stimmt", pflichtete ihm Peter Schrillke bei. „Außerdem stammte ja die Dekoration des Wagens von mir. Das war eine Facharbeit. Einen Bollerwagen ziehen kann jeder. Also ich genehmige mir auch eine Extra-Ration. Helmut Fechmann war verwundert: „Na, bei dem Pils für Sigi Schnobert habt ihr euch nicht so angestellt." Alfred Bontik erwiderte: „Ich habe ihm doch gesagt, dass es nicht mehr taufrisch ist. Sein Pech, wenn es einen leichten Beigeschmack hatte." Helmut Fechmann ließ sich nicht beirren. „Dafür habt wir jetzt sehr frische gekühlte Pilsener vor uns. Warum hat denn der Sigi so gemeckert?"

Die Tonlage in Peter Schrillkes Stimme verhärtete sich: „Wenn du alter Suffkopp nicht hättest wieder pinkeln gehen müssen in die Hecke vom Jürgen Trautwein – dann wäre der Kirschlorbeer am Leben geblieben und Du wärest Zeuge einer echten Tragödie geworden. Der Sigi hatte einen kräftigen Hieb aus der Flasche genommen, dann grölte er: „Das schmeckt ja wie Laternenpfahl ganz unten. So was ist einem Gast in der 'Goldenen Rübenhacke' eiskalt serviert worden!" Anni Tachyfec' stand daneben und meinte: „Lass mich 'mal probieren. Ich arbeite zwar nicht mehr als Fachkraft in der gehobenen Gastronomie – aber man hat ja jahrzehntelange Berufserfahrung. Außerdem ist es ja eh' umsonst. Sie nahm einen großen Schluck, dann spuckte sie die Brühe aus und schrie: "Das ist ja Hundepipi!" Das haste natürlich mal wieder nicht mitgekriegt. So verging der Frühherbst im schönen Nordharingen.

Im Oktober hat Peter Schrillke Geburtstag. Alfred Bontik war zu einer Feier im engsten Familienkreis eingeladen worden. Vor seinem Abmarsch überlegte er jedoch, was für ein Geschenk er mitbringen könnte. Das war ja nun Ehrensache. Da fiel sein Blick auf den Wohnküchenteppich. Eigentlich sah der ja doch noch wirklich gut aus. Die zwei winzigen Flecken, kaum größer als eine Handfläche, stammten von umgeworfenen Bierflaschen – aber sie fielen nur dem Pingeligen auf. Alfred, bekannt für seine Großzügigkeit, schaute wohlgefällig auf das Muster. „Mamolierung" hatte seine Mutter es immer genannt. Sie bevorzugte solche Farbtöne: „Weil man da den Dreck nicht sofort sieht." Der Teppich war wirklich ‚Klasse'. Doch störte es ihn ein wenig, dass die Luft in der Wohnküche oftmals stickig war, wenn er von draußen hereinkam. „Perser haben nun einmal ein strenges Aroma", sagte er zu sich. Deshalb rollte er kurzerhand den Teppich zusammen und gelangte schwitzend mit dem Ungetüm in den 2. Stock des Nachbarhauses. Ihm war eingefallen, das persische

Prunkstück als Überraschungsgeschenk zu präsentieren. Er stellte die Rolle neben die Wohnungstür, sodass niemand auf den ersten Blick das Geschenk erspähen konnte. Während dieser Vorbereitungen stapfte Helmut Fechmann heran. „Was haste denn da mitgebracht?", fragte er verwundert. „Psst", Alfred legte einen Finger auf seine Lippen, „das soll 'ne Überraschung werden." „Ich habe auch eine", erwiderte Helmut würdevoll. Dabei schwenkte er bedeutungsschwanger eine Plastiktüte.

Alfred Bontik ließ sich nicht beeindrucken. Er drückte energisch den Klingelknopf und kurz darauf öffnete Peter Schrillke die Wohnungstür. „Herzlichen Glückwunsch!", schallte es ihm entgegen. Helmut Fechmann drückte Peter die Einkaufstüte in die Hand: „Hier, das ist für dich!" „Danke schön", freute sich das Geburtstagskind. Er schaute in den Beutel: „Mann, das ist ja sogar das gute Welfenschloss-Pilsener! Da haste dich aber angestrengt." Helmut nickte: „Das kann man wohl sagen. Dieses Herumlatschen, bis ich alles beisammen bekam. Unser Betriebsleiter Kabuffke hatte sich doch ein neues Auto zugelegt. Das ist ja bei uns so Brauch, dass du dann Einen ausgeben musst. Aber ein paar Angestellte mögen kein Bier, da habe ich gedacht, bei dir sind die Flaschen besser aufgehoben." Das stimmt", antwortete Peter Schrillke im Brustton der Überzeugung. „Ich habe auch etwas für dich", unterbrach Alfred Bontik. „Schau mal, ein echter Perser!" Mit diesen Worten versuchte er hochkant den Teppich in die Wohnung zu tragen. Als er fast den Türrahmen überwunden hat, stößt er gegen die Deckenlampe in der Diele. Die Hängeleuchte kracht zu Boden. Neben dem Klirren von Glas sind Funken an der Decke zu vernehmen. Ilona Schrillke schreit auf: „Das gute Hochzeitsgeschenk von Tante Josefine!" Der Rest der Unterhaltung ging im allgemeinen Bedauern unter. Hektisch wurde nach der Taschenlampe gesucht. Endlich zeigt sich ein dünner Lichtstrahl, der sich durch den Zigarettenrauch seinen

Weg bahnt. Die Sicherung wurde ausgetauscht. Alfred, ganz Herr der Lage: „Das bringe ich wieder in Ordnung. Bringt mir mal 'nen Stuhl! Ich bin ja gelernter Handwerker." Von der Decke herab ragten zwei blanke Kabel. Zu Peter gewendet meinte Alfred: „Gib mir doch bitte mal die Lüsterklemme." „Die, hä was?" „Na die Lüsterklemme, womit die Lampe an die Lichtleitung angeschlossen war." „Gibt's nicht. Ich habe die Drähte zusammen gedreht. Habe ich auch früher immer bei meiner Eisenbahn gemacht, funktionuckelt prima." Alfred fiel fast vom Stuhl: „Du bist ein Idiot! Das ist doch hier keine Märklin-Eisenbahn, sondern richtiger Strom und was du mit deinen Elektrokünsten da fabriziert hast, nennt sich 'Hausfrauenwürgetechnik'. Haste denn wenigstens Isolierband?" Ilona schüttelte den Kopf: „Ham, wa' nicht. Tut's auch Leukoplast?" Alfred nickte. Die Frau holte etwas Leukoplast – und während Alfred die Kabel notdürftig verbindet, entschied sich Peter Schrillke dafür, die Dielenbeleuchtung zu testen. Das hat zur Folge, dass mit einem lauten Schrei Alfred Bontik vom Stuhl fiel – 230 Volt, 50 Hertz mähten ihn nieder – doch er landete weich auf dem Teppich. Helmut Fechmann jedoch wurde nun leicht ungeduldig: „Lüsterklemme hin oder her. Ich bin lüstern auf ein Bier!"

Nach der Wiederbelebung von Alfred Bontik ließ der Gerstensaft nicht lange auf sich warten. Tags darauf ist Frau Dörge empört: „Herr Keilers, also so was – also das hat es in diesem guten Hause noch nicht gegeben. Zustände sind das! Also der war ja so besoffen! Immer wieder hat er versucht, die Wohnungstür aufzuschließen!" „Warum hat er es nicht geschafft?' frage ich. „Na, weil er nicht bis drei zählen kann! Der stand nämlich vor Ihrer Wohnung. Nach einer halben Stunde war er dann weg." „Ok, Frau Dörge, bis zwei hätte ja auch schon gereicht." „Herr Keilers, Sie können sich nicht vorstellen, was hier passiert. Sie sind ja am Wochenende nie da. Da gehe ich doch Kohlen holen und finde den Suffkopp im Keller. ‚Herr Bontik', sage ich zu ihm, ‚Nu gehen Sie doch 'mal in Ihre Wohnung!' Da schaut der mich an: ‚Wieso ich? Ich bin doch zu Hause'. Herr Keilers, jetzt sagen sie doch was! Das ist doch nicht normal. Und er hatte sich eingepinkelt." Ungläubig frage ich: „Eingepinkelt? Wie kommen Sie denn darauf?" Mit fester Stimme antwortet sie: „Da, wo der Kerl gelegen hat, war eine Pfütze. Ich habe das gerochen. Das war Urin – schließlich habe ich zwei Jungen groß gezogen." Wenig später sollte ich das Schlüsselproblem mit Wohnungsfindung hautnah erfahren. Dabei war sein Vorgehen sehr methodisch. Er dachte offensichtlich: "Wenn ich es bei dem ersten Mal nicht schaffe sogleich die Wohnungstür aufzuschließen, dann beginne ich am besten von vorn." Also ging er noch einmal aus dem Haus, um die Prozedur zu wiederholen. Sicherheitshalber läutete er bei den anderen Mietern, „Man weiß ja nie...", wenn der Türöffner summte, dann stapfte er nach oben. Sein Rekord lag bei sechs Versuchen hintereinander. Dafür waren ihm die Nachbarn auch sehr dankbar. Kamen sie doch zu mitternächtlicher Stunde zu der Gelegenheit sich noch etwas zu bewegen, was ja bekanntlich das Einschlafen fördert.

Nicht nur die Kirche hat zum Betreten des Himmels die Pforte als Barriere erschaffen, sondern auch der soziale Wohnungsbau. Nur mit dem Unterschied, dass am Himmelstor ein Pförtner ständig anwesend ist. Gespannt lauschte ich dem Bericht der im Parterre wohnenden Frau Körner, als ich Sie im Hausflur traf.

Vor einigen Tagen kommt doch der Alfred Bontik mit Sigi Schnobert untergehakt die lange Straße entlang, da ist gerade meine Schwiegermutter im Vorgarten und sieht, wie Alfred anfängt in seinen Hosentaschen zu fummeln. Offenbar fällt ihm das sehr schwer, weil er nur eine Hand frei hat. Dieser Sigi Schnobert hat starke Gleichgewichtsstörungen, er murmelt beständig etwas von schlechter Wetterlage. Dann bemerkt Alfredo, er könne das gut nachvollziehen, denn ihm sei auch etwas mulmig. Er findet den Schlüssel nicht, denn er meckert, dass sie doch die Einweihung der neuen Sitzgarnitur begießen wollen, die er mittels Gutschein vom Sozialamt bei der Möbelrampe als gut erhaltene Sitzecke ergattert habe. Alfredo preist sie als besonders schön und praktisch, weil der Bezug aus Kunstleder ist. „Das kannste ganz leicht abwischen", sagt er zu Sigi Schnobert, beide kommen offenbar vom Frühschoppen in der ‚goldenen Rübenhacke'. Doch das Fummeln bringt keinen Erfolg: „Scheiße", sagt er laut. Sigi Schnobert, durch das Wetter etwas mitgenommen, fragt aufmerksam: "Häh?" „Ich habe meinen Schlüssel zu Hause liegen lassen." Das kann Sigi nicht erschüttern: „Na dann holen wir ihn uns doch ab. Dann kannste die Tür doch aufschließen. Wo liegt er denn?" „Auf dem Wohnzimmertisch", antwortet Alfred nachdenklich, "aber dazu müssen wir erst durch die Wohnungstür. Ach, macht nichts, wozu bin ich gelernter Handwerker." „Und ich bin Dachdecker, ich kann dir auf hundert Meter Entfernung sagen, ob ein Haus mit Ziegeln oder Betondachsteinen gedeckt ist." Alfred grübelt: "Na über das Dach zu gehen bringt nichts. Wenn du da eine Öffnung machst, dann bist du auf dem Wäscheboden. Nee, ich habe schon eine Idee." Gemächlich treffen sie vor dem Haus ein. Alfred weist Sigi an: „Klingel ,mal bei der Dörge, die wohnt ein Stockwerk höher." „Und denne?", will Sigi Schnobert wissen. „Das merkste dann schon", lässt sich Alfred vernehmen. Als sie vor der Wohnungstür stehen, befühlt Alfred fachmännisch die Tür und den Rahmen. „Das wird nicht leicht. Das ist solide deutsche Wertarbeit. Pass 'mal auf. So musst Du das machen." Er stellt sich gegenüber vor der Tür der Nachbarwohnung auf. Dann stürmt er los, wie ein verwundeter Stier und wirft sich mit der Schulter vor seine Wohnungstür. Es rumst. Sigi Schnobert ist davon nicht überzeugt: „Ist Eintreten nicht besser? Ich war mal Verteidiger bei SV Wümmelse." „Nee", knurrt Al-

fred, "keine Chance. Wir müssen die mit der kompletten Zarge aus der Wand hebeln." Da erscheint Frau Dörge, die sich zunächst über das Klingeln und das anschließende Ausbleiben des Besuches gewundert hatte. Sie erwartete eigentlich den Klempner. Als dann nach kurzer Zeit laute Geräusche im Treppenhaus zu hören waren, geht sie hinunter. „Was machen Sie denn da?", fragt sie erstaunt. „Na, sehen Sie doch", antwortet Alfred Bontik, „irgendwie muss ich ja auch mal in meine eigene Wohnung kommen." Frau Dörge kann sich eine spitze Bemerkung nicht verkneifen: "Das machen Sie doch sonst ganz anders. Mit mehrmaligem Anlauf vom Vorgarten aus." Sigi Schnobert kommt seinem Kameraden zur Hilfe; „Wir wollen ja bloß den Schlüssel vom Wohnzimmertisch holen, um die Wohnungstür aufzuschließen." Frau Dörge bekommt einen leicht irren Blick: „Ja, wie wäre es denn, wenn Sie das Türblech abschrauben und mit einer Zange die Klinke bewegen würden? Dann sind Sie drin." „Ach hören Sie doch auf, so was gibt's doch gar nicht", protestiert Alfred. Sigi pflichtet ihm bei: „Der Herr Bontik ist nämlich gelernter Handwerker – und ich bin Dachdecker!" Kopfschüttelnd geht Frau Dörge die Treppe nach oben, nicht ohne nachzurufen: „Da sind Sie wahrscheinlich mal vom Dach gefallen und mit dem Hinterkopf aufgeschlagen, da – wo die Intelligenz sitzt."

„Das ist doch eine blöde Kuh!", schimpft Alfred, „Pass auf, das können wir nur gemeinsam hinkriegen. Also Du läufst mit mir gleichzeitig los und wir werfen uns gegen die Tür."

Mit ohrenbetäubendem Krachen fallen nach dem fünften Versuch zwei Männer in den Flur der Wohnung. Erschöpft bleiben sie liegen. Sigi ist der Erste, der sich erholt. Er klopft sich den Kalkstaub von der Hose und meint: „Das war ein hartes Stück Arbeit. Ich hole ,mal den Schlüssel vom Wohnzimmertisch, damit wir die

Tür aufschließen." Alfred nickt schwach: „Ich brauche jetzt erst ein Bier. Mann, ist das hier staubig. "

„Herr Keilers, mit dem werden wir noch viel Spaß haben", beendet sie den Bericht. Schade, denn meine Mittagspause ist noch nicht vorbei.

Als ich abends von der Firma zurückkomme, fällt mir auf, dass aus Alfreds Wohnung durch einen daumenbreiten Spalt zwischen Tür und Rahmen das Licht hindurchfällt. „Merkwürdig", denke ich. Doch Frau Dörge sollte mir sogleich die Erklärung geben. Nach dem Fall der beiden hatte sie begonnen, ein wenig die Treppe zu wischen und das Flurfenster zu putzen. Da hörte sie, wie Alfred sagte: „Lass man gut sein Sigi, das passt jetzt so. Ich habe die Zarge wieder prima eingesetzt." Sigi bemängelte: „Aber da ist doch noch ein Spalt." Alfred beruhigte ihn: „Das ist eine Dehnfuge, das brauchste für die Lüftung." Frau Dörge schloss die Schilderung mit den Worten: „Und so was will ein Handwerker sein."

Der Monat neigte sich dem Ende zu. Damit leerte sich auch Alfredos Geldbörse. Jetzt hieß es das Bier einzuteilen, um nicht auf dem Trockenen zu sitzen. Der Weggang von Anni Tachyfec schmerzte Alfredo schon, denn sie hatte ihn als Gastronomieexpertin doch bisher stets mit Essen und Trinken versorgt, wenn es knapp mit dem Geld wurde. Die Neue stellte sich dagegen taub für sein Anliegen und war seinen männlichen Qualitäten gegenüber völlig unempfänglich. Als 'Handwerkerfachmann' blieb ihm nun nichts anderes übrig, als sich auf die Suche nach Aufträgen zu begeben. Er war davon überzeugt, dass sein Können und seine vielfältige Erfahrung sich weit in der Region herumgesprochen hatte. Niels Wilhelmsen hatte vor drei Tagen zuvor bei einer Kohlenlieferung verkündet, dass ein hiesiger Geschäftsmann an ihn herangetreten sei, der kräftige Männer für Außenarbeiten am Gebäude gesucht hatte, aber keine fand. Leider habe er soviel mit Heizölauslieferungen zu tun, dass er keinen Mitarbeiter entbehren könne, bemerkte er nicht ohne Stolz. Eher uninteressiert erkundigte sich Alfredo nach dem Namen des Unternehmens. Etwas später gab ihm seine knappe Barschaft den Anstoß zu der, wie er meinte, genialen Geschäftsidee.

Die Maschinen- und Apparatebaufirma „Fummel & Schummel", an der ehemaligen Zuckerfabrik in Nordharingen gelegen, suchte drei kräftige Männer, die einen alten Schuppen abreißen sollten. Er war vor langer Zeit an die Werkhalle angebaut worden. Jetzt war er unbenutzt und stand den Lastkraftwagen im Wege. Neben dem Abriss mussten auch Ausbesserungsarbeiten im Mauerwerk durchgeführt werden, einschließlich eines wetterfesten Anstrichs. Obendrein sollte auch das Dach dem veränderten Gebäude angepasst werden. „Den Auftrag kralle ich mir", dachte Alfredo und machte sich auf den Weg zur alten Zuckerfabrik. Gegenüber dem Geschäftsführer Siegfried Schummel, dem ebenfalls anwesenden Betriebsleiter Ferdinand Fummel pries Alfred Bontik seine umfassenden Handwerkskenntnisse und die der Pinselfachkraft Peter Schrillke. Ganz zu schweigen von Sigi Schnoberts Dachdeckerkünsten und die lange Berufserfahrung der Drei.

Aus diesem Grunde entschied der Geschäftsführer Siegfried Schummel, dass der Auftrag an das Dreier-Team gehen solle, weil der geforderte Stundenlohn dem von polnischen Wanderarbeitern entsprach. Mit dem großen Vorteil, dass es bei diesen „Experten" keinen Ärger mit dem Arbeitsamt geben würde.

Deshalb fragt wenig später Alfredo den Helmut Fechmann, als sie zur Geburtstagsfeier von Niels Wilhelmsen in der „goldenen Rübenhacke"sitzen: „Helmut, leihste mir 'mal den Bollerwagen?" Helmut überlegt kurz: „Das kostet aber einen Kasten Bier als Leihgebühr!" Alfred bohrt nach: "Willste nicht einen l A-Perser-Teppich haben? Kannst du doch bei deiner großen Wohnstube prima gebrauchen. Das hätte dann echtes Geschicke. Ich kenne jemand, der will sich von so einem Prunkstück freiwillig trennen. Den schenke ich dir!" Helmut ist nachdenklich, nimmt einen Schluck Bier und sinniert: „Wozu brauchste denn den Bollerwagen?" Da triumphiert Alfred: „Weil ich als Handwerkerfachmann einen wichtigen Auftrag bekommen habe. Da muss ich die Werkzeuge mit befördern." Daraufhin stutzt Niels Wilhelmsen: „Du, und ein Auftrag? Hat dir Frau Dörge aufgetragen, vielleicht einmal in deinem Haus die Treppe zu fegen und die Pisse im Keller aufzuwischen?" Alfred ist pikiert: „Das glaubste mir wohl nicht, wie? Ich habe durch meine Fachkenntnisse einen verantwortlichen Auftrag ausgehandelt. Das ist immerhin etwas Anderes, als nur Kohlenbestellungen entgegenzunehmen und den Heizölwagen durch die Gegend zu schicken. Und überhaupt – so ein Bedürfnis ist menschlich. Kennste doch vom Helmut. Bei älteren Leuten nennt man das 'Inkonsequenz'. Du pinkelst doch auch in den Tanklaster, um einen Liter Heizöl zu sparen."

Niels Wilhelmsen ist innerlich am Platzen, doch er versucht ruhig zu bleiben: „Dann dürfte es für dich ein Leichtes sein, zur Geschäftseröffnung eine Runde auszugeben." Bevor Alfred noch etwas entgegnen kann, trompetet Helmut Fechmann: „Ich nehme ein großes Pils!" „Alfred, der Niels hat recht, du musst in jedes Geschäft erst einmal investieren, bis du mal richtig dicke Kohle machst wie Niels", gibt Peter Schrillke zu Bedenken. Doch Alfred ist sauer. Er knurrt: „Bloß gut, dass ich schon fünfzig D-Mark Anzahlung erhalten habe. Von wegen der Planungsarbeiten. Aber davon versteht ein Kohlenschipper ja nichts. Helmut. Rufe mal die Kathi. Wegen der Pilse. Sonst ist ja nicht soviel an ihr dran."

Peter Schrillke trinkt schnell sein Glas aus. Er ruft der neuen Bedienung zu: "Noch mal dasselbe, aber wegen meiner Magenbeschwerden noch einen Kümmel vorweg." Niels und Helmut beklagen sich auch, dass sie vielleicht von der grassierenden Magen-Darm-Grippe befallen seien und würden gern einen Magenbitter zum Bier bestellen. Alfred Bontiks Antlitz gleicht einer verschimmelten Rübe. Das nimmt Peter Schrillke zum Anlass für einen launigen Scherz: „ Kennt ihr den? Ilse ging in die Pilze. Da willtse – jetzt stilltse. Scheiß-Pilze!" Helmut Fechmann fasst sich als Erster: „Nee, Pilze habe ich schon in Masuren nicht vertragen. Hat die Ilse selber schuld. Aber, Alfred, du kannst den Bollerwagen haben. Ich weiß ja auch, dass du von Teppichen etwas verstehst."

Am darauffolgenden Montag schellt schon früh Alfred Bontik bei Peter Schrillke. Es dauert, bis Peter in verschlissenen Arbeitsklamotten und mit einem weißen Hütchen auf dem Kopf erscheint. In beiden Händen hält er einen Eimer, aus dem verschiedene Pinsel herauslugen. „Wie siehst du denn aus?", wundert sich Alfred. „Das ist mein Arbeitsanzug, wo ich damals fast meine Prüfung zum Maler und Lackierer gemacht hätte. Hast du denn noch kein Werkzeug dabei? Ich denke, deshalb hast du doch den Bollerwagen gebraucht." Alfred erwidert souverän: " Erst einmal holen wir Sigi ab und dann kaufen wir die Werkzeuge." „Was", staunt Peter Schrillke, „du willst zum Urbi nach Bad Salzhausen? Mit dem Bollerwagen?" „Warte es ab", beruhigt ihn Alfred. Die zwei gehen gemütlich den Sudetenring entlang, wo Sigi Schnobert wohnt. Der steht schon vor der Haustür. „Na, endlich", ruft er, „es ist ja gleich acht Uhr!". „Ich habe gleitende Arbeitszeit abgesprochen", antwortet Alfred Bontik, „außerdem macht der Edeka-Laden erst um acht Uhr auf." „Was willste denn da?", fragt Peter Schrillke. „Na, Werkzeuge kaufen." Sigi

Schnobert und Peter Schrillke schütteln den Kopf. So trotten sie Alfred Bontik hinterher, der es sich nicht nehmen lässt, den Tischlermeister Studer, der gerade von seinem Transporter mit einem Gesellen und dem Azubi dicke Balken ablädt, zu begrüßen: „Tach, Herr Handwerkskollege. Na, auch schon so früh auf den Beinen?" Karl Studer ist so verblüfft, das er eine Bohle fallen lässt, die dem Azubi auf den Fuß fällt. „Was ist das denn für eine Kolonne?", lässt sich der Geselle vernehmen. Meister Studer findet immer noch keine Worte. Der Azubi antwortet mit gequältem Blick: „Sie haben immerhin eine sehr eindrucksvolle Wirkung erzeugt." Da wird Herr Studer böse: „Warum müsst ihr Bengels auch immer bloß Turnschuhe tragen. Kannst dir ja auch mal Sicherheitsschuhe mit Stahlkappen zulegen!"

Das Trio gelangt zum Edeka-Laden, als der Marktleiter gerade die Eingangstür aufschließt. Mit einer Einkaufstüte und einem Kasten Bier wartet bereits Kurt Keune. Er mosert: „Es wird auch Zeit, ich muss wieder in die Firma." Der Marktleiter verkneift sich wiederum die Frage nach den gefundenen Wünschen. Offenbar wissen seine frühen Kunden, was sie wollen. Sigi muss den Bollerwagen bewachen, während Alfred Bontik und Peter Schrillke sich einen Einkaufswagen schnappen. „Haste mal 'ne Mark?", fragt Alfred. Peter wundert sich: „Ich denke, du hast Vorschuss von der Firma bekommen." Alfred entgegnet ungerührt: „Na klar, aber jede solide Firma muss auch Rücklagen bilden." Gezielt steuert Alfred mit dem Einkaufswagen in die Getränkeabteilung. „Hier gibt es aber keine Werkzeuge", quengelt Peter. Alfred antwortet überlegen: „Tja, das ist eben der feine Unterschied. Du hast nur gelernt deinen Pinsel zu schwingen. Ich, dagegen, bin auf vielen Gebieten versiert. Es sind Maurerarbeiten bei „Fummel & Schummel" zu verrichten. Du musst das nur später anstreichen. Ich dagegen arbeite als Maurer – und der braucht 21 Werkzeuge." „Was?", fragt ungläubig Peter, „vielleicht zwei Maurerkellen, Maßband und Hammer. Ich habe ja schon öfter auf Baustellen gearbeitet." Alfred Bontik bleibt unerschütterlich: „Mag' ja sein. Dann warst du wahrscheinlich zu sehr beschäftigt, um das alles zu überblicken. Also, der Kunde stellt das zur Verfügung. Man nennt das bauseitig. Aber es geht um die Werkzeuge, die ein Bauherr nicht ohne weiteres parat hat. Darum sind wir hier. Also, einen Kasten „Lutter-Bräu" zu 20 Halbliter-Flaschen und eine Bild-Zeitung. Hilf mir 'mal bitte."

Die Uhr geht auf halb neun zu, da trifft die Gemeinschaft auf dem Werksgelände der Firma ein. Der Betriebsleiter Ferdinand Fummel begrüßt die Truppe säuerlich mit: „Guten Tag auch!" Alfred blickt mit ausladender Geste auf seine Armbanduhr: „Ich denke, wir sollten jetzt einmal die Dienstbesprechung unter uns Führungskräften abhalten. Dann können die Jungs in der Zeit Frühstück machen. Ich bin es ja gewohnt, durchzuarbeiten." Mit einem Blick auf seine Vasallen ruft er noch: „Hebt mir ja eine Flasche auf!" Er wendet sich zu der Baracke, wo Siegfried Schummel wüst den Telefonhörer schwingt. Der Geschäftsführer spricht englisch. Alfred kann nichts verstehen. Nach langer Zeit legt Herr Schummel den Telefonhörer auf. Er ignoriert die Anwesenheit von Alfred Bontik und sagt erleichtert zu seinem Kompagnon Ferdinand Fummel: „Die Anlage ist bei dem Schiffstransport im Indischen Ozean durch einen Sturm so beschädigt worden, dass sie unbrauchbar ist." „Prima", freut sich Ferdinand Fummel, „dann ist das ein Fall für die Versicherung. Denn da war ja sowieso der Wurm drin."

Siegfried Schummel bemerkt jetzt erst die Anwesenheit von Alfred: „Sie fangen aber zeitig an!" Das empfindet Alfred Bontik als Kompliment und entgegnet mit stolzgeschwellter Brust: „Es ist unser Hauptbedürfnis, unsere Kunden zu befriedigen." Siegfried Schummel nach einem kurzen Blick auf die Uhr: „Na, dann sehen Sie einmal zu, dass sie uns befriedigen können, wenn Sie bis heute Abend die Arbeiten erledigt haben. Der Herr Fummel zeigt Ihnen, wo es entlang geht."

Nachdem der Bierkasten sicher verstaut wurde, schwingen Alfred und Peter Schrillke den Vorschlaghammer. Die Arbeiten gehen schnell voran. Peter Schrillke hat eine Prellung am Schienbein, weil ihm einige Steine der Wand zugleich entgegenkamen. Sigi Schnobert dagegen blutete etwas am Kopf. Ein Winkeleisen, das Alfred mit Gewalt aus der Verankerung reißen musste, prallte auf ihn nieder. Aber die tröstenden Worte von Alfred: „Wo ge-Hobelmann wird, fallen Späne!", richteten ihn wieder auf.

„Platzwunden sind besser als Kratzer vom Feuerdorn. Da, weißte nie, ob dann nicht eine Entzündung draus wird", tröstet Alfred den Blutenden. Sigi Schnobert holt sich vom WC der Firma einen langen Streifen Toilettenpapier und wickelt es sich um den Kopf. Der Rest des Streifens hängt über seinen Hinterkopf auf dem Rücken. „Mann, jetzt kannste ja sogar als Scheich zum Film gehen. Wie ,Vom Winde verweht' oder so!", staunt Peter Schrillke. Da ertönt das Gebrüll von Ferdinand Fummel: „Ihr seid wohl nicht nur vom Winde verweht, sondern völlig durch den Wind! Also macht voran da!" Sigi Schnobert ist noch leicht benommen, aber findet seine Fassung wieder: „Herr Fummel, die Dachrinne muss verlegt werden, sonst kriegen Sie da die Nässe 'rein." Der antwortet leicht gereizt: „Ich denke, Sie sind der Dachdecker. Also machen Sie das dann eben." Sigi zweifelt: „Das sind eigentlich Klempnerarbeiten. Ich weiß nicht, ob ich das ebenso gut machen kann." Siegfried Schummel, der von weitem das Geschrei vernahm, ist näher gekommen und wehrt ab: „Ich habe auch schon oft genug Maschinen verkauft, von denen ich keine Ahnung hatte wie sie wirklich funktionieren. Also machen Sie schon!"

Zu diesem Zwecke wird eine Leiter beschafft. Alfred Bontik hat die Mauerdurchbrüche verfüllt. Dort, wo kein Stein mehr hineinpasste, schob er eine Getränkedose hinein und vermörtelte sie. „Das nennt man neue Verbundwerkstoffe", belehrt er Peter Schrillke. Jener ist damit beschäftigt, die neue Außenwand zu streichen. Links neben ihm steht auf der Leiter Sigi Schnobert und zerrt an der Dachrinne. „Ich brauche einen Lötkolben – wenn ich den Anschluss an das Fallrohr machen soll.", nörgelt er. Alfred, Herr der Lage: „Das hat man vor hundert Jahren so gemacht. Ich hole ‚mal aus dem Magazin Silicon mit Spritze. Da kriegste alles dicht. Aber ich muss noch eben den Schutt mit der Schubkarre wegfahren."

Er greift beherzt mit beiden Händen an die Griffe der Schubkarre, doch ihm machen die Zwischenbiere, also jene zwischen den offiziellen Pausen, zu schaffen. Deshalb stößt er während des Wegfahrens gegen die Leiter. Diese fällt um. Dabei wird der Farbeimer ausgekippt, Sigi Schnobert hängt an der Dachrinne, strampelt mit den Beinen in der Luft und Peter Schrillke freut sich: „Prima, die Leiter kommt mir wie gelegen. Ich muss noch oben weiter streichen," Während Alfred den Bauschutt zum Sammelplatz fährt, gelangt Sigi Schnobert durch die langsam abknickende Dachrinne auf den Erdboden. „Das ist die Lösung", befindet er stolz, „Jetzt gelangt das Regenwasser vom Dach direkt auf den Boden, ohne Fallrohr. Da hätte ich eher drauf kommen müssen." „Ja, Scheiße was", entgegnet Peter Schrillke, „der Farbeimer ist umgestoßen worden. Jetzt haben wir keine Farbe mehr." Sigi aber, im guten Vertrauen auf seine fachmännische Arbeit: „Warte ‚mal auf unseren Chef. Der wird schon etwas finden." In leichten Schlangenlinien kommt Alfred Bontik mit der Schubkarre zurück. „Sieht doch gut aus", meint der, „Peter, warum machste denn nicht weiter?" „Weil vielleicht die Farbe umgestoßen wurde", gibt jener gereizt zurück. „Moment' mal, ich habe dahinten einen Farbeimer gesehen. Ich komme gleich wieder." Nach wenigen Minuten kehrt Alfred mit einem neuen Eimer zurück. „Das ist ein schönes Blau. Diese einfarbigen Fassaden sind sowieso aus der Mode. Peter, jetzt kannste weiter malern."

Nachdem Peter Schrillke den oberen Teil der Fassade beendet hat, entsteht in der benachbarten Werkhalle ein Tumult. Ferdinand Fummel wütet dort: „Was ist das denn für eine Schweinerei! Ich habe euch doch gesagt, dass ihr reichlich Farbe einkaufen sollt. Heute Nacht kommt der LKW, um die Förderschnecke abzuholen. Wo ist der Rest der Farbe?" Man hört einige devot murmelnde Stimmen: „Wir haben unser Bestes getan." Da tritt Herr Fummel aus der Halle. Er erstarrt: „Was ist das denn?" Alfred geht auf ihn zu: „Eine absolute Facharbeit." Der Betriebsleiter glaubt zu träumen: „Wieso bitte grau und blau? Es war doch etwas anderes abgesprochen." Alfred, nicht um eine Spur verlegen: „So einfarbige Fassaden – das macht man nicht mehr heutzutage. Es geht doch mehr um ein ureigenes Farben-Event." Das hatte er einmal in der Kundenzeitschrift bei dem Fleischer gelesen, als eine staatlich geprüfte Hausfrau sich scheibchenweise den Aufschnitt auswiegen ließ. Er fand das beeindruckend.

Darum ist er jetzt sehr stolz, dass das auch seinen Eindruck auf den Betriebsleiter nicht verfehlt. Der stottert: „Ja, wenn Sie meinen." Unvermittelt brüllt er los: „Wo ist denn die verdammte Farbe geblieben?' Peter Schrillke beendet das Pinseln. Er ruft von der Leiter herab: „Ich habe noch einen Liter davon, den können Sie haben, wenn Sie wollen!" Ferdinand Fummel fängt an zu brüllen. Siegfried Schummel tritt, angelockt durch den Krawall, hinzu und gebraucht Ausdrücke, die seine Kunden sicherlich noch nicht von ihm vernommen haben.

Nach kurzer Pause entscheidet er: „Eben wurde im Radio ein Stau auf der A 7 gemeldet. Wir schicken den Willi nach Bad Salzhausen um bei „Urbi" Farbe nachzukaufen. Die Lieferverzögerung geschieht also durch höhere Gewalt." Herr Schummel schaut sich das Ergebnis dieser „Facharbeiten" genau an. Mit heiserer Stimme ergänzt er: „Sie Herr Bontik, werden allerdings einsehen müssen, dass unser seriöses Unternehmen nicht gewillt ist, Leistungen zu bezahlen, die nicht unserem hohen Qualitätsstandard entsprechen. Wir sehen einmal von Regressforderungen ab. Als Ausdruck unserer Kulanz."

So kam es, dass Alfred mit der letzten Flasche Bier getröstet wird und an der Lektüre der Bild-Zeitung keine Freude mehr findet. Peter Schrillke bittet ihn: „Wenn Du gerade einmal den Bollerwagen zur Hand hast, kannst du da nicht auch den Teppich gleich mitnehmen? Der Helmut braucht so einen für seine gute Stube. Der riecht doch etwas streng." Alfred nickt: „Das ist bei Persern so. Nimm' lieber einen Inder, der von Kindern handgeknüpft wurde." Damit macht sich Alfred auf den Weg. Helmut Fechmann ist über seinen neuen Wohnzimmerschmuck derart begeistert, dass er es allen Interessierten in der Firma erzählen muss.

An unserem Tisch neigt sich bereits die zweite Rotweinflasche bedenklich ihrem Ende zu. Die Zahl der Gäste im Restaurant ist weiter angewachsen, denn der Sturm hat noch nicht nachgelassen. Mein Kollege ist trotz vorgerückter Stunde noch munter und fragt: „Was ist aus dem Herrn Bontik denn geworden?"

Ich muss gestehen: „Das habe ich erst später von Frau Dörge erfahren, als ich sie einmal in Bad Salzhausen getroffen habe. Alfredo war irgendwann wieder einmal knapp bei Kasse. So entschied er sich, seine Lieblingskneipe „zur goldenen Rübenhacke" aufzusuchen um sich im Gasthof ein deftiges Jägerschnitzel mit einem kühlen Pils zu bestellen. Während Alfredo mit Genuss sich labte, traf die neue Lieferung von der Lutter-Brauerei ein. Der Wirt ließ seine Geldbörse auf dem Tresen liegen und stieg in den Keller, wo die Fässer hineingerollt wurden. Hastig beendete Alfred seine Mahlzeit, kippte das Bier hinunter und verschwand samt Portemonnaie aus der Gaststube. Kein Anderer zu dieser Zeit war dort anwesend.

Im Supermarkt setzte er dann das Bargeld in Hochprozentiges um. Man fand ihn auf einer Friedhofsbank, wo er laut schnarchte. Den Jungunternehmer schickte der Richter in das nahe Wolfenstedt in Staatspension, wo er gesiebte Luft atmen durfte. Das ist nun einige Jahre her. Später munkelte man, er habe sich in die Politik begeben und hätte den Korruptionsskandal zwischen dem christlich-konservativen Abgeordneten Udo Schlenker von Krawall und dem Bauamtsleiter von Bad Duckenstedt eingefädelt. Möglich ist das schon, denn organisatorische Qualitäten konnte man ihm gewiss nicht absprechen." „Mein Kollege erhebt das Glas und mit dem Rest des schweren Bordeaux stoßen wir an: „Auf die gelernten Handwerkerfachkräfte!"

Anstandsregeln
für Bürger, die nichts zu verbergen haben

Ein ordentlicher Mensch ist verheiratet,
keine Kinder zu haben ist egoistisch.
Die Kirche ist gut für die kleinen Leute,
sonst gäbe es noch viel mehr Kriminalität.
Junggesellen sind meist – na, Sie wissen schon.

Jeder muss nicht sonntags
unter dem Kreuz zu sehen sein.
Ein guter Christ ist nicht nur
vor dem Altar zu finden,
sondern andächtig in der Natur.

Es gehört sich Mitglied
in einem Verein zu sein.
Geselligkeit, Satzung und Ehrenamt
sind Anker um sich nicht
von der Flut des Übels treiben zu lassen.
Familie braucht auch Ruhe daheim.

Baden Sie sonnabends!
Die Wasserwerke sind darauf eingerichtet
- Ihre Frau auch.
Solidität zahlt sich aus,
Der Anblick aus dem Fenster hängender Betten
- am frühen Morgen ein untrüglicher Beweis.

Oben bleibt oben,
unten gehört nach unten,
auf Rüben folgt Weizen oder Gerste
Gesetze und Vorschriften,
sie wurden geschaffen,
um eingehalten zu werden.

Wenn das Auto am Samstag gewienert,
die Rückwand der Sofagarnitur
im Verborgenen glänzt,
der Fernseher erloschen,
die Schlafzimmergardinen
dicht geschlossen sind.

Dann folgt ihre wichtigste
Bewährungsprobe:
Beweisen Sie Anstand!
Die kommende Jahreshauptversammlung
ihres von Männern getragenen Vereins
führt sie sicher in den nächsten Puff.

Sie schaffen das!

Gefangen im B-Netz

„Bad Salzhausen, das Kurbad mit Stahlwerk, gelegentlich auch zweideutig das „Stahlbad" genannt, ist seit einigen Monaten um eine Attraktion reicher geworden", schreibt der Chefredakteur Frank Wörner in dem Anzeigenblatt „Flothe-Rundblick - Neues aus des Stahlstadt und Umgebung". In dem kurzen Artikel wird über das Regional-Studio des landesweiten Privatsenders „Radio Widukind", was sich selbst als RSR „Radio Salz & Rüben - ihr Sender aus dem Salz- und Rübenland" nennt, berichtet.

Der Hörerkreis umfasst die sogenannte Stahlstadt „Ledeburheim" mit dem Umland in einem Radius von dreißig Kilometern. Das Studio befindet sich im Vorort Bad Salzhausen in einem alten Eisenbahnschuppen der stillgelegten Haringer Erzbahngesellschaft und ist seit einem Monat „in der Luft". Abgebildet ist dort der Chef vom Dienst und ein Teenager mit Namen Jochen, der dort sein Schülerpraktikum absolviert. Es fehlt auch nicht der Hinweis, dass es am nächsten Samstag gegen neun Uhr eine Sendung über den Besuch des Redakteurs und sein Interview mit den „Machern" auf der UKW-Frequenz 102,5 Megahertz geben wird. Dem Leser wird der Eindruck vermittelt, dass Zeitung und Privatradio sich gegenseitig ergänzen und keine unerwünschte Konkurrenz sind. Die Lokalpresse dagegen warf in einem Kommentar der Landesmedienanstalt vor, dass solche Regionalstudios die Presselandschaft veröden ließen. Was der Leser dagegen nicht weiß: Der Landesverband der Anzeigenzeitungen ist an dem Sender „Radio Salz & Rüben" beteiligt und die Zuständigkeiten sind genauestens geregelt. Wie der Vorstandsvorsitzende einst auf dem Neujahrsempfang des Ministerpräsidenten Nümbrecht launisch bemerkte, sei eine solche Medienpolitik ein wunderbares Beispiel für einen demokratischen Rechtsstaat, der die Meinungsvielfalt in geordnete Bahnen lenken würde und sich als

Bollwerk der sozialen Marktwirtschaft gegen Extremisten so perfekt bewährt habe. Schließlich ginge ja der Herr Ministerpräsident und sein Innenminister mit gutem Beispiel voran, sodass nur ausgewählte Qualitätsjournalisten zu Informationstreffen eingeladen würden, um aus erster Hand die wichtigsten Nachrichten zu empfangen. Bis zu der bekannten Spielbankaffäre und weiterer zwielichtiger Geschäfte der Landesregierung, als diese Regierungskoalition nur nach an einem halbseidenen „Vajen" hing, sollten noch mehr als ein Jahr vergehen.

Jochen Hartfels klingt begeistert, wenn ihn ein Mitschüler über sein Praktikum ausfragt. Wegen der Nähe zur Schwerindustrie und damit verbundenen Zulieferbetrieben werden die meisten Praktikantenplätze für die Zehntklässler des Gymnasiums in Produktion und Montage vermittelt. Frau Oberstudienrätin Sieglinde Schlegarstig wehrt sich auch mit Händen und Füßen gegen die Vermittlung von Schülerinnen in solche groben und eher für Hauptschüler geeigneten Praktikumsplätze, dagegen schwärmt ihr Chef der Oberstudiendirektor Dr. Sippl von dem kameradschaftlichen Erlebnis einmal ein „Arbeiter der Faust" zu sein. Er bildet das Urgestein dieses Gymnasiums und berief sich bei diesem Ausspruch auf den damaligen Führer der „Stahl- und Eisenwerke Horst-Wessel", welche ein gewisser Baldur Bleiger bis 1945 mit eiserner Hand führte und zugleich ein Bundesbruder von ihm sei. Der Gymnasialdirektor hatte allerdings sein letztes Berufsjahr vor sich und die Schüler hofften sehnlichst auf „laue Praktika", die nicht so uncool wie das Feilen an einem Eisenblock seien. Jochen wurde deshalb von den Anderen beneidet und sie piesackten ihn mit der Frage, wann er denn dort einmal eine Sendung als Reporter gestalten würde. Jochen ließ davon nichts in den ersten Tagen seiner Tätigkeit verlauten. Doch nach drei Tagen traute er sich nach einer Gelegenheit zur selbstständigen Gestaltung zu fragen. Der Verantwortliche Werner Dinkelsen wiegte erst bedenklich mit dem Kopf, aber als er hörte, dass Jochen einen Rentner in der Nachbarschaft hat, dessen Hobby das Aufspüren ferner und seltener Radiosender ist, genehmigte er das Projekt. Dafür musste sich Jochen auf ein Vorsprechen am nächsten Tag vorbereiten. Mit Feuereifer machte er sich daran und weil er auch eine gute Stimme besitzt, die dialektfrei ist, bestand er am folgenden Tag das Vorsprechen und erhielt nach Einweisung ein „UHER-report" Tonbandgerät mit Mikrofon. Jochen war sehr aufgeregt, denn sein Kassettenrecorder war schon recht betagt und das Mikrofon hatte einen Wackelkontakt.

Zum Wochenende verabredet er sich mit Hermann Rahldiek. Herr Rahldiek ist seit sieben Jahren verwitwet und hat seine Rundfunk- und Fernsehwerkstatt aufgegeben. Seine Frau war ihm dabei eine unerlässliche Hilfe, weil sie die Buchführung und die Rechnungen eintrieb. Doch er hatte in den letzten Jahren einen starken Rückgang der Kunden verschmerzen müssen. Die Kaufhäuser und Einkaufsparadiese in den Gewerbegebieten führten einen erbitterten Preiskrieg. Da konnte er keinesfalls mithalten. Da die Rente wegen der Selbstständigkeit nicht hoch ausfiel, wurde Haus und Laden verkauft. Eine geräumige Wohnung in einer Wohnanlage auf dem Berg mit Balkon beherbergte nun in einem Zimmer ein elektronisches Labor. Er verbesserte die Radioempfänger, baute selbst einen Weltempfänger zusammen und so manche andere Geräte, die bei einer Hausdurchsuchung glatt auf terroristische oder andere strafbare Hintergründe verweisen würden. Der Sonnabend ist ein frühlingshafter Tag. Die Sonne wärmt bereits und nur die schmutzigen Schneereste im Schatten erinnern noch an den letzten Kälteeinbruch. Die steile Straße zwingt zu kraftvollem Tritt in die Pedale und bringt ihn ordentlich ins Schwitzen, er spürt das Tonbandgerät, dass trotz seiner Handlichkeit stark am Schulterriemen zieht. Er traute sich nicht das teure Gerät auf dem Gepäckträger zu transportieren. Obwohl er ein sportlicher Typ ist, stöhnt er leicht vor sich hin. Endlich ist er oben angelangt. Er steht vor einer großen Wohnanlage mit mehreren Eingängen. Das Haupthaus hat sieben Geschosse und in der obersten Etage befindet sich die Vierzimmerwohnung von Herrn Rahldiek. Er stellt das Rad vor dem Haus ab und schließt es sorgfältig an. In der Schule reden seine Klassenkameraden öfter abfällig von diesem Ghetto auf dem Berg. In der Tat fühlen sich die Einwohner mit ihren Fertighäusern als etwas Besseres und legen Wert darauf nicht mit der Stahlstadt in Verbindung gebracht zu werden, doch das Ortsschild belehrt jeden Neuankömmling eines Besseren. Ledeburheim – Ortsteil Bad Salzhausen steht dort geschrieben. Es ist eine kreisfreie Stadt und zählt knapp zu den Großstädten des Bundeslandes.

Als der Fahrstuhl endlich im Erdgeschoss ankommt, öffnet sich die Tür und in diesem Augenblick kommt Frau Bergerhoff aus dem Seitenflur mit ihren drei jungen Dackeln. „Ach, willst du wieder den Herrn Rahldiek besuchen? Der wird sich freuen. Er genießt es immer, wenn du bei ihm bist. Seine Enkel lassen sich kaum bei ihm blicken." Jochen nickt freundlich und schmettert ein: „Guten Tag, Frau Bergerhoff. Heute bin ich als Radio-Reporter zu Herrn Rahldiek unterwegs." Obwohl die Dackel schon an den Leinen ziehen, lässt sich Frau Bergerhoff genauestens erklären, wie Jochen zum „Radio Salz & Rüben" gelangte. Endlich schwebt er nach oben. In der siebten Etage öffnet sich wieder die Tür und Herr Rahldiek öffnet sogleich nach dem ersten Klingeln. „Schön, dass du da bist mein Junge. Ich habe dir auch was Interessantes schon auf Kassette gespeichert. Geh' schon mal in die Radiobude, derweilen mache ich uns einen Kaffee oder willst du lieber etwas Kaltes?" Jochen nickt: „Lieber kalt, ich bin auf dem Fahrrad ins Schwitzen gekommen." „Hm, Cola und so was habe ich aber nicht." Jochen lacht: „Es darf auch ruhig ein ordentliches Pils sein! Ich bin doch längst konfirmiert." „So, aber du bist nicht zu Fuß hier, sondern mit dem Fahrrad. Aber ich habe da ein sehr gutes Weizenbier. Das kriegst du auch zünftig im speziellen Glas serviert." Herr Rahldiek verschwindet in der Küche, Jochen hört noch wie die Kühlschranktür geöffnet wird, dann ist er in der „Radiobude". Es ist ein kleines Zimmer, dessen Fenster auf den Balkon ausgerichtet ist. Auf dem Balkon steht eine merkwürdige Antenne, ein Gebilde zwischen Regenschirm und liegendem Weihnachtsstern. Für den Schirm fehlt allerdings die Bespannung. Herr Rahldiek bezeichnet sie als eine „Discone"-Antenne. Daneben ein stehender Metallring, der am oberen Ende einen Kasten aufweist, aus dem ein Kabel direkt durch den Fensterrahmen zu den Empfängern geht. Die andere Rahmenseite wurde für das Kabel von der Discone-Antenne durchbohrt. Da erscheint auch schon Herr Rahldiek. Jochen hat das Tonbandgerät ausgepackt und aufgestellt. Das Mikrofon ist angeschlossen. Herr Rahldiek staunt. „Wo hast du denn das her? Das ist ja ein Profigerät." Jochen erklärt ihm, dass er es vom Radiosender erhalten hat und fädelt das Band ein. Dann prüfen beide kurz, ob die Aussteuerung korrekt ist. Plötzlich ruft Jochen: „Achtung Aufnahme." Jochen beschreibt zunächst die Geräte, die vor den Beiden auf einem Schreibtisch angeordnet sind. Danach stellt er Herrn Rahldiek vor. Das wiederholen sie einige Male, bis die Aufnahme „gestorben" ist, wie Jochen gern den Slang der Radioleute nachahmt. Dann genießt er das Weizenbier. Er nimmt einen tiefen Zug und kriegt ein schlechtes Gewissen: „Hoffentlich kann ich danach noch richtig Fahrrad fahren. Dem Tonbandgerät darf nichts passieren." Lachend antwortet der alte Mann: „Du kannst zwei dieser Gläser Weizen trinken und du fährst wie eine ‚Eins'. Die Sorte ist alkoholfrei. Was anderes hätte ich dir auch nicht angeboten." Jochen ist erstaunt, das habe er nun wirklich nicht geschmeckt. „Meine Frau durfte keinen Alkohol mehr trinken, weil es der Arzt verboten hat. Da sind wir dann auf alkoholfreies Bier umgestiegen. Heute sind die so gut, dass du keinen Unterschied mehr schmeckst. Aber, nun lass' uns einmal weiter machen." Es ertönt wiederum „Achtung Aufnahme", Herr Rahldiek erklärt den Empfänger zur rechten Hand. Dies ist ein Allwellenempfänger. Er wird eingeschaltet und auf eine Frequenz abgestimmt. Es rauscht, der Sender scheint weit weg, manchmal leiser, aber auch hin und wieder sehr laut und störungsfrei, es ist eine deutsche Stimme aus dem Lautsprecher zu hören. Offenbar ein frommes Programm, denn der Sprecher erzählt von Paulus, der an die Galater schrieb. „Das ist ein Missionssender aus Ecuador. Die strahlen immer sehr religiöse Programme aus, darum höre ich sie selten." Jochen hört jetzt lieber auf die Erklärungen des ehemaligen Meisters, der ganz in seinem Element ist. Er fühlt sich um sieben Jahre zurückversetzt, als er den Auszubildenden stets zu Anfang die Ausbreitung der Funkwellen erklärte. Auch die Lehrlinge wussten diesen „Unterricht" zu schätzen, weil ihr Meister es so gut verstand ihnen diese komplizierten Vorgänge einfach zu erklären. In der nächsten Szene kommen noch andere ferne ausländische Sender auf der Kurzwelle zu Gehör. Dann wechselt Herr Rahldiek die Frequenz. Es ist drei Uhr nachmittags. Über Minuten hinweg ertönt ein sich ständig wiederholendes Sendesignal. Unterbrochen von einer Frauenstimme, deren Ansage nur aus: „Hier ist DSD 21", besteht. Plötzlich gibt es eine Pause und dann folgt eine fünfstellige Zahl, die Ziffern werden einzeln durchgegeben gefolgt von einer Anzahl bestimmter Gruppen. Jochen ist irritiert. Herr Rahldiek schmunzelt. „Das sind unsere Geheimen, die den Agenten im Ausland Nachrichten und Aufträge übermitteln. Du hast bestimmt schon einmal vom Bundesnachrichtendienst gehört. Das ist alles verschlüsselt und für uns gewöhnliche Leute nicht zu knacken." Er dreht an dem Skalenknopf. Wenig später taucht ein neuer Zahlensender auf. Eine Frau bellt geradezu die Zahlen. „Hörst du, das ist eine Telefonstimme, wie bei uns die Zeitansage. Das sind die östlichen Geheimdienste." Jochen ist platt. Er schaltet das Tonbandgerät auf Pause. So geht es nun eine halbe Stunde. Herr Rahldiek lässt nichts aus, ob es jetzt Funkamateure, Küstenfunkstationen oder unbekannte Morsezeichen sind, die hörbar werden. Die Kurzwelle ist reich an Sendestationen aller Art. Jochen nimmt immer wieder ein Stückchen auf. Das wird eine lange Radiosendung, denkt er sich. Dann schaltet Herr Rahldiek auf einen anderen Frequenzbereich um. Hier scheinen Leute sich ganz ungezwungen zu unterhalten: „D'r Bully für die Belindoa brääk". „Grieß dich Bully, bist all wieder an deiner Funke?" „Joa, weißt doch, eine Funke muss laufen wie ein Auto, ich habe einen neuen Spargel auf dem Dach." Hier ist Harzperle 05, ich bin all mit der Handgurke unterwegs auf dem Friedhof, du hast bei mir ein Santiago 9 und glattes Radio 5, der Spargel macht sich gut." „Was ist das denn?" fragt Jochen verwirrt. Herr Rahldiek lacht: „Ich bin auf dem CB-Funkkanal, wo sich die Oberharzer treffen. Die wissen gar nicht, dass sie bei mir noch so gut zu hören sind. Ich hatte auch so ein paar Kunden, die wollten immer, dass ich CB-Funkgeräte verkaufe. Aber das war mir zu doof. Erstens wollten die nie etwas ausgeben, alles am liebsten geschenkt haben und brachten dann die gekauften Geräte zu mir, damit ich sie reparieren soll. Mancher war jede Woche in meinem Laden. Die haben dann immer selbst rumgefummelt an der elektronischen Schaltung ohne zu wissen, was sie da tun. Dann haben sie gemeckert, dass die Reparatur so teuer war und kamen ständig mit Reklamationen. Also drei Monate habe ich das mitgemacht und dann damit aufgehört." Jochen ist skeptisch: „Na das scheinen jedenfalls nicht die Hellsten zu sein, was ich eben gehört habe. „Ich nehme das lieber nicht auf." Herr Rahldiek lacht. Er wendet sich dem zweiten etwas flacheren Empfänger zu und erklärt: „Das ist hier ein Scanner. Er tastet die Frequenzen ab und wenn in einem Funkkanal Betrieb herrscht, bleibt er stehen und lauscht für eine halbe Minute, dann schaltet er weiter. In drei Bereichen kann man so von 30 Megahertz bis zum Fernsehband die Frequenzen abhören." „Das ist ja interessant. Kann ich damit auch den Polizeifunk empfangen?" Herr Rahldiek windet sich: „Im Prinzip ja, aber du darfst dich nicht dabei erwischen lassen. Das gibt 'ne Menge Ärger. Reicht schon aus, wenn du jemand anders erzählst, dass du Polizeifunk abhören könntest." „Aber Sie haben das bestimmt schon getan." Herr Rahldiek grinst vieldeutig und wählt einen anderen Frequenzbereich. Ein merkwürdiges Trillergeräusch kommt aus dem Lautsprecher. „Was ist das denn?" Herr Rahldiek sagt leise: „Das nennt sich B-2 Netz. Warten wir ein wenig." Nach etwa zwei Minuten stoppt das Trillersignal. Es entsteht eine Pause, dann hört Jochen ein rhythmisches Knacken und plötzlich tönt der Rufton mit langem „tuut", wie bei jedem normalen Telefon. Es klickt, bis eine etwas dösige Frauenstimme ertönt: „Familie Laubenheimer." „Hallo Ingrid, ich bin's. Ich komme gerade aus der Waschstraße. Der Chef hat mich soeben angerufen. Ich muss am Montag nach Oelde fahren, wegen der Bestellung der Gebläse für die Käsköppe in Nimwegen. Jetzt sind aber alle Unterlagen noch in der Firma und ich will montags nicht noch einmal ins Büro fahren. Das hält mich nur auf. Ich fahre jetzt eben nach Bad Herzburg und sacke die da ein. Dann komme ich zurück, ok?" „Na gut, wenn's denn sein muss. Dachte, wir hätten mal ein ganzes Wochenende gemeinsam. Du hast Ivonne und Mike versprochen heute noch mit ihnen zum Schwimmen in das Aquaparadies zu gehen. Vergiss das nicht." „Nein, mein Schatz, ich vergesse doch meine Goldstücke nicht, also bis nachher." Er legt auf. Es tickt noch etwas und danach beginnt das Trillergeräusch von neuem. Herr Rahldiek triumphiert: „Das ist Technik, was? Du hast soeben ein Autotelefongespräch mit bekommen." Der Sendeempfänger steht auf der 800 m hohen Granitkuppe im Oberharz. Aus jedem Talbecken kannst du darüber telefonieren. Achtung da kommt das nächste Gespräch. Das Trillersignal ist längst verstummt. Wieder ist das Knacken zu hören. „Das ist der Wahlvorgang", flüstert Herr Rahldiek. Es folgt das Tuten, eine junge

Frau meldet sich: „Denise Laharnar..." „Hallo Liebste, ich bin's dein Florian. Ich konnte mich gerade loseisen, bin schon hinter Nordharingen." „Das ist doch der Typ von eben", platzt der Jochen heraus. „Psst, lass 'mal weiter zuhören." „Oh schön mein Floh, dann stelle ich schon mal den Asti spumante kalt. Hast du noch einen Herzenswunsch?" „Denise, du verstehst es gestresste Männer glücklich zu machen, wenn du vielleicht mich in den neuen schwarzen Spitzendessous empfängst, wäre das richtig prickelnd. Ich gebe jetzt mal Gas, Küsschen Cherie." Das Gespräch ist zu Ende. Jochen kommentiert: „Also statt Geschäftsunterlagen zu besorgen beschäftigt er sich mit seinem Freizeitgebläse bei gekühltem Asti spermante." „Spumante", korrigiert Herr Rahldiek und muss herzhaft lachen. Da fragt man sich wirklich, ob diese Leute überhaupt nicht damit rechnen abgehört zu werden? Oben, auf dem Brocken, wo diese Kugel aus Plastik steht, sind im Innern jede Menge Antennen verborgen. Die dienen zum Abhören des kompletten Funkverkehrs bei uns im Westen. „Echt? Ich habe so etwas auch auf dem Bocksberg gesehen." „Ja, da sind die Amis am Lauschen. Auf der Schalke die Franzosen. Im Südharz die Briten und direkt an der Grenze auf dem Stöberhai die Bundeswehr." „Das ist ja krass", antwortet Jochen. „Das kannst du wohl sagen. Ich spiele dir jetzt einmal eine Kassette vor. Das Gespräch habe ich vor zwei Tagen aufgenommen. Unglaublich ist das. Ich habe eine Kopie für dich angefertigt."

Sorgfältig legt Herr Rahldiek eine mit „Eisen&Stahl" beschriftete Kassette in den Recorder. Das Aufnahmegerät ist mit den Empfängern verbunden. Er scheint oft Funkverkehr mitzuschneiden. Wieder das nun schon bekannte Trillern, die Pause mit den Wahlimpulsen und dann wiederum eine Frauenstimme, die energisch und sehr dienstlich klingt. „Vorstandsekretariat Doktor Pierentz, guten Tag." „Frau Warnke-Helldorf, ich grüße Sie." „Ach Sie sind es Herr Pierentz, wo fahren Sie gerade lang?" „Ich bin auf der A 7 bei Northeim, wir haben es eilig. Der Fahrer drückt schon auf die Tube. Ich muss noch dringend mit dem Schimmelkopp sprechen, wegen der Zusammenarbeit zwischen der Metallurgie-Anlagenbau und unserer Flothe-Prozesstechnik. Ist mein Assistent der Herr Prümmel im Büro? Ich versuchte schon zwei Mal ihn zu erreichen." „Nein, Herr Prümmel ist die ganze Zeit bei mir. Wir stellen die Vortragsunterlagen zusammen. Dabei hilft er mir und organisiert gleichzeitig den Informationsstand unserer AG zum Stahl & Eisen-Tag in Düsseldorf." „Das ist gut, können Sie einmal dafür sorgen, dass kein Anderer das Büro betritt und stellen den Lautsprecher an?" Nach einer kurzen Pause heißt es: „So, alles ok. Herr Prümmel hört mit." „Danke, es betrifft das Projekt Ghaswin im Iran. Es gibt ja nun viel Aufruhr, weil da so ein paar Chemieexperten öffentlich herausposaunen, dass wir das „know how" nicht nur zur Herstellung von Pestiziden liefern, sondern auch die Möglichkeit schaffen Nervengase für den Krieg mit dem Irak zu produzieren. Ich habe den Gottschlich von der Uni Göttingen gewarnt, dass er nicht so freimütig von seinen Forschungen gegenüber der Öffentlichkeit reden soll. Nur, weil er wegen seiner früheren Forschungsbeiträge zu chemischen Kampfstoffen jetzt von den Medien angeschossen wird, muss der doch nicht gleich umfallen. Soeben habe ich aus Kreisen der Bezirksregierung erfahren, dass bei uns sehr wahrscheinlich schon übermorgen eine Hausdurchsuchung durch die Staatsanwaltschaft stattfinden soll. Wer ist denn mit dieser delikaten Aufgabe in unserem Haus beauftragt?" „Herr Prümmel sagt, es wäre der Herr Winkelkopf, der die komplette Abwehrstrategie ausarbeitet." „Winkelkopf, ist der vertrauenswürdig?" Herr Rahldiek nickt vielsagend mit dem Kopf. „Ja, das ist er absolut." „Gut dann soll der Herr Prümmel zum Kuhlemann gehen, weil der einen Zweitschlüssel zu meinem Panzerschrank hat. Herr Prümmel kennt die Unterlagen. Die sind unverzüglich zu entfernen. Die sollten keinesfalls in die Hände der

Staatsanwaltschaft gelangen. Am besten er verbringt ein verlängertes Wochenende an der Mosel auf dem elterlichen Weingut, da gibt es sicherlich einen geeigneten Ort zur Aufbewahrung." „Machen wir Herr Pierentz. Herr Prümmel ist bereit dazu, wenn es der Qualität der Weine nicht schadet, von wegen der Pestizide." Man hört Herrn Pierentz lachen: „Ich verbürge mich dafür und er soll uns einen Karton von diesem süffigen 'Auxerrois' mitbringen." Es knackt. Das Gespräch ist beendet. „Uff, das glaub' ich nicht", entfährt es Jochen. Herr Rahldiek nickt bedächtig: „Ich wollte es auch nicht glauben, aber dass da etwas im Busche war, das pfiffen sogar die 'Flothetaler Nachrichten' von den Dächern. Den Winkelkopf kenne ich. Der ist Leiter der Öffentlichkeitsarbeit für die „Flothe Prozesstechnik". Das war einer meiner besten Kunden. Er hat nur sehr teure Hifi-Geräte gekauft und sie sogar regelmäßig warten lassen. Seine Bibliothek haben wir mit einer hochwertigen Hifi-Anlage ausgestattet. Da könne er so richtig entspannen und sogar in Quadrofonie seine Lieblingswerke genießen, meinte er. Man verdient halt nicht schlecht in diesem Konzern." Jochen ist verwundert: „Also, dass weder 'Radio Salz & Rüben', noch der 'Flothe-Rundblick' ausführlich über die Fabrik im Iran berichtet haben, verstehe ich nun gar nicht." „Na, hier hängen doch alle Einwohner irgendwie vom Stahlwerk ab. Wer will sich schon mit den Managern anlegen? Meine 'guten' Kunden waren auch nicht immer Könige, jedenfalls benahmen sie sich überhaupt nicht als solche, sondern eher wie die 'Köttls', doch ich habe immer gute Miene zum bösen Spiel gemacht." Schlagfertig erwidert Jochen: „Ich glaube kaum, dass die Spitzenmanager vor dem Schlaukauf sich als Weihnachtsmänner verkleidet haben und die Kinder, die zu ihnen kamen, verjagten, nur damit sie in Ruhe ihr Bier trinken konnten. Die sind auch bestimmt nicht abends dann als lallende und torkelnde Weihnachtsmänner durch Bad Salzhausen geschwankt." Herr Rahldiek lacht und schüttelt sich vor Vergnügen. „Die Köttls sind unsere Originale in dieser manchmal sehr langweiligen Stadt. Aber wenn du die Kassette in deiner Rundfunkreportage verarbeitest, vielleicht rüttelt das einige Bürger auf. Es ist doch eine Schweinerei. Da unten ist Krieg, da sterben Familien wie die Fliegen durch Giftgas und wir sorgen hier dafür, dass dieses Zeug produziert werden kann. Mein Großvater ist im Ersten Weltkrieg in Flandern durch Giftgas schwer verwundet worden. Der hat furchtbar darunter gelitten. Krieg ist schon abscheulich, aber solche Waffen setzen noch eins drauf."

Es beginnt schon zu dämmern, als Jochen Hartfels sich mit seinem Fahrrad den Berg hinunterrollen lässt und erst an der „Alten Salzstraße" scharf bremst. Zu Hause angekommen kann er das Abendessen kaum abwarten, um sich in seinem Zimmer in die Reportage zu vergraben. Von seiner älteren Schwester erbettelte er sich ihren Ghettoblaster, der ein gutes Kassettenteil hat und nun geht es zwischen Tonbandgerät und Kassettenteil hin und her, bis er eine brauchbare Kostprobe seiner Reportertätigkeit vorweisen kann.

Der folgende Montag beginnt mit einer leichten Enttäuschung. Er muss bis zur Mittagspause warten, bis sich Herr Dinkelsen die Zeit zum Zuhören nimmt. Erst ist er recht begeistert und lobt Jochen. Als jedoch das Telefongespräch zwischen Herrn Pierentz und seinem Sekretariat verklungen ist, steht ihm das Entsetzen im Gesicht geschrieben: „Jochen, weißt du, was du da fabriziert hast? Der Pierentz ist der mächtigste Mann in unserer Region. Das ist natürlich ein Skandal, aber das zieht einen irrsinnigen Rattenschwanz nach sich, wenn wir das so veröffentlichen." „Sag ich doch, dass das eine Schweinerei ist, aber wir müssen doch die Bevölkerung mittels der Medien aufklären." „Das kannst du aber nicht mit dem Holzhammer machen. Außerdem eine durchgestochene Hausdurchsuchung, wo Beweismittel verschwinden können, ist strafbar. Das hat auch politische Folgen, die du gar nicht übersehen kannst und wir können dabei einen Arsch voll Ärger mit selbiger Staatsanwaltschaft bekommen. Verzeihung, ich habe mich jetzt aufgeregt. Solche Ausdrücke verwende ich nicht häufig." Jochen Hartfels ist verunsichert. „Was wird nun mit meiner Reportage?" „Keine Sorge du wirst noch im Radio zu hören sein. Aber ab jetzt kein Wort nach außen, auch nicht zu deinen Eltern und Kumpels. Ich werde mich sofort umhören, wie wir das am besten deichseln. Natürlich sind wir Medienleute verpflichtet zu 'Sagen, was ist'. So lautet die oberste und zugleich eiserne Regel im Journalistenberuf. Ich komme dann darauf zurück und wir sehen, wie wir die Kuh vom Eis kriegen." Jochen konnte seine Enttäuschung kaum verbergen. Doch er fügte sich und wendete sich einer anderen Aufgabe zu.

Dagegen blieb Herr Dinkelsen nicht untätig. Er schloss die Tür seines Büros und begann zu telefonieren. Offenbar meldete sich die Zentrale des Ledeburheim Hochofen- & Stahlwerks. Denn nach dem Ende des 3.Reichs war nicht nur der Name Horst-Wessel verpönt – es mochte auch kein Bürger dieser künstlich geschaffenen Stadt mit ihren eingemeindeten Dörfern mehr „Horst-Wessel-Stadt" als Wohnort angeben. Als das Stahlwerk wider Erwarten doch nicht demontiert wurde und es die Besatzer dem neuen Staat in die Hand drückten, suchten die Vertreter des Landes und der Stadt nach einem neuen Namen. Sie wählten den in der Region geborenen Metallurgen Adolf Ledebur, der dort nicht nur gewirkt und geforscht hatte, bis er später Professor an der Bergakademie Freiberg wurde. Die Eisenwerke, deren Namenszusatz schon im Mai 1945 abhanden kam, wurden bei Neubeginn in „HoSta-Ledeburheim" um getauft. Jetzt hört man Herrn Dinkelsen, wie er mit einem Gesprächsteilnehmer verbunden ist. „Hallo Ingolf, du ich habe hier eine delikate Angelegenheit." Er schildert ausführlich, was der Jochen ihm präsentiert hatte. „Werner, das ist wirklich abgehört und aufgenommen worden? Unglaublich, wenn das an die Öffentlichkeit kommt, dann ist nicht nur der Pierentz geliefert, sondern die ganze Führungsetage. Von dem Schaden für unsere Partei ganz zu schweigen. Unser edler Ministerpräsident Nümbrecht hat ganz miese Umfragewerte, manche nennen ihn angeschlagen. Wenn wir da noch in den Geruch von Strafvereitelung kommen, dann sitzen bald wieder die Sozis mit den Körnerfressern im Landtag." „Ingolf, der Pierentz ist doch von den Sozis auf den Posten lanciert worden." „Klar, doch ohne uns hätte das niemals geklappt. Ich sehe schon die Schlagzeile in dem berüchtigten Hamburger Magazin vor meinen Augen. Wie heißt denn der Typ, der das belauscht hat?" „Das ist ein gewisser Hermann Rahldiek. Er hat bis vor ein paar Jahren ein Radio- und Fernsehgeschäft samt Werkstatt betrieben. Dann ist seine Frau verstorben und er hat den Laden aufgegeben. Genießt hier im Ort ein gewisses Ansehen." „Ok, der ist also schon älter, oder?" „Ich schätze den so auf siebzig Jahre, wieso?" „Ach, alte Leute werden wunderlich mit der Zeit, der hätte sich lieber noch eine neue Frau auf seine alten Tage suchen sollen, anstatt sich solchen gefährlichen Freizeitbeschäftigungen hinzugeben. Der ist ja schon mindestens mit einem Bein im Gefängnis." „Nun übertreibst du aber." „Keineswegs, ich bin hier ja nicht bloß für juristische Fragen, bevorzugt im Tarif- und Arbeitsrecht, beschäftigt. Wir haben doch jede Menge Funkanlagen im Werk. Die bedienen oft ganz einfache Menschen und die müssen doch für einen ordentlichen und gesetzmäßigen Funkverkehr geschult werden. Ich gebe in den Schulungen Unterricht im Fernmelderecht, bevor die dann auf die Belegschaft losgelassen werden. Das muss sein, sonst haben wir hier Zustände wie im CB-Funk." „Ach so, darauf wäre ich nie gekommen. Mit Rundfunk habe ich den ganzen Tag zu tun, da muss ich nicht noch in der Freizeit diesen blöden CB-Funk haben." „Siehst, dass der Hermann Rahldiek solche Frequenzen abhört, ist die eine Sache.

Er darf aber nicht darüber mit anderen sprechen und schon gar nicht Gesprächsinhalte weitertratschen, von Bandaufzeichnungen ganz abgesehen. Dafür kann er in den Knast gehen. Also ich gebe dir den guten Tipp: Mach das dem Jochen deutlich klar, dass er am besten die Klappe hält. Denn er wäre dann genauso dran wie dieser Rahldiek. Um den werden wir uns kümmern. Also absolutes Schweigen zu diesem Vorfall. Bist du damit einverstanden? Das ist auch im Sinne unserer Partei." „Danke Ingolf für deine offenen Worte. Ich gebe dem Jochen eine neue Reportage und von unserer Seite lassen wir Gras über die Sache wachsen." Das Gespräch wird nach weiteren bedeutungslosen Abschiedsfloskeln beendet.

Am nächsten Morgen bittet Herr Dinkelsen den Jochen in sein Büro. Sorgfältig schließt er die Tür und kommt ohne Umschweife zur Sache. „Jochen, ich habe keine gute Mitteilung. Gestern habe ich mir juristischen Rat eingeholt wegen deiner Reportage. Weder der Herr Rahldiek noch du dürften noch nicht einmal wissen, wo sich die Frequenzen des Autotelefonbandes befinden. Ganz zu schweigen vom Belauschen und Aufzeichnen der Gespräche. Das ist ein schwerer Verstoß gegen das Post- und Fernmeldegeheimnis. Da steht Gefängnis drauf, wenn du an einen strengen Richter gerätst. Wir dürfen auf keinen Fall deine Reportage aussenden, so toll du sie auch als Anfänger gestaltet hast. Du hast wirklich Talent. Ich hatte noch keinen Praktikanten bisher, der ein solches Projekt so schnell fertigbrachte. Wir müssen über unsere Erkenntnisse absolutes Schweigen bewahren. Das schildere noch einmal eindringlich auch dem Herrn Rahldiek. Ich gebe dir eine andere Aufgabe, woraus du bestimmt auch wieder eine Superreportage machen wirst." Jochen ist erstarrt. Dass allein dieses Abhören strafbar sein könnte, war ihm schon klar, doch dass es so hart bestraft werden könnte, kam ihm gar nicht in den Sinn. Auf keinen Fall dürfe so etwas passieren. Doch so schnell aufgeben will er auch nicht. Er hat schon oft manches Tischtennisduell gewonnen, wo er zuerst aussichtslos hinten lag und am Ende den Sieg mit 21:19 einheimste. „Herr Dinkelsen, aber wenn die Manager so ungeschoren davon kommen, dann wird in Ghaswin eine Fabrik für Nervengase gebaut und es sterben dann Tausende unschuldiger Menschen, genauso wie bei dem Chemie-Unfall in Indien. Wenn wir dieses Höllenprojekt verhindern, dann haben wir 'zig Menschen das Leben gerettet." Werner Dinkelsen schmunzelt innerlich. „Als ich 16 war, da habe ich auch so gedacht und auf Demos auch den 'Bullen' übel mitgespielt gegen den Krieg in Vietnam. Doch Junge, die Welt ist komplizierter und das Gegenteil von gut ist gut gemeint", denkt er sich. Sein Gesicht drückt Verständnis aus: „Du hast völlig recht Jochen und auch wiederum liegst du falsch. Wenn die 'HoSta-Ledeburheim' das Projekt scheitern lässt, dann gibt es in der Welt zehn andere Unternehmen, die mit Kusshand diesen Auftrag annehmen würden. Die Werktätigen unserer HoSta würden das nie verstehen. Ferner ist ja gar nicht geklärt, ob die Iraner Nervengase produzieren wollen statt nur Pflanzenschutzmittel. Schließlich haben die eine große Bevölkerung zu ernähren und die letzten Jahre gab es dort Ernteausfälle. Was du auch nicht vergessen darfst, dass ein Richter nicht darüber urteilt, ob dein strafbares Handeln moralisch gerechtfertigt war, denn du wirst dich nicht auf Notwehr berufen können. Das Gericht urteilt allein, ob du eine strafbare Handlung begangen hast, oder nicht, und da ist die Sachlage eindeutig."

Jochen Hartmann ringt sich die Antwort mühsam ab: „Ok, Sie haben recht, da habe ich schlechte Karten. Was soll ich denn dann ersatzweise durchführen?" „Beliebt sind Umfragen in der Bevölkerung. Zum Beispiel, wenn Wochenmarkt ist, oder zum Altstadtfest, aber bis dahin sind es ja noch Monate. Was wir noch nie gefragt haben, ist eigentlich in vielen Familien ein lästiges

Problem. Das sind die Sonntagnachmittage. Der soll für die Kinder da sein oder allgemein für die Familie und das wird oft als Zwang empfunden." „Uff, klingt aber wenig spannend, wenn ich so an unsere Sonntage denke. Glücklicherweise kann ich mich verabreden. Früher musste ich immer mit Spazieren gehen." „Jochen, du hast es getroffen. Vor ein paar Tagen habe ich einen Nachbarn aus Kriebenburg getroffen. Ist ein braver Typ und ein treuer Hörer von uns. Nebenbei fragte ich ihn, was denn sein Sohn macht, denn ich drückte mit ihm die Schulbank auf dem Gymnasium. Das erzählte er mir stolz: „Jetze, wo er mit dem Studium fertig ist und echter Wissenschaftler wird er auch vernünftig. Nicht mehr so ein lotterhaftes Studentenleben. Er hat jetzt auch eine feste Freundin, mit der er zusammen wohnt und im Dorf wurde auch erzählt, dass man ihn regelmäßig am Sonntagnachmittag beim Spaziergang in der Feldmark mit seiner Freundin antrifft." „Halleluja, was für eine Leben", entfährt es Jochen. Werner Dinkelsen lacht: „Komm, so sind die Leute halt. Aber vielleicht findest du noch etwas prickelndes raus."

Am Donnerstag hat er das Konzept für die Umfrage fertiggestellt und zu Papier gebracht. Herr Dinkelsen findet den Aufbau der Fragen gut und sie beide proben ein solches Interview, wobei Herr Dinkelsen sich in den berüchtigten Herrn Schneider verwandelt. Dieser Herr Schneider, seines Zeichens ehemaliger Unteroffizier der Wehrmacht und heute noch bereit jederzeit gegen den „Iwan" anzutreten, achtet auf Recht und Ordnung. Seine Angetraute ist ein vertrocknetes Persönchen mit verkniffenen Gesichtszügen und wechselt sich mit ihm während der Öffnungszeiten der Post hinter der Gardine ab. Denn das Schneidersche Haus beherbergt im Erdgeschoss eine Filiale der Post. Die Straße „Hinter dem Siechenhaus" ist eng und es gibt nur zwei Parkbuchten für Postkunden. Unmittelbar daran schließt sich die Hofeinfahrt der Schneiders an. So mancher unverschämte Zeitgenosse meint wegen des kurzen Besuchs im Postamt die Hofeinfahrt blockieren zu können. Ein bedauerlicher Irrtum, denn Herr Schneider nimmt seinen Feldstecher zur Hand, schaut auf das Kennzeichen und wenn es sich um gute Bekannte handelt, schickt er seine Frau ins Postamt, damit sie den Übeltäter ermahnt. Ist es jedoch ein Fremder, dessen Autokennzeichen sogar zu einer Großstadt gehört – dann schreitet Herr Schneider persönlich ein. Er notiert das Kennzeichen, geht aus dem Hauseingang, marschiert durch die sich öffnende Eingangstür und brüllt im Kasernenhofton die Fahrerin oder den Chauffeur des Tatfahrzeugs an. Er sorgt für Disziplin und Ordnung und ist sich völlig im Klaren, dass ohne ihn auch ein dritter Weltkrieg nicht gewonnen werden kann. Dieses Probeinterview endet in beidseitigem Gelächter, was aber den „Unterrichtsinhalt" nicht trübt. Lediglich die Sekretärin schaut verdutzt hinein, als sie die aufgeregte Stimme ihres Chefs vernimmt. Sie wird in einem Jahr erfahren, dass der besagte Herr Schneider an einem Sommertag, an dem niemand unzulässig in seiner Einfahrt parkte, einen Herzsekundentod erlitt.

Versöhnlich gestimmt beschließt Jochen, während er nach Hause radelt, einmal zu schauen, was der Herr Rahldiek macht. Er möchte ihm ausführlich Bericht erstatten und seine Meinung dazu hören. An diesem Tag fällt ein leichter Nieselregen und insgeheim freut er sich schon auf ein warmes Getränk bei dem alten Herrn. Vor dem Haus angekommen und nachdem er sein Fahrrad gesichert hat, geht er zum Eingang, wo sich das Klingelbrett befindet. Auch nach mehrmaligem Drücken gibt weder der Türöffner noch der Lautsprecher einen Laut von sich. „Schade", denkt sich Jochen. Doch jetzt unverrichteter Dinge nach Hause zu fahren, gefällt ihm auch nicht. Er beschließt bei Frau Bergerhoff zu schellen. Es dauert auch nicht lange da ertönt ihre Stimme im Lautsprecher. Jochen erklärt ihr, dass er zu Herrn Rahldiek wolle, der aber anscheinend nicht in seiner Wohnung sei. Es dauert einen Moment, da ertönt es: „Na ja, komm' erst mal rein."". Der Türöffner summt und Jochen biegt im Erdgeschoss rechts um die Ecke, wo Frau Bergerhoff schon in der Wohnungstür steht. Die Dackel begrüßen ihn freudig und sie bittet den Jungen doch hineinzukommen. Er darf sich im Wohnzimmer auf das Sofa setzen. Die Frau macht ein sehr ernstes Gesicht, „Ich denke, du bist beim Radio. Hast du nicht die Nachrichten gehört?" Jochen schüttelt den Kopf. Am Dienstagabend wurde doch gegen zehn Uhr ein Radfahrer am Bahnübergang Niedernrode überfahren. Er soll zu viel getrunken haben und ist mit dem Reifen wohl zwischen Schiene und Asphaltkante geraten, gestürzt und anschließend vom Zug erfasst worden. Er war wohl gleich tot." „Wollen Sie damit sagen, dass das Herr Rahldiek war?" Jochen ist kreidebleich, er bekommt starke Kopfschmerzen und ihm schwindelt leicht. „Die Polizei sagt das so. In der Zeitung ist ein Foto, willst du es sehen?" Jochen nickt nur, denn das Sprechen fällt ihm jetzt schwer. Sie holt die Ausgabe der „Flothethaler Nachrichten" und zeigt ihm den kurzen Artikel. Als Jochen das Fahrrad auf dem Foto erblickt, da fällt die Sprachbarriere: „Das ist nicht sein Fahrrad. Er benutzt doch immer das Fahrrad von seiner Frau. Er sagte, der tiefe Einstieg sei ihm lieber. Außerdem trinkt er keinen Alkohol und was macht der denn so spät da draußen?" Frau Bergerhoff zuckt mit den Achseln. „Wo du das Fahrrad ansprichst, fällt es mir wieder ein. Er erzählte mir, dass er sehr an dem Rad seiner Frau hängt, weil sie früher ausgedehnte Ausflüge damit unternommen haben. Du hast recht, er sprach noch davon, dass er sein Rad an einen Enkel verschenkte, weil ihm das Aufsteigen stets zu mühsam war und bei dem Rad seiner Frau wäre das so bequem. Wusstest du nicht, dass er einen Kleingarten an der Flothebrücke hinter Niedernrode besaß?" Jochen schüttelte den Kopf: „Na, wenn schon, es wird doch jetzt spätestens gegen halb acht dunkel. Was macht er denn dann bis zehn Uhr da draußen?

Da ist doch nichts los um diese Jahreszeit." „Vielleicht waren doch noch andere Kleingärtner anwesend. Um die Jahreszeit gibt es doch schon jede Menge zu tun und anschließend haben sie vielleicht etwas gefeiert. Jedenfalls war am Mittwoch gleich ganz früh morgens die Polizei hier mit großem Aufgebot. Die haben die Wohnung aufgebrochen, alles durchsucht und dann kamen noch weitere zivile Polizisten, die haben dann einige Kartons aus der Wohnung geholt und in einem Bus verstaut. Warum die wohl soviel aus der Wohnung mitnahmen?" Jochen spürt wie ihm blitzartig siedend heiß wird. Bloß jetzt nichts Verkehrtes sagen. „Vielleicht steckt da mehr dahinter und die Beamten haben etwas sichergestellt, weil es doch kein Unfall war?" Frau Bergerhoff wehrt ab: „Jochen, ich glaube, du siehst zu viel Krimis im Fernsehen. Herr Rahldiek war ein aufrechter Bürger, der sich nie etwas hat zuschulden kommen lassen. Dem wollte niemand etwas böses antun. Wir werden es vielleicht bald erfahren." Der Junge überlegt eine Weile, es scheint, dass er noch etwas erwidern möchte, doch dann schluckt er und gewinnt seine Fassung wieder. „Sie haben recht. Wir müssen abwarten. Für mich ist das ein schwerer Schlag." „Das glaube ich mein Junge." Jochen erhebt sich, gibt Frau Bergerhoff die Hand und verlässt die Wohnung. Jetzt muss er erst einmal frische Luft haben. Der Nieselregen hat aufgehört. Er wählt einen Weg zum nahen Stadtwald, der zur Burgruine auf dem Kalkberg führt. Nach über einer Stunde kehrt er in sein Zuhause zurück. Er muss diese Geschichte loswerden. Sein Vater schaut etwas hilflos drein, dagegen nimmt sich die Mutter die Zeit zum Zuhören und lässt Jochen seinen Kummer ausleben. Jetzt rollen Tränen und er betont immer wieder, dass der alte Mann wie sein zweiter Opa gewesen wäre. Von seinem richtigen Opa hätte er ja nicht viel gehabt, weil der schon verstarb als er selbst gerade in die zweite Klasse gekommen war. Über die näheren Umstände und das Verhalten der Polizei schweigt er.

Am Freitagmorgen hat er sich etwas beruhigt und spricht den Herrn Dinkelsen auf den Unfall an. Am Ende der Schilderung schweigt er einen Augenblick. Jochen meint aus seinem Gesicht so etwas wie Bestürzung herauszulesen. Ernst entgegnet er: „Das ist wirklich furchtbar. Aber ich glaube nicht, dass es mit uns etwas zu tun hat, weil wir Kenntnis von einem kompromittierendem Telefonat haben. Ich fürchte eher, dass er vielleicht öfter solche telefonischen Sexdates belauscht hatte und zufälligerweise ein Betroffener aus der Umgebung davon erfuhr und sich nun rächte. Stell dir vor, die Polizei würde jetzt mitkriegen, dass du auch bei einer Lauschaktion dabei warst. Dann stellen sie dir deine Bude auch noch auf dem Kopf. Die Nachbarn würden sich das Maul zerreißen, von deinen Klassenkameraden ganz zu schweigen." Jochen überlegt: „Sie könnten schon recht haben. Das wäre aber ein besonderer Zufall und ich denke nicht, dass er über seine Abhörtätigkeit anderen etwas erzählt hat. Frau Bergerhoff hat ja schon zu Beginn mir gegenüber davon gesprochen, wie der Herr Rahldiek jetzt immer fröhlich wäre, wenn ich ihn besuchen komme. Das mit dem Abhören hat er mir ja erst letzte Woche gezeigt. Sonst lernte ich von ihm, wie man lötet und wir haben einfache Schaltungen zusammen aufgebaut. Eine Verkehrsampel, elektronischen Würfel und eine Lichtorgel. Die steht jetzt in meinem Zimmer." plötzlich entspannen sich die Gesichtszüge bei Werner Dinkelsen. „Ich kann deine Trauer gut verstehen. Knie dich einfach in deine Umfrage und gegen Mittag gehen wir das Script durch. Du schreibst dann Moderatorkärtchen für alle Fälle, damit deine Fragen flüssig herübergekommen." So gehen sie auseinander.

Die Interviews sollen am Samstag vormittags stattfinden. Vor der ehrwürdigen Petruskirche, einem wüsten neogotischen Bauwerk, das ein Hohenzollernprinz 1910 persönlich einweihte, findet der meist sehr gut besuchte Wochenmarkt statt. Jochen verschafft sich erst einmal einen Überblick. An der einen freien Ecke neben einem Stand, wo Kitsch und Plunder aus Asien angeboten wird, stehen Zeugen Jehovas. Das kommt für ihn nicht infrage, selbst wenn um diese „Missionare", die nach der letzten Mode des Jahres 1958 gekleidet sind, um jene herum noch viel Freiraum besteht. Die Marktbesucher machen einen Riesenbogen, weil sie weder angesprochen noch ein entgegengehaltenes „Erwachet" vor der Nase haben wollen. Er beschließt, dass der beste Platz zwischen dem kleinen Springbrunnen und der Bronzefigur der „Salzkathi" ist. Jene etwas mehr als einen Meter hohe Statue wurde vom Porzellanhändler und Exil-Ungar Zoltàn von Nemethy dem Ortsrat gestiftet. Der Feuilletonredakteur der „Flothetaler Nachrichten" hatte anlässlich der Einweihung dieser Statue geschrieben: „Es kostet schon viel Überwindung, wenn man als Mitglied des Ortsrates Begeisterung und Dankbarkeit bezeugen muss, weil einem ein solches Machwerk von Kaufmannskultur geschenkt wird. Das grenzt eher an Nötigung als an Stiftung." Es gab anschließend einen Aufschrei der Empörung aus der Schicht der „oberen Zehntausend". Frau Oberstudienrätin Schlegarstig verfasste einen Leserbrief, in dem sie die Zeitung einseitiger Parteinahme für die „Linken" zieh und der Herr Oberstudiendirektor Dr. Sippl trompete bei der nächsten Ortsratssitzung in Anwesenheit der Presse, dass „Kunst von Können" käme und vor allen Dingen artgerecht sein müsste. Das träfe gerade auf die ländliche Bevölkerung und die Touristen zu. Sie würden sich daran erfreuen. Das sollte sich einmal die Linkspresse hinter die Ohren schreiben.

Dieser kulturträchtige Ort erweist sich als ausgesprochen günstig für Jochen. Neben dem Springbrunnen sitzen ältere Leute auf den Bänken und das Namensschild mit dem Aufdruck „Radio Salz & Rüben", welches auf der Jacke von Jochen prangt, erweckt sofort das gemeinsame Interesse der Sitzenden. Die ersten Gespräche waren etwas zäh und unergiebig. Fast immer wurde über den Sonntag, als einen Tag, der der Familie gehört, gesprochen. Viel Wert wurde die gemeinsamen Mahlzeiten und der Verdauungsspaziergang gelegt. Da gerät er an eine sehr gesprächige Hörerin des „Radio Salz & Rüben". „Also wissen Sie Herr Jochen, der Sonntag ist uns heilig. Jedes Mal kämpfe ich mit meinem Mann, dass er doch bitte nicht zum Fußballspiel gehen soll. Meist glückt es mir. Nun war aber schon vor zwei Wochen Besuch von meiner Schwägerin angekündigt worden. Die ist immer so etepetete, manchmal denke ich immer: 'Mein armer Bruder'. Ihr waren auch die Klöße zu matschig, na jedenfalls wollten wir eigentlich aufbrechen, da kündigt mein Mann an, dass er mit meinem Bruder zum Auto gehen muss, weil er ihn bei der Zündanlage beraten soll. Gut, wir blieben dann sitzen und meine Schwägerin und ich diskutierten über Konfirmationsfeierlichkeiten von unserem Robin. Sie ist doch Patin. Da verging die Zeit. Doch bevor ich Kaffee aufsetzen wollte, dachte ich mir: ‚Geh mal runter zur Garage und sag den Männern Bescheid, dass es gleich Kaffee gibt.' Wie ich da hinkomme, ist niemand da. Plötzlich höre ich ein lautes Staketern, da kommen doch mein Bruder und mein Mann schwankend den Weg hoch. Was sagen Sie dazu? Die waren tanken, die Tankstelle war natürlich wieder das Flothe-Stübchen. Das war ein schönes Kaffeetrinken. Meine Schwägerin war fuchsteufelswild und meinte, mein Mann hätte ihren Göttergatten verführt. So endete der Tag mit Familienkrach. Nee, also Sonntag muss anders ein." Jochen kennt noch nicht die Strategien Schwadronierende in ihrem Wortschwall zu bremsen. Da taucht ein bepackter Mann auf und ruft: „Elfriede, komm', ich habe alles. Wir müssen noch nach dem Schlaukauf." So wird er die Frau los. Doch jetzt ist er von ein paar Schülern der Parallelklasse umringt. Er schaltet das Gerät auf Pause und schärft ihnen ein, dass sie keinesfalls lachen und so tun sollten, als ob sie ihn gar nicht kennen würden. Sie fügen sich brav. Stattdessen lassen sie ihrem Unmut freien Lauf. Sonntage wären öde, am schlimmsten das Rumlatschen mit den Eltern durch die Botanik. Ein Mädchen bekannte offen, dass ihr Vater nach dem Frühschoppen immer so widerlich besoffen sei und ihr gegenüber dann dumme Sprüche ablässt und nachmittags den Fernseher blockieren würde. Ein schönes Kontrastprogramm, was nur durch eine resolute Frau unterbrochen wird. „Herr Reporter, unser Junge geht schon lange nicht mehr mit uns spazieren. Verstehe ich, doch wissen sie, es gibt auch Erwachsene, die den Sonntag verschandeln. Vor drei Wochen, wo noch etwas Schnee lag in Nordharingen, sind mein Mann und ich dabei, nach Hause zu gehen. Wir wohnen am alten Bahnhof. Die Bahnhofstraße zieht sich ja ganz schön hin, immer neben den Gleisen. Da geht plötzlich die Sirene. Ich frage meinen Mann: 'Ist das unsere Sirene?' Mein Mann konnte das nicht eindeutig sagen. Er meinte, das könne auch in Blähingen sein, das ist ja nicht so weit weg. Da war ich beruhigt. Nach etlichen Minuten sind wir nicht mehr weit vom Haus entfernt, da biegt die Feuerwehr mit Blaulicht, Leiterwagen und so in die Bahnhofstraße ein. Sie rauschen an uns vorbei. Mein Mann meinte nur, das ist bestimmt in der Bergwerkssiedlung oder bei der Indusan AG. Denkste. Die hielten vor unserem Haus und da sehe ich unseren Sohn draußen stehen. Was glauben Sie, wie wir gerannt sind. Und was war? Die alte Frau Blume berichtet ganz aufgeregt, dass es bei Alfredo, der heißt wirklich Alfred Bontik, brennt. Wissen sie, das ist so ein Suffkopp und wir alle im Haus fürchten schon lange, dass der im Suff die Hütte anzündet. Frau Blume ruft noch dem Brandmeister zu, dass der Typ in seiner Wohnung ist und trotz Sturmklingeln nicht die Tür öffnete. Aus dem Fenster der Wohnküche quollen dichte Rauchwolken. Wir waren fürchterlich aufgeregt, aber dann kamen zwei Feuerwehrleute, der eine mit einer Riesenaxt. Das sind wir leise hinterher geschlichen und sehen, wie er ausholt, um die Tür einzuschlagen. Da öffnet sich plötzlich die Tür und der besoffene Alfredo steckt seinen Kopf raus und brummelt: 'Was iss'n hier los. Was soll das denn hier? Man wird sich ja wohl noch ein Stück Fleisch anbraten dürfen.' Von wegen, dass Sonntagsspaziergänge immer langweilig sind, aber auf so was können wir auch gern verzichten." Jochen hat große Mühe ein teilnahmsvolles Gesicht zu präsentieren. Trotz Trauer platzt er innerlich vor Lachen: „Feuerwehreinsatz am Sonntag wird die Männer auch nicht erfreut haben." In diesem Augenblick gesellt sich eine weitere Frau um die fünfzig mit grauem gelockten Haar dazu. Sie knüpft an das Gespräch an und Jochen hält ihr sein Mikro hin. „Ach was, natürlich haben die sich gefreut. Konnten sie doch dem Kaffeetisch entfliehen und hinterher nach erfolgreichem Einsatz ihren Durst im Spritzenhaus löschen. Für die ein Supersonntag. Aber ich will Ihnen mal was sagen, bei uns läuft der Sonntag im Haus immer sehr ruhig ab. Wenn die Männer im Schichtdienst am Hochofen oder am Konverter stehen, dann sind die froh, wenn mal Ruhe ist. Wir wohnen ja in Ledeburheim im Abschnitt Zwo, das sind die Häuser, die noch der Adolf gebaut hat. Also der Rimpl hat die entworfen, weswegen ja auch unsere Straße die Rimplstraße heißt. Wir haben hinter dem Haus ja eine große Rasenfläche, da hat jeder Mieter ein Stück und am Haus haben wir so eine Terrasse angelegt, wo man sitzen kann. Da stehen Tische und Stühle. Da setzen wir uns zum Kaffeetrinken am Sonntag hin. Wenn das Wetter schön ist, natürlich.

Ganz oben wohnt der Bodo, der ist Invalide, aber sonst quicklebendig, wenn es heißt 'Auf ins Flothe-Stübchen'. Wenn der wieder seine Rente gekriegt hat, zahlt er dem Wirt dreihundert Mäuse für zum Absaufen. Das reicht meist nur drei Wochen, dann ist Ebbe bei dem in der Kasse. Das war auch am Sonntag Ende Juli im letzten Jahr so. Aber dann seine Kumpels einladen, welche mit Fahrrad und Anhänger 'zig Bierkästen heranschaffen. Unsere

Nachbarn saßen draußen am Kaffeetisch, und mein Mann und ich waren auf dem Rasen, wo wir unseren Grill aufstellten, denn wir hatten uns mit etlichen aus dem Haus verabredet, dass wir an dem Tag Grillen wollten. Wir haben oben immer das Gegröle und das Klirren der Bierflaschen gehört – das am heiligen Sonntag! Das blieb bei denen wohl nicht ohne Folgen, es drückten die Blasen, aber der Bodo hat nur ein Klo. Da sieht mein Mann doch wie der Bodo und noch so'n Typ am Fenster stehen und im hohen Bogen rausstrullern und unten dachten die Nachbarn, es wäre eine Regenhusche, die auf den Tisch niederprasselte. Das ist doch asozial, oder?" Jochen hat Mühe das Mikro gerade zu halten, die Frau fährt unbeirrt fort. Unser Junge hat ziemlich lange gespart für sein Treckingrad. Das war auch sehr teuer. Als er am Dienstag nach der Schule eine Runde fahren wollte, da war es verschwunden. Aus unserem Keller, stellen Sie sich das mal vor. Das Schloss war geknackt worden. Gut, durch die Latten kann man hindurch das Rad erkennen. Der Thomas war völlig ratlos. Ich sagte ihm, dass er zur Polizei gehen muss und das melden soll. Aber dort erhielt er die Auskunft, dass ein Erziehungsberechtigter die Anzeige unterschreiben müsste. Da beschlossen wir am Donnerstag früh zur Wache zu gehen, da habe ich nämlich frei. Vielleicht würde sich das Fahrrad auch inzwischen wieder anfinden. Doch am Donnerstag lese ich in den „Flothetaler Nachrichten" von dem Unfall am Bahnübergang und ich denk' ich guck' nicht richtig, auf dem Foto ist das Rad von unserem Sohn abgebildet. Bei der Polizei benahmen die sich sehr merkwürdig. Sie meinten, dass sie der Sache nachgehen würden, aber das Rad sei beschlagnahmt zur Untersuchung und noch nicht freigegeben. Ich frage mich nur, wer macht so was? Der Fahrer soll ja hopps gegangen sein dabei, aber in unserem Haus sind alle Chaoten noch versammelt – leider." Jochen wird es eiskalt und seine Hand krampft sich um das Mikrofon. „Sind Sie sich ganz sicher, dass das wirklich das Fahrrad von Ihrem Sohn war?" Die

Frau nickt. „Ganz sicher. Mein Sohn hat das auch sofort erkannt." Jochen bedankt sich und beschließt die Interviews zu beenden. In seinem Kopf kreist nur eine Frage. Ist das wirklich nur ein Zufall oder steckt mehr dahinter." Von der Petruskirche erklingen aus der Turmuhr zwölf Glockenschläge. Auf dem Marktplatz lichtet sich bereits die Anzahl der Besucher. Jochen verabschiedet die Frau mit freundlichen Worten und ist zufrieden, dass keiner mehr etwas in sein Mikrofon sprechen will.

Daheim angekommen hantiert seine Mutter in der Küche, während der Vater in der Garageneinfahrt sein Auto wäscht. Seine Eltern wollen mit Schwester Bettina nach dem zeitigen Mittagsmahl zu Mutters Cousine nach Süderode fahren, wo angeblich der Frühling schon weiter fortgeschritten ist. Jochen darf das Haus hüten, wofür er sehr dankbar ist. Sein Vetter ist ein scheußlicher Angeber und zwischen den beiden gibt es schnell Streit. Das wollen seine Eltern vermeiden – Jochen auch. Nun muss er aber seiner Mutter genau Bericht erstatten, wie sein „Radioeinsatz" auf dem Wochenmarkt verlaufen ist. Sie muss häufig lachen und zweifelt am Ende: „Ob das wohl gesendet wird, so im Originalton?" „Ich hoffe das doch sehr, ich find's cool. Ist doch lustig. Sag' mal, kennst du die Rimplstraße? Ich kenne keinen aus dem Abschnitt Zwei." Die Mutter nimmt auf dem Küchenstuhl Platz. „Ach weißt du, das sind doch die Häuser aus der Nazi-Zeit. Da will doch keiner wohnen. Die sind so hellhörig. Uns haben sie auch so eine Wohnung angeboten, als du unterwegs warst. Aber so oft wie du geschrien hast, hätte das eine Räumungsklage bedeutet." „Oh Mutter, nun übertreibst du aber." Sie lächelt, während sie noch den Salat putzt. „Du warst ein liebes Kind, es lag auch nicht an dir. Aber die Leute haben uns nicht zugesagt. Vater ist ja auch Facharbeiter, doch dort gab es viele Asoziale, die für Geld alles machten. Das soll sich ja ein wenig gebessert haben. Aber früher war die Polizei mindestens einmal pro Woche in der Straße." „Also so, wie in der Barackensiedlung Heister-kamp, wo die Köttls wohnen?" „Nein, asozial heißt ja nicht, dass man arm ist. Asozial ist es sich gegen die Gesellschaft zu stellen und auf betrügerische Weise sich Vorteile zu verschaffen. Das tun Reiche wie auch Arme, verstehst du? Damals gab es eine Reihe von Geschäftseinbrüchen. Das war eine Bande, der etliche Bewohner aus den Häusern in der Rimplstraße angehörten. Es gab auch Schlägereien und einmal sogar eine Schießerei dort. Als Schülerin habe ich extra einen Umweg zur Realschule gemacht. Wie man sagt, war es ein heißes Pflaster." Jochen nickt: „Dann kann man mit Fug' und Recht sagen, dass es dort auch Leute gibt, die bereit wären einen bekannten Geschäftsmann abzumurksen und dann zur Tarnung neben der Leiche ein von dort geklautes Fahrrad auf die Gleise legen." „Oje mein Jochen, du verkraftest das mit dem Herrn Rahldiek nicht. Stimmt's?" Jochen kämpft mit den Tränen und nickt. „Das verstehe ich. Deine Theorie wäre eher etwas für eine Krimiserie, aber ich würde das auch nicht ausschließen. Doch wer hätte daran ein Interesse?" Der Junge ist wieder gefasst, kann sich aber nicht zur wahrheitsgemäßen Beantwortung der Frage durchringen. Vielmehr versucht er ein leichtes Ablenkmanöver. „Ich habe dir ja erzählt, dass der Herr Rahldiek öfter bestimmte Funkgespräche auf Kassette aufnahm. Vielleicht hat er etwas von diesen Banditen aufgefangen, wie sich per CB-Funk verabredeten oder so etwas in der Art." Seine Mutter nickt: „Das kann sehr gut sein. Gehst du mal bitte nach draußen und sagst Vater Bescheid, dass es in zwanzig Minuten Essen gibt. Die Bettina müsste auch jeden Moment hier aufschla-gen."

Das Wochenende vergeht, während Jochen eifrig seine Inter-views bearbeitet und in Form eines Drehbuchs durch erklärende Bemerkungen den berühmten „roten Faden" einlegt. Sein Com-puter verfügt schon über ein kleines Textverarbeitungsprogramm und nach einigen Stunden rattert der Nadeldrucker. Nun ist sein Werk beendet und kann am nächsten Morgen vorgestellt werden.

In der Redaktion von „Radio Salz & Rüben" herrscht Hochbetrieb. Herr Dinkelsen findet erst am frühen Nachmittag Zeit für Jochens Arbeit. Nach einer halben Stunde unterbricht er und meint: „Weißt du was Jochen? Sieh' zu, dass du ein gutes Abitur machst. Dann helfe ich dir ein Volontariat bei einer richtig guten Zeitung zu finden. Danach wirst du bestimmt einen Platz in einer Journalistenschule bekommen. Anschließend bewirbst du dich bei einem Rundfunksender. Du bist der geborene Journalist. Aber morgen wendest du dich an unseren Klaus den Tontechniker. Gemeinsam legt ihr dann jeweils einen Piepton über die Namen und Straßen, die in den Interviews auftauchen. So können wir dann diese heißen Texte auch ausstrahlen. Echt irre, was du da fabriziert hast." Jochen strahlt und kann sich nicht verkneifen noch eins drauf zusetzen. „Vielleicht wird dann auch die Polizei hellhörig, dann der Herr Rahldiek ist nie und nimmer durch den Zug ums Leben gekommen. Das Fahrrad ist bestimmt nur auf die Schienen gelegt worden. Die Wahrheit käme dann doch noch ans Licht der Sonne."

Herr Dinkelsen beschwichtigt: „Das wäre möglich. Doch was ist die 'Wahrheit'? Wer will sie wirklich wissen? Für uns Medienmacher gilt doch viel eher: 'Es ist nicht wichtig, was der Wahrheit entspricht – es ist doch nur von Belang, was die Leser und Zuhörer als Wahrheit selber glauben wollen!"

Zwischen Ledeburheim und Hannover
- zügige Gespräche im Berufsverkehr -

1. Folge: Der DannOhne - Joghurt „Tippsentraum"

„Der Krüger werde ich es zeigen. Mir etwas über Körbchen zu erzählen. Sie meint wohl bei ihrer Oberweite landet der Abteilungsleiter weich in ihrem Dekolleté. Wo der selbst bei dem flachbrüstigen Fräulein Ermisch Stielaugen bekommt. Aber Dr. Raimund besitzt da glücklicherweise ein ganz anderes Format", dachte die Sekretärin, als in Bad Salzhausen die besagte Frau Krüger in das Abteil drängt. Mit einem „Guten Morgen", begrüßt die mollige Mittdreißigerin schwer atmend Frau Wiedenfels aus der Abteilung Vertrieb. Die Sekretärin erwidert mit gemessenem Kopfnicken den Gruß. Frau Krüger fährt fort: „Ach, Sie haben ja heute so einen reizenden Rollkragenpullover an, Sie sind ja geradezu hochgeschlossen. Es steht aber Ihnen besonders gut." Pikiert antwortet Frau Wiedenfels: „Ich bin stark erkältet, es ist diese Übergangszeit, eine schlimme Periode. Ewig dieser Wechsel zwischen Hitze und Kälte." Frau Krüger bejaht: „Das ist wirklich furchtbar. Ich nehme jeden Tag zur Vorbeugung ‚Igor Richters Original Rosmarin Tropfen' und abends eine Tasse Hibiskustee mit einem Schuss Melissengeist." Frau Wiedenfels seufzt: Dabei kann ich es mir überhaupt nicht leisten, krank zu sein. Die Vertragsunterlagen für unseren neuen und so wichtigen Kunden kann nur ich persönlich für Herrn Dr. Raimund vorbereiten. Er ist immer so hilflos, wenn die Dokumente nicht in der richtigen Ordnung sind. Da habe ich lange dafür kämpfen müssen, bis er meine Methode begriffen hatte, und heute will er gar nicht mehr davon lassen. Seitdem mir nun auch noch Fräulein Völtzke als Assistentin aufgebürdet wurde, muss auch noch tagsüber das Fenster meines Büros geöffnet bleiben, weil sie engagierte Nichtraucherin ist."

Frau Krüger lacht: "Sie können nicht davon lassen, nicht wahr? Aber Sie rauchen doch nur eine leichte Sorte." "Selbstverständlich, wo denken Sie hin, durch die ständigen Erkältungen muss ich gesundheitliche Rücksichten nehmen." Frau Wiedenfels schaut ihrer Kollegin fest ins Auge. Dann jedoch ändert sich der Gesichtsausdruck und wird weicher. "Was habe ich schon nicht alles ausprobiert! Aufgüsse aus Spitzwegerichblättern, wissen Sie, wie schwierig es ist an Spitzwegerich zu gelangen? Es hat alles nichts genützt. Unter einer Assistentin habe ich mir auch etwas anderes vorgestellt. Herr Dr. Raimund legt sehr großen Wert auf vorgewärmte Kaffeetassen, damit er nicht so schnell abkühlt."

Frau Krüger unterbricht: "Auf mich macht er aber immer einen kühlen Eindruck. Gut dass Sie ihn gelegentlich vorwärmen." Sie grinst. "Frau Krüger, ich sprach von den Kaffeetassen. Dass Sie Herrn Dr. Raimund nicht kennen, mache ich Ihnen ja nicht zum Vorwurf. Eigentlich kennt Ihn keiner richtig in unserem Hause, mit einer Ausnahme. Aber dazu gehört Fingerspitzengefühl, Menschenkenntnis und jahrelange Erfahrung. Das hat das Trampel Völtzke natürlich völlig übersehen. Sie gießt den Kaffee einfach so lieblos in die Tasse und im letzten Moment konnte ich sie davon abhalten in das Chefbüro zu stapfen. Dann wäre der ganze Tag im Eimer gewesen. Das können Sie natürlich nicht beurteilen. Sie haben ja ganz andere Tätigkeitsfelder, fern des strategischen Managements und das mit der kühlen Art ist nur ein Panzer, mit dem er sich umgibt. Wenn Sie sein Vertrauen gefunden haben, dann zeigt sich erst seine gütige, geistvolle Natur." Frau Krüger beugt sich vor: "Was Sie nicht sagen. Das muss ja meinem Abteilungsdirektor völlig verborgen geblieben sein. Neulich stand die Tür zu seinem Büro offen, als er telefonierte. Er sprach gerade mit unserem Geschäftsführer…" Frau Wiedenfels entsetzt sich: "Sie wollen doch damit nicht andeuten, dass Sie ein Gespräch mit Herrn Dr. Wershofen belauscht haben. Also ich höre ja auch manchmal interne Dinge, aber das einfach weiterzuerzählen ist doch ein Vertrauensbruch! Was hat er denn gesagt?" Frau Krüger triumphiert: "Erstens habe ich das nicht allein gehört, sondern Hildegard Ermisch war auch zugegen und überdies donnerte er so laut, dass wir es selbst durch eine geschlossene Tür vernommen hätten. Er sagte nämlich, dass man den verknöcherten Zausel mit seinen unternehmerischen Fähigkeiten aus den Fünfziger Jahren schon längst, wie alle anderen mit 63 Jahren, hätte in den Ruhestand schicken sollen." Frau Wiedenfels wird böse. So etwas hatte noch niemand gewagt, ihr zu erzählen. Sie will eine heftige Antwort geben, aber es fallen ihr die Körbchen ein. Sie lächelt: "Das glaube ich Ihnen gern, das Dr. Raimund immer missverstanden wird. Man muss auch schon etwas selbst dafür tun, um seine Seele aufzuschließen. Neulich kam er sogar zu mir und zeigte mir stolz wie ein Schuljunge ein Foto. Damit ich einmal erkennen würde, warum das Golfspiel so wichtig für uns alle wäre. Er stand da fast verloren auf dem Siegerpodest, es war der erste Platz, und neben ihm zwei würdige Herren auf dem zweiten und dritten Platz. 'Wissen Sie, wer die Herren sind?' fragte er mich. Ich hatte die Beiden wohl schon einmal gesehen, denn bei uns gehen ja wirklich wichtige Geschäftsleute ein und aus. Da hat er mich angelächelt und nur gemeint: 'Euer alter Dr. Raimund steht da mit Herrn Bromme von der Schrupp AG und dem Vorsitzenden des Arbeitgeberverbandes Herrn Ränkel. Das war ein harter Kampf, aber später habe ich in freundschaftlichem Gespräch unter Sportsfreunden wieder einmal sehr wichtige Geschäftskontakte knüpfen können.' Er strahlte über das ganze Gesicht. Wenn Sie mich fragen, dann kann ich schon verstehen, warum Ihr Chef, in seiner Hemdsärmeligkeit, meinen Dr. Raimund so schwer versteht. Übrigens, das Erste, was ich Ihnen zur Hebung ihres Äußeren empfehlen kann, wäre eine straffere Figur. Es beweist einfach Disziplin und Energie. Ein fester BH, neben einer ausgewogenen Diät, wäre für Sie sicherlich auch ein Weg zum Erfolg. Seitdem ich den besonderen Joghurt aus dem Reformhaus esse, aus naturreinen Racematen mit nur 0.1% Fett, da fühle ich mich wie neugeboren. Jeden Morgen steige ich mit Wonne auf die Waage. Wie geht es Ihnen dabei?" Befriedigt lehnt sich Frau Wiedenfels zurück, doch Frau Krüger hatte sich bereits in die Schlange der Aussteigenden eingereiht. Die Lautsprecherdurchsage verkündet den nahenden Hauptbahnhof. Frau Wiedenfels lächelt, die Körbchen waren bereits die Hälfte der ausstehenden Rache für das Mäkeln an ihrem Herrn Doktor. Morgen wäre das Werk dann endgültig vollbracht.

Ratsherrenschnitzel mit Beilagen

Die Fußgängerzone hatte sich entleert. Einzelne Passanten, deren Leinen von kleinen oder großen Hunden straff gespannt wurden, verweilten im Schatten eines Baumes oder eine Laterne, bevor sie sich wenige Meter weiter bewegten. Voller Genugtuung verharrte ein älterer Mann vor einem Schaufenster, während der Pudel ungeniert seine Markierung an die Eingangstür setzte. Der Mann streckte die Zunge heraus und zeigte der Auslage den Mittelfinger. Eine zügig vorbei strebende junge Frau wurde Zeugin, blieb stehen und lachte: „Der Herr Bröcker musste doch gleich nach dem Gerichtsurteil die Kamera abbauen. Der Richter hatte zwar die Aufnahmen als Beweismittel akzeptiert und den Einspruch gegen den Strafbefehl von dem ertappten Kellner abgewiesen. Gleichzeitig jedoch verdonnerte er den Bröcker zum Abbau der Kamera und untersagte eine weitere Nutzung."
Der ältere Mann hatte sich zu ihr umgedreht und war sehr verwundert. „Ach ein Kellner war das? Dieser feine Herr Bröcker hat meinen Pedro beschuldigt und uns beiden Hausverbot erteilt. So ein Idiot." Die Frau nickte: „Er hat das Ihnen nicht nur allein ausgesprochen, sondern seinen Kundenkreis dadurch fast halbiert. Na, muss er wissen. Ich denke nicht, dass sein Uhren- und Juwelengeschäft so floriert, dass er sich das leisten kann." „War der im ‚Alten Dorfkrug' beschäftigt?" Die Frau fährt im vergnügten Gesprächston fort. „Ja, der hat dort fast ein Jahr gearbeitet. Bei der Arbeit hat er zwischendurch wohl etwas zu tief ins Glas geschaut. Das ist natürlich nicht aufgefallen, weil die Gäste auch schon entsprechend blau waren. Nach Feierabend verspürte er dann wohl einen starken Drang und hat dann immer an die Schaufensterscheibe vom Bröckerladen gepinkelt." „Ja, das weiß ich wohl, doch warum wurde nun gerade der Pedro beschuldigt? Sehen Sie doch selbst, wenn er das Bein hebt, dann reicht seine Hinterpfote gerade bis zum Rand der Glasscheibe." Die Frau

wandte sich zum Gehen. „Nehmen Sie es nicht so tragisch. Er ist halt ein wenig wunderlich. Aber der Kellner ist weg. Der Ingo Pietzner muss jetzt allein mit seiner Frau den Laden schmeißen und da ist immer etwas los. Kein Zuckerschlecken für die Zwei". Der ältere Mann nickte verständnisvoll, lüftete seinen Hut wünschte der Frau einen angenehmen Abend. Danach verschwand er mit Pedro in der Seitenstraße ‚Am Schmiedebrink'.

Im besagten alten Dorfkrug sind fast sämtliche Tische besetzt. Der mächtige Stammtisch aus gebeiztem Eichenfurnier ist belegt durch den Chor der Kirchengemeinde „zum guten Hirten". Im Vereinsraum tagt eine politische Gruppierung. Ingo Pietzner steht hinter der Theke und bedient die Zapfanlage. Zwischendurch lässt er den Blick durch die Schankstube streifen. Missbilligend erkennt er, dass die Agnieszka die Kupferlampen nur nachlässig abgewischt hat, anstatt sie mit einem Tuch auf Hochglanz zu bringen. Er legt Wert auf eine rustikale Atmosphäre, „altdeutsch geht immer", lautet seine Devise. Nur im Festsaal, der sich als Anbau zum Hof erstreckt, fand er eine zeitlose Einrichtung sinnvoll und zweckmäßig. Dieser Raum wird gern genutzt und so kann die Familie Pietzner sich nicht über ein schlechtes Geschäft beklagen. Da erscheint seine Frau, die soeben in dem Vereinszimmer die Bestellungen aufgenommen hatte. Sie übergibt die Getränkeliste Ingo und ruft bei offener Durchreiche dem Koch zu: „Hier lege ich dir die Liste hin, es wurden noch zwei ‚Ratsherrenschnitzel mit Pommes' zusätzlich verlangt." Zu ihrem Mann gewendet teilt sie ihm mit: „Die hohen Politiker wollen jetzt ungestört sein. Habe 'mal ein Auge darauf, wenn da jemand herein stapfen will." Ingo versteht und entgegnet: „Birgit, die heiligen Choristen wollen bezahlen. Kannst du bitte den Chorleiter Kleinschmidt bitten, dass er sich ein paar Sekunden Zeit für mich nimmt? Ich muss mit ihm unter vier Augen sprechen." Seine Frau bewaffnet sich mit zwei Tabletts, während sich die Eingangstür öffnet. Ein Mann in den Fünfzigern kommt mit einem federnden Gang zur Theke und begrüßt Gastwirt Ingo Pietzner. „Guten Abend, mein Name ist Glaser, wie der Beruf. Ich wurde eingeladen von der ‚Wahlalternative‘. Ich bin aus Berlin und dort Bezirksverordneter meiner Partei. Die Gruppe soll hier tagen, sagte man mir in Berlin. Der Wirt kann sich eines Kommentars nicht enthalten. „Das hört man, dass Sie aus Berlin sind. Die Gruppe hat gerade beschlossen, dass sie ungestört arbeiten will. Folgen Sie mir bitte, und ich werde erst dem Vorstand mitteilen, dass Sie eine Einladung besitzen und Einlass begehren." Der Herr Glaser scheint etwas genervt zu sein, folgt ihm aber in einigem Abstand. Die Versammelten fühlen sich hingegen keineswegs gestört und begrüßen lautstark den Ankömmling. Ingo Pietzner beeilt sich die bestellten Getränke bereitzustellen, als der Herr Kleinschmidt an der Theke auftaucht: „Sie wollten mich sprechen?" „Oh ja, danke dass sie sich die Zeit nehmen. Mir ist bei Ihrem fröhlichen Beisammensein schon öfter ein Chorsänger aufgefallen, der mit lauter Stimme das große Wort führt. Als Kind hätte ich gesagt: 'Wie Jraf Koks von die Jasanstalt.' Aber heute hat er es aber mir gegenüber an Höflichkeit fehlen lassen." „Ach, Sie meinen den Herrn Pfeifer. Der singt im Opernchor und leitet selbst einen Singkreis der Sudetendeutschen Landsmannschaft. Der kommt extra aus Hannover, um an unseren Proben teilzunehmen. Ich finde das sehr beachtlich." „Das mag ja alles sein, Herr Kleinschmidt, obwohl ich dachte, dass seine Heimat eher die Boddinstraße in Neukölln ist. Sehen Sie, ich bin ja auch in Berlin aufgewachsen, da kenne ich solche Typen, die man bei uns als ‚Gernegroß‘ bezeichnet." „Jetzt übertreiben Sie aber, Herr Pietzner. Ich gebe ja zu, dass seine Art sehr gewöhnungsbedürftig ist, doch kein Mensch ist perfekt." „Seine Qualitäten im Chor möchte ich auf keinen Fall anzweifeln, nur seinen Umgangston. Heute beschwerte er sich lautstark, dass der Bordeaux, den ich ihm servierte, überhaupt nicht trocken sei und er den Eindruck habe, dass in der Flasche in Wirklichkeit Amselfelder vom Supermarkt abgefüllt war und nur das Etikett ausgetauscht wurde. Das kann ich nicht auf mir sitzen lassen. Sehen Sie, ich habe im Restaurant der ‚Bremer Glocke' gelernt und war anschließend einige Jahre bei den ‚Hurtig-Routen' an Bord der Kreuzfahrtschiffe in der Küche und im Weinkeller beschäftigt. Ich lege bei der Auswahl meiner Weine sehr hohe Maßstäbe an. Dieser Herr Pfeifer hat aber seine Kritik so angebracht, dass viele Gäste es im Raum mitkriegten. Das kann ich nicht auf mir sitzen lassen. Andererseits möchte ich Sie und Ihren Chor nicht als Gäste missen. Darum bitte ich Sie, dass Sie auf diesen Herrn Pfeifer mäßigend einwirken, damit nicht noch einmal so etwas geschieht." „Oh ja, Herr Pietzner. Ich kann Sie gut verstehen. Ich werde das in der nächsten Chorprobe zur Sprache bringen. Wir kommen auch sehr gern zu Ihnen und möchten das auch in Zukunft tun. Ich muss jetzt aber los, einen schönen Gruß an Ihre Frau." Herr Pietzner ist zufrieden.

Im Vereinszimmer hat soeben der Vorsitzende der ‚Wahlalternative Ledeburheim' das Wort ergriffen. „Liebe Freundin, liebe Freunde. Nachdem wir vorhin gebührend des Gründers unserer Alternative, Oberstudiendirektor Dr. Friedrich Sippl, der noch vor kurzem unter uns weilte, gedacht haben, begrüße ich jetzt offiziell unseren Freund Roland Glaser aus Berlin. Er ist dort in der Lokalpolitik im Berliner Süden sehr engagiert, und er kann uns bei unseren Kampf um das Rathaus tatkräftig unterstützen. Im Moment sind wir ja noch keine Partei, sondern eine Bürgerbewegung, doch stehen wir in Verhandlung mit der Partei von Roland Glaser, wie wir für Ledeburheim eine komplette Liste zusammenkriegen und dann vielleicht sogar unter dem Namen dieser patriotischen Partei zu den Kommunalwahlen antreten können. Viel Zeit haben wir nicht mehr und grundsätzliche Diskussionen können wir uns auch nicht leisten. Aber das scheint ja wohl nicht nötig zu sein. Herr Glaser, wollen Sie vielleicht mit einigen Worten Ihre Bereitschaft uns zu helfen an einigen wichtigen Punkten verdeutlichen? Wir sind dankbar für jeden Hinweis."

Der Angesprochene erhebt sich von seinem Stuhl, nimmt einen tiefen Schluck aus dem Bierglas und beginnt ausladend: „Vielen Dank Herr Protzlick, bei diesem gepflegtem Bier geht es einem noch einmal doppelt so leicht von den Lippen. Wir wollen Deutschland wieder lebenswert machen. Gerade in solchen Brennpunkten wie Ledeburheim, wo das soziale Elend auch den ordentlichen und pflichtbewussten Bürger erreicht, müssen wir wehrhaft werden. Mein Jugendfreund Bronsmann hatte mich eingeladen mit ihm, mit meiner Wenigkeit und einem engagierten Ledeburheimer Bürgerrechtler mit Namen ‚Günther Scharff‘, der wegen seiner unangenehmen Wahrheiten weder einen Leserbrief in den Zeitungen verfassen kann, noch sonst in dieser Stadt Gehör findet, eine große Podiumsdiskussion in der Aula des Gymnasiums zu veranstalten. Man sagte mir auch, dass der besagte Günther Scharff seine Meinungsäußerungen nur noch in selbst finanzierten Anzeigen auf entsprechenden Seiten der Hauswurf-Zeitungen zwischen den Angeboten zum Verkauf gebrauchter Waschmaschinen oder der Rubrik 'Mann sucht Ihn' äußern darf. Ich freute mich bereits darauf, aber dann erreichten mich gleich zwei Hiobsbotschaften. Herr Dr. Sippl ist ja leider vor vier Wochen plötzlich verstorben, weshalb der Tagungsort auch wackelig wurde und mein Freund Rainer liegt im Berliner Westend-Krankenhaus und beginnt gerade mit der Bewegungstherapie. Es hat sich hier bestimmt herumgesprochen, dass er als Oberbauleiter bei einer Baubegehung von einem unzureichend abgesicherten Gerüst abstürzte. So etwas kann natürlich nur vorkommen, wenn Ausländer am Werk sind. Diese Arbeiten waren an ein bulgarisches Unternehmen vergeben worden, weil das soviel billiger ist. Erschreckend, was aus deutscher Wertarbeit geworden ist. Natürlich sind auch politische Hintergründe nicht ausgeschlossen. Die Bulgaren waren ja hundertfünfzigprozentige Kommunisten, die jetzt ja nur unsere teuren Euros abzocken wollen. Da Rainer Bronsmann wohl auch schon in Bulgarien vor einigen Jahren arbeitete, kann ein politischer Racheakt nicht ausgeschlossen werden.

Aber unseren Freund kann man nicht so schnell unterkriegen. Er hat mir sehr eindringlich geschildert, wie wichtig es ihm ist, durch eine offene und ernste Ansprache das Vertrauen der Wähler zurückgewinnen kann. Er hat mich an einen Brief erinnert, den er mir vor Jahren aus Frankreich geschickt hatte. Ich habe ihn dann daheim in meinen Unterlagen nach langem Suchen gefunden. Mir hat er so gut gefallen, weil er so richtig die einfachen Leute im Herzen anspricht. Darum werde ich ihn jetzt gern vorlesen, falls nicht noch jemand eine Bemerkung loswerden will."
„Herr Glaser, ich habe noch zwei Anmerkungen." „Ich halte es nicht für klug, dass von den Wohngebieten in Abschnitt ‚Eins' und ‚Zwo' abwertend gesprochen wird. Denn dort finden sich etliche treue Wähler unserer Wahlalternative. Die Türken sind da ja schon lange raus. Das Stahlwerk hatte ihnen bei der ersten Kündigungswelle eine großzügige Abfindung angeboten, wenn sie auf Nimmerwiedersehen nach Anatolien verschwinden würden. Es handelt sich bei diesen Wohnungen um alte solide deutsche Baukunst. Der Adolf hatte einen Spitzenarchitekten engagiert und so entstanden kleine Wohnungen zu günstigen Mieten. Das ist heute ja schon sehr selten. Meine zweite Anmerkung betrifft den Bürgerrechtler, wie Herr Bronsmann ihn nannte. Das bin ich. Mein Name ist Günther Scharff." Es folgt ein herzlicher Applaus und Herr Glaser klatscht heftig mit.

„Das freut mich wirklich Herr Scharff und vielen Dank für Ihre wichtigen Anmerkungen. Dann ist es ja auch sehr wichtig, dass die leerstehenden Wohnungen mit wertvollen deutschen Mietern belegt werden. Denn über uns schwebt ja das Damoklesschwert der massenhaften Flüchtlingszuweisungen, wie es die Landesregierung schon vorsichtig andeutete. Dies gilt zu verhindern, soll nicht in Bälde statt der Glocken ein Muezzin vom Kirchturm zum Gebet aufrufen. Doch nun will ich Sie nicht mehr länger auf die Folter spannen und Ihnen den Brief von meinem Freund Rainer vorlesen."

Papier raschelt, der Redner setzt eine Halbbrille auf und beginnt mit dem Vortrag.

„Lieber Roland, du kriegst jetzt das versprochene Lebenszeichen von mir. Es geht mir gut. Das Wetter macht keine Probleme und das Projekt schreitet beständig voran. Was mache ich den ganzen Tag? Nun, das habe ich für dich aufgeschrieben.

Es ist ein Julimorgen, der so ein richtiger Hundstag werden wird. Ich fahre zwischen den Kränen und aufeinandergestapelten Betonfertigteilen zu unserem Baubüro. Für den Laien ist solch' eine Großbaustelle schon sehr verwirrend. Doch in diesem heillosen Durcheinander herrscht eine richtige Ordnung, die sich nur dem Kenner entfaltet. Moment 'mal, die Schalungsbretter sollten doch längst woanders gestapelt werden. Da gibt man Anweisungen und befolgt werden sie nur zur Hälfte. Das werden die hier nie lernen, aber wenigstens hatten die Eingeborenen die Verbotsschilder vollzählig aufgestellt. ‚Accès interdit' steht darauf. Doch wenn man das nicht extra anordnet und hinterher kontrolliert, dann geschieht nichts.

Eine chemische Fabrik für Düngemittel und andere Chemikalien für die Landwirtschaft entsteht hier an der französischen Nord-

seeküste. Das ist wirklich keine Kleinigkeit. Für unsere Flo-the-Prozesstechnik war das ein fetter Brocken. Besonders, weil keine zwei Kilometer entfernt diese Brüder hier uns mit ihrem Stahlwerk Konkurrenz machen. Ganz oben bei uns in der Führungsetage hatte man zu mir gesagt: ‚Bronsmann, das machen Sie - sonst packt es keiner!' Na ja, stolz war ich schon, obwohl es zu Hause lange Gesichter gab. Kann ich ja verstehen. Doch hätte ich ‚nein' gesagt, dann wäre es Essig mit dem Oberbauleiter gewesen.

Im Büro, sieh' an, sind meine Leute bereits versammelt. Der Bauführer Haindorf ist wieder obenauf. So einen haut einfach nichts aus den Pantinen. Hatten wir doch gestern die Geburt seines Enkels gebührend gefeiert. Mit viel Rotwein in dem gemütlichen Bistro unten am Hafen. Da konnten die Einwohner so richtig einmal merken, dass wir Deutschen auch zu feiern wissen. Es ging so einmalig ab, dass die Kellnerin Josefine völlig überrascht war. Tja, auch wir können ausgelassen sein. Aber heute Morgen scheint der Haindorf gar nicht dabei gewesen zu sein, so fit ist der schon. Ich sollte doch noch einmal mit dem Personaler reden. Der Haindorf wird zwar bald fünfundfünfzig, aber wir brauchen nun 'mal solche Männer, die mit der Muttermilch unsere Devise aufgesogen haben: ‚Wir sind eine Familie - aber Dienst ist Dienst und Schnaps ist Schnaps'.

Im Hinterkopf macht sich doch der Calvados bemerkbar. Gut, dass ich die letzte Runde nicht mehr mit trank. Ich kenne das, dann bin ich am nächsten Morgen zu nichts mehr zu gebrauchen. Aber diese Diskussionen müssen ja im Moment nicht sein. Die Franzosen können sich mit meinen Leuten nicht einig werden, wer nun die Elektroinstallation macht. Wenn die Franzmänner einmal anfangen zu diskutieren, dann dauert das. Doch so einfach abwürgen geht auch nicht. Ich habe da eine Nase für, so et-

*was lernt man, wenn man viel im Ausland ist. Was hilfts, das
ewige Debattieren bringt am Ende ja doch nichts, denn einer
muss am Ende das Sagen haben, das ist genau der, den sie nachher an die Hammelbeine kriegen, wenn 's schiefläuft. Das mit
der Elektrik nimmt doch kein Ende. Wo bleibt eigentlich der
Alain? Sonst spricht von denen doch keiner Deutsch, aber der
Alain liegt bestimmt noch in den Federn. Vertragen kann der
auch nicht viel, obwohl der gestern bereits zwei Stunden eher
nach Hause ging. Also dann werde ich mal wieder einspringen
müssen. ,Electricité connaissez-vous? Electricité is S i e m e n s
et Siemens allemande, non francais! Nous allemande - nous élec-
tricité, capito?'*

*Na endlich, jetzt haben sie begriffen. Ist doch gut, wenn man
Fremdsprachen kann und die lernt man nirgendwo so gut wie
vor Ort, sage ich doch immer. Das hätte mir noch gefehlt, das
die hier an der Elektroinstallation herumpfuschen. Schließlich
werden hier auch später Deutsche die ,Pierres', die ,Jacques'
einweisen und anlernen. Wer kriegt schon gerne eine gewischt?*

*Wir werden noch lange hier bei Dünnekirchen beschäftigt sein
und mein Expertenteam und ich werden dann die letzten sein, die
sich verdünnisieren – wie damals bei Kriegsende, wo wir Deutsche bis zum Ende ausharrten und die Amis schon alles um uns
herum besetzt hatten.*

*Vielleicht komme ich später selbst einmal im Urlaub her. Damit
einmal die Familie sich ansehen kann, was aus einer Großbaustelle geworden ist. Doch etwas werde ich vermissen. Die Familie kann alles essen, aber muss nicht alles wissen.*

*Da ist nämlich noch die scharfe Denise, mein schönstes Anden-
ken an dieses Projekt - O la la!*

Viele Grüße an deine Frau und
Immer schön senkrecht bleiben

Dein Rainer

Fröhliches Gelächter erfüllt den Raum. Einer der Anwesenden haut sich auf den Schenkel: „Uns Rainer, so wie wir ihn kennen. Der Brief ist bestimmt schon zwanzig Jahre alt. Ich war ja zeitweise auch auf der Baustelle dort. Das war die Zeit, wo es diesen Skandal gab, aber in Frankreich lief das ohne Aufhebens ab. Bei der Sache mit dem Iran gab es dann einen Arsch voll Ärger."

Herr Glaser stimmt zu: „Sie haben recht, der Brief landete vor zwanzig Jahren in meinem Briefkasten. Doch die Botschaft ist immer noch aktuell. Mich begeistert die einfache Sprache. Jeder kann die Sorgen und Nöte einer Führungskraft unter schwierigen Bedingungen nachvollziehen. Das heißt für Sie im Wahlkampf. Versuchen Sie Ihr Gegenüber auf Augenhöhe anzusprechen. Zeigen Sie ihm, dass Sie beide das gleiche Ziel vor Augen haben. Wir müssen wieder in Deutschland eine echte Volksgemeinschaft werden. Wie zu der Zeit als die Eisen & Stahlwerke „Horst-Wessel" wegen der reichen Eisenerzlagerstätten in dieser Region aufgebaut wurden. Nie das Motto vergessen: ‚Nicht Einer für alle, sondern alle für Einen.' Der Wähler muss spüren, dass er der Eine ist. In Wirklichkeit wissen wir ja, dass es nur Einen geben kann, der sagt, wo es lang geht. Das hat der Rainer ja schön ausgedrückt. Dafür trägt der Eine ja auch die Konsequenzen, wenn die Karre in den Dreck fährt. Das spürt der Wähler ja auch, aber er möchte doch gern glauben, dass es nur um ihn selbst geht, wenn wir das Heft in der Hand haben und Politik machen. Ich möchte keinesfalls vergessen Ihnen schöne Grüße vom Enkel des Forstamtmanns Hermann Höckler auszurichten. Da staunen Sie!

In den Sommerferien haben wir mit den Kindern im grünen Herz von Deutschland ein Ferienhäuschen gemietet. Bei Bad Langensalza, wo ja einmal eine berühmte Feldschlacht stattfand. Im Ort fand ich ein Plakat, wo unsere Partei einen Vortrag mit genau jenem Enkel ankündigte. Er hat dort bei den Landtagswahlen ein sattes Direktmandat erworben. Meine Frau war nicht so begeistert, als ich mir dann abends dafür frei nahm. Doch es hat sich gelohnt. Er ist ja ein Kollege von mir. Ich unterrichte an einer Wilmersdorfer Realschule und er ist Gymnasiallehrer für Deutsch und Geschichte. Wir saßen dann anschließend noch bei einem Glas Wein zusammen, als er mir eine schöne Merkregel mit auf den Weg gab. In Sachsen gab es einen alten Kämpfer, der hieß Martin Mutschmann und war zeitweise Gauleiter, der nach dem Kriegsende von den Russen zum Tode verurteilt wurde. Er muss ja nicht notwendigerweise ein schlechter Mensch gewesen sein. Der Stalin hat ja jeden umbringen lassen, dessen Nase ihm nicht gefiel. Also dieser Mutschmann hat einmal vor dem Verband sächsischer Unternehmer und Industrieller verkündet, dass die NSDAP zwar den Zusatz ‚sozialistisch' im Namen führe und sich ‚sozialistisch' gäbe, damit diese Partei auch von der Arbeiterklasse gewählt würde. In Wirklichkeit sei das aber falsch. Denn das Unternehmertum gehöre ebenso zur deutschen Volksgemeinschaft wie auch die einfachen Arbeiter und Bauern.

Sehen wir einmal von der späteren üblen Entwicklung des dritten Reiches ab. Was hat denn diese Verteufelung des ‚Kapitalismus' uns heute eingebracht? Diese ganze linke Schwafelei von Revolution und Enteignung führte dazu, dass hochwertiger Stahl nicht mehr nur allein in Ledeburheim produziert wird, sondern in solchen Kamikaze-Staaten wie Japan, dem Mao-Paradies in China und in den Bananenrepubliken Südamerikas. Das deutsche Unternehmertum hat seit fast zweihundert Jahren bewiesen, wie leistungsfähig es ist und unsere arbeitende Bevölkerung ist damit gut gefahren. Vergessen wir nicht, dass wir alle 1948 mit dem gleichen Betrag der neuen deutschen Mark angefangen haben. Die Tüchtigen haben es sehr schnell vermehren können und zum Wohl der niedergeschlagenen Volksgemeinschaft verwendet, um neue Fabriken aufzubauen, die das Wirtschaftswunder ermöglichten. Dadurch ist unser westliches Volk wohlhabend geworden. Bis dann die Linken mit ihren Gleichmachungsspinnereien diesen Wohlstand zum Einsturz brachten. Die Ausländer, die von unserem Lebensstil magnetisch angezogen wurden, die taten ein übriges und vergifteten den Volkskörper. Das sieht man ja an den Übergriffen auf ihre Wohnheime, die sie meist selber anzünden oder von Banditen erstürmen lassen. Nur, um danach diese Vorfälle dann lauthals anzuprangern und den guten Deutschen in die Schuhe zu schieben. Nein, das wird sich ändern, wenn wir das Sagen haben. Darum sollten wir aber die Aussagen des Martin Mutschmann auch beherzigen. Wenn wir die kleinen Leute gewinnen, können wir mit unseren Förderern aus Adel, Wirtschaft und Industrie ganz unmerklich das Volkswohl heben. Dies ist unser Geheimrezept. Lassen Sie sich im Wahlkampf auf keine Diskussionen über ungerechte Vermögensverteilung, über Klassenkampf und soziale Ungleichheit ein. Betonen Sie dagegen den Gedanken einer Volksgemeinschaft, genau so wie sie zu den besten Zeiten der Adenauer-Regierungen bestand und einen ungeheuren Aufschwung bewirkte. Gebrauchen Sie ruhig das ausgelutschte Sprichwort: „Wenn es der Firma gut geht, dann geht es uns auch gut." Weisen Sie darauf hin, dass bei alleiniger Beschäftigung von Deutschen auch im Stahlwerk wieder neue Leute gebraucht würden, keine Arbeitslosigkeit vorhanden wäre und die eingesparten Sozialkosten gezielt für die wirklich Bedürftigen unter strengen Regeln verteilt würden. Sie werden erstaunt sein, wie viel Zustimmung Sie ernten werden. Lassen Sie sich auf keinen Fall auf das Parteiprogramm festnageln. Das verstehen sowieso nur Wirtschaftsfachleute und Politikexperten. Ich bin damit auch nicht so zufrieden. Doch ist dieses Programm von den damaligen Wirtschaftsprofessoren verfasst worden. Sie haben mittlerweile unsere Partei verlassen, was uns endlich volksnaher werden ließ. Doch es muss natürlich auch ein theoretisches Fundament existieren, denn wir wollen eine ernstzunehmende Partei sein. Übrigens noch ein Wort zu der ständig geschwungenen Nazikeule. Die lieben ja gerade die ewigen Studenten, die statt schnell und effektiv zu studieren, lieber demonstrieren und anderen Zeitvertreib pflegen. Die Geschichte unserer Westrepublik hat doch in überwältigender Form gezeigt, wie sich anerkannte Fachleute, die vor 1945 Führungspositionen innehatten und der damaligen Leitkultur folgend Militärränge in einzelnen Organisationen bekleideten, statt Dienstbezeichnungen zu führen, nach der Stunde ‚Null' sich verantwortungsbewusst zum demokratischen Rechtsstaat bekannten und diesen zu ungeahnter Blüte führten. In Berlin lief mir im Abgeordnetenhaus ein alter Bekannter von der FU Berlin über den Weg. Ich konnte es mir nicht verkneifen ihn zu fragen, ober er an diesem Ort die ‚Kommunistische Volkszeitung' verkaufen wolle. Da lachte er laut, weil er mich erkannte und meinte, ich solle doch einmal in die Liste der Fraktion meiner Partei zum Abgeordnetenhaus schauen, da würde ich seinen Namen finden. Donnerwetter, ich war einfach nur baff. Das musste ich überlesen haben. Sie sehen an diesem kleinen Beispiel, dass ‚Jugendsünden' niemals der strengen Beurteilung, die ein Berufspolitiker über sich ergehen lassen muss, zum endgültigen Urteil herangezogen werden dürfen. Unsere Partei steht nicht nur auf dem Boden der Verfassung, sondern auf dem Urgrund eines gesunden Deutschtums und achtet jeden Bürger, der sich zu uns gesellt. Man wird Ihnen vielleicht vorhalten, dass unsere Partei den demokratischen Rechtsstaat zerstören möchte. Das sind halt so stalinistische Untergrundkämpfermethoden. Dazu hat ein Vordenker in unserer Partei unbewusst beigetragen, indem er die Ausübung des Wahlrechtes an bestimmte Voraussetzungen knüpfte. Die linke Hetzpresse hat das natürlich ausgeschlachtet. Was sollten Sie also jemand entgegnen, der Ihnen die angestrebte Qualifizierung des Wahlrechts unter die Nase reibt? Handelt es sich dabei um einen schlicht gestrickten Zeitgenossen, so fragen Sie ihn, ob er der Meinung ist, dass jeder ab einem gewissen Alter einfach so ohne Ausbildung sich hinter das Steuer eines Kraftwagens setzen dürfe? Oder, wenn einer wegen Raserei verurteilt wurde, seinen Lappen behielte? Haben Sie es mit einem intelligenten und Ihnen gegenüber wohlwollend eingestellten Bürger zu tun, dann weisen Sie ihn einfach auf die Zauberformel zum Wirtschaftswunder in den goldenen Fünfziger Jahren hin. Diese beschreibt den Weg zum eigenen Wohlstand: Ein eigenes Auto, ein Häuschen im Grünen, eine eigene Meinung. Es liegt doch auf der Hand, dass wenn wir zwischen verschiedenen Gegenständen auswählen wollen, doch genau wissen müssen, was die einzelnen Gegenstände für uns bedeuten. Keiner kauft die Katze im Sack, sonst stellt man plötzlich fest, dass man mit Zitronen gehandelt hat. Das gilt auch für unsere politischen Parteien. Es muss ein Mindestmaß an Bildung vorhanden sein, um die richtige Partei zu wählen und keine grünesotorischen Lastendreiradfahrer in ein Regierungsamt zu hieven. Als die Grünen sich gründeten, da hatten sie auch wirklich gute Leute, die schon vor Kriegsende über umweltbewussten germanischen Landbau nachgedacht hatten. Doch dann entschieden sich die jungen Heißsporne für Krawall und gegen Kernkraft. Die gestandenen Fachleute waren nicht mehr gefragt. Sie sehen ja, was heute los ist in unserem Land. Von den dunkelroten Revoluzzern ganz zu schweigen. Wählen ist immer ein Risiko. Deshalb ist das auch ein Bildungsauftrag an uns. Wir setzen uns dafür ein, dass der unbedarfte Wähler durch uns zur erfolgreichen Stimmabgabe angelernt wird.

Nun bin ich am Ende meines Vortrages angekommen und darf Ihnen versichern, wenn Sie sich in der nächsten Zeit dazu entschließen unserer Partei beizutreten, dann wird man Ihnen tatkräftig unter die Arme greifen zum Wohle Ihrer Stahlstadt. Lassen Sie uns darauf anstoßen.

Der frenetische Beifall lässt die wenigen Gäste in der Schankstube aufhorchen. Ingo Pietzner, der im Gespräch mit einem Vereinskameraden vom Segelflugclub vertieft war, richtet sich abrupt auf. In diesem Moment klingelt auch noch das Telefon im Hintergrund. „Birgit", ruft er, „gehst du bitte mal ran! Ich muss in das Vereinszimmer." Sekunden später tönt es: „Ingo, du wirst am Telefon verlangt, ich gehe derweilen zum Vereinszimmer." Im Vorbeigehen flüstert sie ihm zu: „Der Oberbürgermeister will dich sprechen."

Neben der Küche befindet sich ein unscheinbarer Raum mit einem kleinen Kippfenster. Es ist das Büro. Er greift zum Telefonhörer meldet sich knapp, die joviale Stimme des Oberbürgermeisters ertönt: „Guten Abend, Herr Pietzner, ich denke jetzt ist nicht mehr soviel Trubel bei Ihnen, denn ich störe Sie nur ungern. Doch es ist eine wichtige Angelegenheit, die keinen Aufschub gestattet. Es ist nur eine Frage der Zeit, wann die Presse das aufgreift. Bei Ihnen tagt doch heute die ,Wahlalternative Ledeburheim', nicht wahr?" Ingo Pietzner antwortet unsicher: „Das stimmt, doch das ist ja nicht das erste Mal. Diese Gruppe hat mindestens schon fünf Mal das Vereinszimmer gemietet." „Ich gönne Ihnen ja die Einnahmen, Herr Pietzner, doch sind jetzt Nachrichten durchgesickert, dass heute dort ein Vertreter dieser speziellen Rechtspartei, die im Bundestag schon vertreten ist, bei Ihnen aufgekreuzt ist und bei der Wahlalternative große Reden schwingt. Haben Sie das bemerkt?" „Herr Sundermann, ich habe lediglich einen Gast empfangen, der eine Einladung der Wahlalternative besaß und ihn im Vereinszimmer abgeliefert. Das ist ein Herr Glaser aus Berlin, er bezeichnete sich als Bezirksverordneter. Also kein großes Licht." „Das hatte ich befürchtet. Der Herr Glaser ist so etwas wie der Chefideologe dieser Partei. Ich kriegte den Hinweis von einem Parteifreund aus Berlin, dass die „Wahlalternative Ledeburheim" Ambitionen hat in dieser Partei aufzugehen. Die Kommunalwahlen sind nicht mehr fern und die Sozis scharren schon mit den Hufen, um mich als Oberbürgermeister abzulösen. Gut, das ist das Risiko in einer Demokratie, dass man nicht zeit seines Lebens auf einem Posten ausharren kann, aber wenn jetzt das politisch ausgenutzt wird, dann trifft das womöglich auch Ihren Dorfkrug. Sie kennen doch die Presse." „Hm, was schlagen Sie vor, was ich jetzt machen soll? Wenn ich die nicht mehr bei mir tagen lasse, dann kann es genauso gut passieren, dass sich die Initiative in der Opferrolle gefällt und ich als Feind der Meinungsfreiheit dargestellt werde. Das ist ebenso tödlich für das Geschäft." „Ach wissen Sie, Politik und Geschäft liegen manchmal eng beieinander. Die richtige Lösung befriedigt meist nicht beide Seiten in einem Konflikt. Vielleicht kann ich Ihnen helfen. Lassen Sie Ihr Vereinszimmer einfach zum Treffpunkt der ‚Grün-Alternativen Wählergemeinschaft' werden. Die wollen wir schon lange aus dem maroden Jugend- und Freizeitzentrum am Frederiksberg loswerden. Ein Parteifreund hat uns ein Konzept zur Umgestaltung in ein hypermodernes Fit- und Wellnesscenter vorgestellt. Ein Superprojekt kann ich Ihnen nur sagen. Das wird sich auch auf die Touristenzahlen in Bad Salzhausen auswirken. Wenn Sie zusagen, werde ich alles veranlassen, dass Sie bald die Öken als treue Stammgäste haben und die bräunlichen Politiker an einem anderen Ort tagen. Ich dachte da an die alte Erzverladung am Rostpass. Das ist sehr abgelegen. Lassen Sie sich das durch den Kopf gehen und geben Sie mir bald Bescheid." „Danke für Ihre Mühen, ich werde das mit meiner Frau besprechen. Öffentliches Aufsehen um den Dorfkrug können wir uns nicht leisten. Ich fürchte allerdings, dass wir unser Mobiliar zumindest in dem Vereinszimmer an die neuen Gäste werden anpassen müssen. Für dieses Vereinszimmer werde ich dann wohl auf nordische Möbel aus Kiefernholz zurückgreifen müssen. Das ist nicht billig, denn ich kann ja kaum das Mobiliar bei dem bekannten schwedischen Einrichtungshaus bestellen." „Da haben Sie recht, aber auch in der Politik müssen wir manchmal zusätzlich Geld investieren, obwohl wir Mühe haben mit dem knappen Etat zurechtzukommen. Wir müssen in der Tagespolitik ständig Kompromisse eingehen und mehr als einmal eine Kröte schlucken. Sie haben den Vorteil, dass Sie dieses Tier als ‚Froschschenkel provençale' auf der Speisekarte anbieten können. Das Ratsherrenschnitzel mit Beilagen wird wohl in Zukunft nicht mehr der Renner sein. Vielen Dank und einen schönen Abend noch. Richten Sie bitte meinen Gruß an Ihre Gattin aus! Auf Wiederhören."

eine Großbaustelle

Zwischen Ledeburheim und Hannover
– zügige Gespräche im Berufsverkehr -
–
2. Folge: der Staffellauf

Zwei junge Frauen sitzen nebeneinander. Eine von ihnen blättert in einem Reisekatalog. Ihre Nachbarin kiebitzt ein wenig und kann nicht an sich halten: "Also wenn ich diese Ansicht von Neuharlingerpriel sehe, dann hat der Fotograf aber die Strandallee ausgespart. So täuscht eine Idylle über Straßenlärm hinweg, bis zehn Uhr abends." Die Lesende schaut erstaunt auf. "Gerade gestern habe ich zu meinem Mann gesagt, wegen Marius-Gottlieb sollten wir nicht zu weit fahren und diese Pension sieht so gemütlich aus. Bestimmt haben die dort noch Tiere. Das liebt doch mein Marius-Gottlieb so sehr. Er wollte sogar einen Hamster haben, aber wer schafft dann die Kleintierstreu beiseite? Natürlich ich. Da haben wir ihm versprochen, Ferien auf dem Bauernhof zu machen." „Das kann ich nur zu gut begreifen, unsere Liselotte liebt Tiere über alles. Das hat sie von mir. Mein Mann hat dagegen eine robuste Natur. Er angelt!" Die Frau blickt vielsagend zu ihrer Nachbarin. Die erwidert jedoch: „So etwas wäre mir nicht ins Haus gekommen. Es ist schon schlimm genug, dass Männer Hobbys haben, denen sie stets zur Unzeit nachgehen. Meiner ist Modelleisenbahner. Der Keller gleicht einem Schlachtfeld. Aber das ist mir noch lieber als vielleicht einen Karpfen in der Badewanne zu beherbergen. Marius-Gottlieb ist dagegen ganz anders, er ist sehr musisch."

„Das kann ich Ihnen nachfühlen. Hans-Werner steht morgens auf, wenn der Morgen graut, wie oft habe ich ihm gesagt, lass' uns doch einmal Zeit gemeinsam verbringen. Die Fische schwimmen doch den ganzen Tag im Wasser. Dann kann Dich auch Liselotte begleiten und sie lernt auch etwas über Ökologie.

Aber keine Spur von Verständnis." „Na, das fehlte mir noch, den zarten Marius-Gottlieb auch noch im Keller herumwirtschaften zu lassen. Ich habe schon genug damit zu schaffen, sein Zimmer tipptopp herzurichten, denn sein Asthma wird durch Staub und Müll auch nicht besser." Die andere Frau schüttelte mitleidig den Kopf: „Dann sind Sie wirklich nicht zu beneiden. Meine Liselotte ist kerngesund. Und mit ihren fünf Jahren ist sie so aufgeweckt. Nicht umsonst habe ich sie so lange gestillt. Das raue Leben beginnt früh genug. Im Kindergarten hat sie ganz drollig mit dem Fuß auf den Boden aufgestampft und geschrien: „Kühe sind nicht lila und heißen auch nicht 'Milka', denn meine Lieblingskuh hört auf Olga und ist überhaupt schwarzweiß!" Der Reisekatalog wird zugeklappt. Die Frau lächelt und entgegnet: „Dann ist Ihre Tochter ja ein Jahr jünger als mein Marius-Gottlieb, aber es scheinen verwandte Seelen zu sein. Wir haben natürlich darauf geachtet, dass er kein Werbefernsehen sieht. Neulich sprachen wir auf der Elternversammlung über kindliches Fehlverhalten im Kindergarten und das sagte die Leiterin: ‚Wenn alle Kinder wie Marius-Gottlieb wären, dann könnte man die Betreuerinnen auf die Hälfte reduzieren.' Er hat so etwas Künstlerisches, das darf nicht durch Bastelei an irgendwelchen Modellen, die doch bloß einstauben, verkorkst werden. Mein Vater hat nämlich über Jahrzehnte den Mandolinenverein geleitet. Das zahlt sich jetzt aus."
„Liselotte hat eine bezaubernde Stimme. Sie darf in dem Singspiel: ‚Das Entlein und der böse Rottweiler' den Solopart des Entleins singen. Wenn Sie das hören, so eine unschuldige glockenhelle, zarte Stimme, die eindringlich mit 'quak quak' um Schonung fleht, dann denke ich mir doch, es war gut, so früh zum Kieferorthopäden zu gehen, denn an die Zahnspange hat sie sich schnell gewöhnt. Wenn sie erst mit zwölf Jahren so ein Ungetüm im Mund hat, welcher Junge würde sich nach ihr umdrehen?"

„Na Marius-Gottlieb ist nicht so wählerisch. Er hat mir sogar schon ein Mädchen vorgestellt, das er heiraten will. Ja ja, die Kinder wissen schon sehr früh, was sie wollen. Er fragte mich sogar, ob es verboten wäre seine Angebetete zu küssen, weil er doch schon vor einem Monat den ersten Kuss bei der Anna-Katrin ausprobiert hätte. Ist das nicht süß?" „Liselotte ist da schon ein kleiner Erwachsener. Sie hat ihren festen Freund. Möchte ich ihr auch geraten haben. Es reicht, wenn sich mein Mann bis heute nicht von seiner Manuela trennen kann." Die Sitznachbarin seufzte: „Das kann ich nachempfinden. Immer diese alten Liebschaften mit den vermeintlich älteren Rechten. Da hat sich eine Verflossene von meinem Björn aus reiner Labilität aufgeknüpft. Sie konnte sich nicht zwischen zwei Männern entscheiden und ausgerechnet mein Mann, der seit zehn Jahren diese Frau nicht mehr gesehen hatte, bestand darauf, an ihrer Beerdigung teilzunehmen. Dabei wusste er doch seit einem Monat, dass meine Eltern an diesem Wochenende ihren Hochzeitstag mit uns verbringen wollten. Es war bereits alles abgesprochen. Mein Mann ist eben ein Zugvogel, wenn er sich auch nur an Zügen austobt. Flatterhaft, gewissermaßen. Aber Marius-Gottlieb spielte so gekonnt auf seiner Flöte, dass meine Eltern die Abwesenheit meines Mannes nicht schmerzlich empfanden. Im Gegenteil, sie äußerten volles Verständnis für sein Fehlen. Ich kenne aber die beiden alten Leutchen. Sie waren innerlich doch sehr geknickt." „Ich habe Björn deutlich zu verstehen gegeben, dass er sich nun einmal für mich entschieden hat und da erwarte ich, dass er mir dies auch deutlich beweist. Wozu hat man denn sonst geheiratet?" „Da stimme ich Ihnen aus vollem Herzen zu." „Es war so rührend, wie Marius-Gottlieb mit seinen zarten Fingern so ernst 'Hoch sollen Sie leben', blies. Dabei hat er erst seit einem halben Jahr Unterricht. Mein Vater hat ihm dann sehr sanft erklärt, dass da noch ein falscher Ton dabei sei. So etwas hört mein Mann nicht. Das ist ja wohl nicht zu viel verlangt, sich auch einmal um die musikalische Fortbildung der Kinder zu kümmern. Schließlich habe ich ihn ja einmal auf einer Hochzeitsfeier kennengelernt, wo er die Heimorgel so aufreizend spielte. Da dachte ich gleich an eine Familie, die gemeinsam musiziert, mir ist ja so etwas nicht in die Wiege gelegt worden, ich habe zwar im Kirchenchor gesungen, aber so eine richtige Beziehung zur Musik fand ich nicht. Es wurde dennoch ein schöner Nachmittag. Drei Torten habe ich gebacken, die Küche sah hinterher aus, fragen Sie mich nicht, wie lange ich darin putzen musste. Doch wir haben es genossen, obwohl ich doch sehr viel Arbeit damit hatte. Glauben Sie, mein Mann hätte das bemerkt, oder gar gewürdigt? Als er zurückkehrte und ich dachte, wir könnten jetzt einmal entspannen, bei Kerzenschein, da sagte er nur noch, ob ich nicht die Kerzen auslöschen könne, denn er habe heute genug Kerzen in der Friedhofskapelle gesehen. Nun frage ich mich, kann er die Toten nicht ruhen lassen, denn was ist ihm wichtiger, meine Familie mit Marius-Gottlieb, der so hübsche Flötentöne vollbringt, oder die sentimentale Erinnerung an alte Zeiten?" Sie stopft den Reisekatalog wütend in den Rucksack. „Das dürfen Sie meinen Mann auch getrost fragen. Der knüpft Vorfächer für irgendwelche Fische, anstatt sich selbst einen Knopf an sein Hemd zu nähen. Für Liselotte wollte er bereits ein Aquarium kaufen. Ich habe das unterbunden, denn im Schwimmbad hat sie bereits solche Angst vor dem Wasser empfunden, dass ich ihr kein großes Becken in ihrer Nähe zumuten möchte. Unser Wasser ist ja auch nicht mehr das, was es war. Bei Ihrer Sensibilität mag ich gar nicht daran denken, welche seelische Belastung auf sie zukommt, die Fische auch noch füttern zu müssen. Wir Kinder haben ja auch Angeln gespielt. Mit einer Angel mit Magneten haben wir aus einem Pappteich gefischt. Warum muss das jetzt durch einen Anschauungsunterricht am lebenden Objekt nachgeholt werden?"

„Das ist es ja, wo ich bei meinem Mann auf taube Ohren stoße. Er kann sich nicht richtig mitteilen, so gefühlsmäßig. Wenn ich meinen Marius-Gottlieb aus dem Kindergarten abhole, auf diese Idee kommt ja er ja selbst nie, angeblich ist er im Büro unabkömmlich, aber dass mich da meine Teilzeitarbeit auch belastet, ist unerheblich. Marius-Gottlieb freut sich immer so und lächelt glücklich. Bei meinem Mann tobt er immer nur herum, will mit ihm spielen. Das ist ja auch wichtig, aber wenn er nach Hause kommt, dann ist es doch wohl normal, sich zuerst um mich zu kümmern."

„Liselotte hat eine ganz feine Ader dafür. Sie sagt immer, dass Vati müde von der Arbeit sei und sich bei mir erholen müsse. Sie malt dann oft ein Bild. Also da muss ich staunen, das sind ja richtige kleine Kunstwerke. Zum Geburtstag hat sie meinem Mann einen Kalender geschenkt. Na, ich musste schon gehörig dabei helfen, aber er hat ihn in seinem Büro hängen. Neulich kam ein Vertreter von einer Firma, die Kunstpostkarten mit Firmeneindruck vertreibt, also jemand vom Fach. Der konnte sich nicht satt sehen an diesen Bildern. Er lobte die kräftige Linienführung. Die Bilder brauchten sich wirklich nicht hinter den Karten zu verstecken. In meiner Familie gab es keinen Maler, vielleicht meinen Großonkel, der war Forstamtmann in Bienrode, der malte auch sehr schöne Jagdmotive. Der war sogar in der Schule von einem berühmten Maler. Warten Sie mal, der hieß so ähnlich wie die Stadt Peine. Jetzt habe ich es, Werner Peiner hieß der Künstler." „Ach ja, das ist hübsch, aber Jungen sind doch immer ein wenig unachtsam. Ich bin gar nicht scharf darauf, dass Marius-Gottlieb zum Pinsel greift. Die Flecken gehen aus den naturbelassenen Kunstfaserteppichen so schwer heraus. Anderes dürfen wir wegen seiner Allergie nicht auslegen. Aber im Kindergarten ist er auch schon durch seine Kreativität aufgefallen. Deshalb beschloss ich mit ihm einen Türkranz zu flechten. Er hat

Bucheckern und Kastanien gesammelt. So geschickt wie er das anordnete, das war schon eindrucksvoll. Unsere Nachbarn in der Reihenhaussiedlung haben schon bemerkt, daß wir den schönsten Herbst-Türkranz besitzen."

„Das ist ja sehr nett, na ja ist auch mehr etwas für einen echten Jungen. Liselotte hat... Oje, wir sind ja schon da. Ich denke, wir sollten uns einmal zu einer Tasse Tee zusammensetzen und die Kinder miteinander spielen lassen. Vielleicht werden auch unsere Männer zugänglicher. Auf Hinweise von Dritten reagieren sie ja viel eher als auf unsere Wünsche. Wir können ja einmal eine Verabredung treffen." „Das ist ein guter Vorschlag. Am besten Freitag, dann kann er nicht zu der Vereinssitzung gehen. Da trinkt er bloß zu viel Bier. Sein Bauch hat deutlich zugenommen." „Als ob Sie meine Gedanken lesen könnten. Er kann auch einmal seine Anglerfreunde sausen lassen. Damit könnte er mir beweisen, was ihm an mir liegt. Ich heiße Ines und Du?" "Karin, du ich freue mich. Wir treffen uns bei mir. Ich bereite einen Zwiebelkuchen vor. Das ist zwar unendlich viel Arbeit, aber man macht es doch gern, wenn sich Gleichgesinnte austauschen können!"

Das Flothe-Werk

„Wir, das Flothe-Werk sind kein 08/15-Unternehmen, keine Klit-sche, sondern eine würdige Perle in der Unternehmensgruppe der ‚Indusan AG', belehrt Geschäftsführer Wolfgang Burgowski gern seine Besucher. Wenn er gut gelaunt ist, wie an diesem Tag, fügt er schmunzelnd hinzu: „Zwei Perlen haben Sie ja bereits vor Ein-tritt in meinem Büro kennengelernt." Die Besucher, laut Flüster-parole aus dem Vorzimmer, sind: „Ganz wichtige Herren aus der Industriespitze, die mit dem einflussreichen Herrn Burgowski neue Geschäftskontakte knüpfen wollen." Die zwei Perlen im Vorzimmer, von Herrn Keilers respektlos auch als "die Schnal-len" bezeichnet, husten sich gerade gegenseitig an. Es ist die ehe-malige Gastronomiefachkraft Anni Tachyfec und ihr Gegenüber, Frau Sigrid Seegert. Beide sind sich nicht grün; aber heute stim-men sie damit überein, dass dieser sonnige Sommer geradezu krankheitsfördernd ist. „Immer diese Sommergrippe", schnieft Frau Seegert „Das können Sie laut sagen", erwidert Frau Tachy-fec, "Ich möchte nur 'mal wissen, was dieser junge Spund, der Keilers, bei dieser wichtigen Besprechung zu suchen hat. Wenn der große Herr Doktor Chaudhuri daran teilnehmen würde – dann könnte ich das verstehen."

Inzwischen hat Frau Seegert ausgeschnaubt. "Der kommt doch noch. Ach du je, jetzt sind meine Zigaretten alle. Hoffentlich kommt bald Kurt Keune und nimmt die Bestellung auf." "Meine reichen auch nicht mehr lange", antwortet Anni Tachyfec", ist nur noch eine halbe Schachtel."

Die Indusan AG ist ein weit verflochtenes Unternehmen der Schwerindustrie. Ein Ableger davon ist das Flothe-Werk in Nordharingen. Es dient dem Sondermaschinenbau. Dort werden spezielle Behälter und kleine Anlagen zum Verwiegen, Dosieren und Fördern gefertigt. Das "know how" für die pneumatische Förderung ließ die durch Arnold Tope gegründete Firma und in die anschließende Pleite geführte Firma für die Indusan AG interessant werden. Darum kaufte der Konzern vor zehn Jahren das Unternehmen.

Firmengründer Tope begießt nun seine Tomaten im Kleingarten. Sein Haus wurde von seiner Hausbank zwangsversteigert, deshalb zog seine Familie in eine Mietwohnung um.

Doch an dem heutigen Tag sitzt er im Büro der Nordharinger "Hightech" Firma: "Fummel & Schummel". Es geht um die Lieferung eines Rührbehälters, inklusive Rührwerk, wobei der Behälter sich nach einer gewissen Rührzeit selbst entleert. Anschließend wird er wieder befüllt. In der Verfahrenstechnik als "batch-processing" bekannt.

Dieser Maschinentyp war einer der Verkaufsschlager der pleite gegangenen Firma. Den "Topefix 2″ kauften Unternehmen aus der Leimindustrie. Geschäftsführer Siegfried Schummel ermuntert deshalb Arnold Tope: „Das muss sich ja nur drehen, damit die Eingeborenen sehen; es tut sich was. Dann haben wir sie ja schon erfolgreich geleimt." „Arnold Tope bleibt skeptisch: Bei der Indusan AG haben die aber das Rührwerk inzwischen so weit optimiert, dass sie damit 20% der elektrischen Energie eingespart haben, bei gleichem Mischungsergebnis. Ich habe läuten gehört, sie hätten besondere Wandstrombrecher eingebaut." Ferdinand Fummel, seines Zeichens Meister der aus fünf Mann bestehenden Fertigung nickt herablassend: "Das wissen wir doch längst. Machen Sie sich mal keinen Kopf darum. Wir reden nur über das Konstruktionsprinzip. Deshalb brauchen wir Ihre Zeichnungen. Der Dr. Brotzmann wird das Rührwerk und die Behältereinbauten zum Schluss begutachten." Arnold Tope ist wie vom Schlag getroffen: "Doch nicht der Stellvertreter von Burgowski?" Ihm bleibt vor Verwunderung der Mund offen stehen. "Mund zu! Sonst kühlt ihre Prothese aus", besänftigt ihn Herr Schummel, "Herr Dr. Brotzmann arbeitet gewissermaßen als ‚Consultant'. Er hat sich dazu bereit erklärt, um uns im Rahmen eines 'joint ventures' neu Absatzmärkte zu erschließen." Arnold Tope ist platt. „Ich dachte, ein Joint ist so was, was mein Ältester heimlich geraucht hat, wesderwegen er von der Schule in Bad Salzhausen flog, als es dann herauskam."

Ferdinand Fummel lehnt sich in dem Sessel zurück und verschränkt die Arme hinter dem Kopf: "das venture, mein lieber Herr Tope, das ist in der Wirtschaft wie eine Rakete, an der die Droge dranhängt. Das ist so 'ne Türöffner für uns. Kennen Sie Thailand?"

Herr Tope ist noch verblüffter: "Dahin haben wir noch nie geliefert, weil wir ein Abkommen mit den Japanern hatten. Wir sparten Südostasien aus, dafür machten die Japse uns keine Konkurrenz in Deutschland, Österreich und der Schweiz."

"Das ist aber Schnee von gestern Herr Tope", lächelt Siegfried Schummel überlegen. "Sie vergessen nämlich, dass Sie Ihre Firma vor den Baum gefahren haben. Aber wir schätzen Sie als Geschäftsmann und möchten Ihnen eine neue Chance geben. Das neue Aggregat wird dann nicht mehr 'Topefix 2' heißen, sondern 'Sausefix BTF'. 'S' für Schummel, 'B' für Brotzmann, 'T' für Tope und 'F' für Fummel. Ein innovatives Produkt, was sich dreht. Das ist doch das Wichtigste bei den Muschkoten. Von dem Geld können Sie sich dann auch mal eine Renovierung ihrer Genossenschaftshütte leisten. Wie lange sind Sie eigentlich schon aus Ihrer Villa ausgezogen?"

Arnold Tope beißt sich auf die Lippen, doch kann er nicht verhindern, dass er rot anläuft. Er knirscht nicht mit den Zähnen, weil das seiner Prothese nicht förderlich ist – schließlich war sie teuer genug: „Also gut. Ich habe ja noch die Zeichnungen und Sie kriegen einen Satz meiner verbesserten Ausführung, wovon die Indusan AG gar nichts weiß."

Ferdinand Fummel haut Arnold Tope auf die Schulter:" Ich wusste doch, mit dir kann man vernünftig reden. Ich heiße übrigens Ferdinand. Siechfried, hol' doch mal die Cognac-Flasche aus dem Schreibtisch!" Die Flasche Hennessy V.S.O.P., mit fünf Sternen versehen, hatte dem Herrn Schummel einmal ein Vertreter für Schleif- und Schruppscheiben zu Weihnachten geschenkt, seitdem hütet er die Flasche wie ein Kleinod. Der praktische Korkverschluss wird von ihm regelmäßig geölt. Zu festlichen Anlässen gießt er dann einen Schluck des weltberühmten Cognacs ein. Bisher hat noch niemand gemerkt, dass der Weinbrand aus einer ehemaligen DDR-Brennerei, die früher eher auf Kartoffeln als auf Weintrauben angewiesen war, stammt. Siegfried Schummel ist eben kostenbewusst und im Supermarkt ist der 'Hallstedter Goldbrand' eben billig. Darum füllt er die Flasche stets persönlich nach, ohne irgendwelche Zeugen. Er betrachtet dies als seinen ganz persönlichen Beitrag zur deutschen Wiedervereinigung.

Plötzlich erscheint ein Arbeiter in blauer Latzhose im Türrahmen: „Chef, ich wollte nur fragen, ob ich nach Bad Salzhausen fahren soll, um Lüsterklemmen zu besorgen?" Ferdinand Fummel reagiert ungehalten: "Hä? Seid ihr immer noch nicht fertig mit dem Schaltschrank? Der muss heute noch raus!" Der Angesprochene lässt sich aber nicht damit abbürsten und fragt: „Ich störe doch hoffentlich nicht, oder?" Nun ist Siegfried Schummel sichtlich genervt: "Sie haben bereits gestört. Kann man denn von Ihnen überhaupt kein selbstständiges Denken erwarten?"

Ferdinand Fummel beschwichtigt: „Hermann, wenn du nach Bad Salzhausen nach dem 'Leuchtenkaufhaus' fährst, dann biste eine Stunde weg. Wir müssen das heute noch fertigkriegen. Wohin geht der Schaltschrank? "

"Das ist doch das Projekt in Rumänien", antwortet der Mann in der Latzhose. Die Gesichtszüge von Ferdinand Fummel, die eben noch dem Bild einer Kraterlandschaft glichen, glätten sich: "Dann brauchste auch gar keine Lüsterklemmen, weil die Karpatenheinis dort ganz anderen Strom aus der Taiga haben. Frag' doch 'mal im Büro bei der Schmittikowski nach, da habe ich gestern noch eine Rolle Isolierband gesehen. Aber lass die Hände in der Hosentasche, alter Schlawiner. Mit ein bisschen Hausfrauenwürgetechnik; dann passt das."

Der Arbeiter nickt ergeben: "Ich wollte Sie ja nur vorher um Genehmigung gefragt haben. Denn wir dürfen ja im Endspurt nichts falsch machen." Ferdinand Fummel ist leutselig: "Na denn fange mal an zu spurten. Ich komme nachher vorbei und sehe mir das an. Alles klaro?" Die Tür wird leise geschlossen.

Arnold Tope fragt ungläubig: „Hausfrauenwürgetechnik? Wer würgt wen?" Nachdem Siegfried Schummel den zweiten Cognac eingeschenkt hat, erläutert Ferdinand Fummel mit der Überlegenheit des Kenners: „Na, die Kabelenden abisolieren und zusammendrehen. Ein paar Zentimeter Isolierband und fertig ist die Laube. Den Schaltschrank ersparst du dir." Er leerte das Glas mit einem Schluck und fuhr fort: „Das hat mir mal der Alfred Bontik beigebracht. Pfiffig ist er ja – aber sonst ist mit ihm nicht viel los."

Die Herren sind gerade bei dem dritten Glas "Henessy" angelangt, da jagt ein Auto die Bahnhofstraße entlang, weil der Fahrer
am Bahnübergang warten musste. Ihn plagen schon wieder Ma-
genkrämpfe. „Der Herr Keilers sitzt bestimmt schon wieder in
der Besprechung", denkt er ärgerlich. Der Magenkranke ist Doktor Chaudhuri. Wie schön waren doch für ihn die "vorkeiler-
schen" Zeiten. „Der Herr Doktor", wie Frau Tachyfec stets ehr-
fürchtig bemerkt, "ist nämlich eine Konifere!"

Dr. Brotzmann hatte in einem Werbebrief der Indusan AG darauf
hingewiesen, dass die leitenden Positionen durchweg nur mit Ko-
ryphäen besetzt sind. Als Frau Tachyfec den Brief schreiben sollte, korrigierte sie das ungerührt in "Koniferen". Als Dr. Brotzmann sie daraufhin ansprach, entgegnete sie: "Ich habe das in
dem Prospekt vom "Garten-Center" gelesen. Da stand eindeutig:
'Koniferen, wie Edeltanne und Omorika zu Purzelpreisen!' Das
kann ich Ihnen zeigen, wir haben ihn uns gerade eben gemeinsam mit Frau Seegert angesehen. Aber die kann ja nicht soviel
damit anfangen. Wir haben ja dagegen einen Kleingarten."

Doch Herr Dr. Brotzmann bestand darauf, dass der Text nach seinen Wünschen zu schreiben sei. Außerdem seien Zusätze wie
"h's" in dem Wort "währe" und freundlich eingestreute Komma-
ta nach dem "Schrotschussprinzip" auch unerwünscht. Da wurde
Frau Tachyfec ärgerlich. Aber sie unterdrückte ihren Ärger, neigte ihre weit ausgeschnittene Rüschenbluse etwas dem Dr. Brotzmann zu und säuselte: "Ich weiß, der Herr Walkner sagt auch immer zu mir: 'Frau Tachyfec, Sie müssen noch genauer werden.'"
Dr. Brotzmann war jedoch kein Kalle Kabuffke, der bei solchen
tiefen Einblicken in den Ausschnitt gefallen wäre. So wurde wütend die Tür geschlossen.

Frau Seegert zischt:" Das soll ein Doktor sein? Den hat er doch nur bekommen, weil ich und der Herr Burgowski ihm geholfen haben. Wenn ich noch an die Schreibarbeit denke! Das war ein Gewürge. Ich denke, ein wirklich gebildeter Mann kann sich auch kürzer fassen. Da braucht es nicht so viele Seiten."

In diesem Moment geht die Tür zum Vorzimmer auf. Dr. Chaudhuri betritt den Raum. "Ach, der Herr Doktor! Wir haben Sie schon sehnsüchtig erwartet!", ruft Frau Tachyfec, " der Herr Keilers sitzt seit einer Stunde in dieser wichtigen Verhandlung. Das hört man sogar durch das offene Fenster, wie er das große Wort schwingt. Dabei habe ich ihn gerade vorhin ermahnt erst einmal die Ohren zu spitzen, wenn sich die hohen Herren unterhalten." Dr. Chaudhuri nickt würdevoll, denn schließlich schaut er nur alle drei Wochen in der Außenstelle Nordharingen vorbei. Auf diesen Kompromiss hatte er sich eingelassen, mit Rücksicht auf seine Familie. Einerseits verabscheut er diese ländliche Gegend, auch Rübenprärie genannt, andererseits wird er von den Damen mütterlich umsorgt und genießt ein hohes Ansehen, weil die Buschtrommel vor vielen Jahren verkündet hatte, dass er aus einer sehr angesehenen indischen Familie stammt. Ob er das Gerücht einmal selbst austreute, war nicht nachzuvollziehen. Jedenfalls machte er in der Nordharinger Arbeitswoche stets einen großen Bogen um die Arbeit. Gespannt hörten ihm Frau Tachyfec und Sigrid Seegert zu, wenn er über die Heilkräfte der indischen Medizin referierte. Dabei genoss er den starken Kaffee und die Zigaretten, die einen stattlichen Berg im Aschenbecher verursachten. Er dozierte über Yin und Yang, Curry und Curcuma, nie war er verlegen eine neue Art der Therapie zu erfinden. Denn die Zutaten wirken ja eh' nur unter einer starken Aura, die es nur in der allerengsten Umgebung des Tadz Mar'hal gibt. Die Zentrale der Indusan AG hätte es natürlich gern gesehen, wenn Dr. Chaudhuri drei Wochen in Nordharingen geblieben wäre und nur eine Woche in Frankfurt am Schreibtisch säße. Durch seinen übermäßigen Arbeitseifer hatten seine Aufgaben längst Untergebene übernommen und für ihn gab es eigentlich keine Verwendung mehr. Doch ähnlich, wie im Show-Geschäft, tanzen und singen noch Achtzigjährige auf der Bühne, weil sie einmal berühmt waren. Es kann es sich halt kein Fernseh- und Rundfunksender leisten, auf die Publikumslieblinge zu verzichten. So auch die Indusan AG. Man hatte sich bereits überlegt, was für eine Abfindung im Falle der Kündigung zu zahlen wäre. Das schien vertretbar. Aber den ehemals sehr angesehenen Wissenschaftler so plötzlich auf die Straße zu setzen – das wäre auch peinlich gewesen. Schließlich hatte man ja ihn über 20 Jahre beschäftigt. Verfehlte Personalpolitik – ein gefundenes Fressen für die Konkurrenz. "Da blamieren wir uns", beschloss der Vorstandsvorsitzende Dr. oec. Dr.-Ing. Freiherr von Mühlviertel. Als Österreicher bestach er durch seinen Charme, den Viele auf seine Wiener Herkunft zurückführten. Er fuhr fort: "Das Beste ist, er kriegt einen Herzinfarkt oder ein Magengeschwür. Dann geht er entweder freiwillig, oder noch besser, er wird mit dem Leichenwagen zu einem standesgemäßen Begräbnis gefahren." Großer Beifall begleitete diesen glänzenden Einfall. Der Vorstandsassistent konnte sich nicht bremsen: "Herr Doktor Doktor Freiherr, darf ich mich anbieten, dafür Ihnen eine Arbeitsunterlage vorzubereiten. Wenn ich noch einmal zusammenfassen darf: hier liegt ein unmittelbarer Handlungsbedarf vor. Es muss eine Fokussierung auf das Problem 'Dr. Chaudhuri' erfolgen. Ich werde gern den versammelten Herren ein 'Paper' erarbeiten, auf dessen Grundlage im Sinne eines 'lean managements' der Alternativbedarf durch einen angemessenen Entscheidungsbedarf ergänzt wird, sodass wir innerhalb kürzester Zeit den Handlungsbedarf in eine "tough strategy" umwandeln können. Der Herr Vorsitzende hat ja bereits eine kühne Vision entworfen." Gelangweilt entgegnete der Freiherr: „Tun Sie das und zwar unverzüglich! Also nächster Punkt: wie sieht es aus mit der Kreuzfahrt im Mittelmeer? Hat unser Wettbewerb Zustimmung zu einer Arbeitstagung auf See signalisiert? Ich habe ja noch eine Familie und mein Jüngster geht zur Schule. Da möchte ich doch ein wenig Einfluss auf die Terminplanung nehmen."

So kam es, dass der Herr Keilers in Nordharingen begann respektlos den Dr. Chaudhuri, als "indischen Wanderprediger" zu bezeichnen und dafür bei den „Schnallen" im Vorzimmer in Ungnade fiel. Zur offenen Konfrontation wollte der Herr Doktor aber nicht übergehen, deshalb entschließt er sich Verständnis zeigend zu antworten: „Das sind eben die jungen Pferde. Sie kommen von der Uni und haben ein Temperament, das nur schwer zu zügeln ist." Frau Seegert ist begeistert: "Da merkt man Ihre Lebenserfahrung. Die Frau Tachyfec kann Ihnen gleich Ihren Lieblingskaffee machen, während ich Sie dringend um einen medizinischen Rat bitten muss. Sie, als Werkstoffexperte, kennen sich ja da aus. Es geht um meine ständige Grippe. Sie dürfen ruhig rauchen. Ich stecke mir auch noch Eine an." Dr. Chaudhuri setzt eine bedeutungsvolle Miene auf. Während Frau Tachyfec in der Teeküche den Kaffee ansetzt, hört sie dem Vortrag des Herrn Doktor zu. „Nötig sind Gerbstoffe, die den Schleim lösen. In Indien benutzen wir dazu Reisstrohtee, mit einigen Tropfen Ganges-Wasser versetzt. Darum hat auch in Kalkutta kein Inder eine Grippe bekommen. Nach wissenschaftlichen Untersuchungen ist die Wirkung von Haferstrohtee ähnlich. Sie sollten sich Haferstrohtee besorgen." „Wie recht Sie haben", ruft Anni Tachyfec, die soeben aus der Teeküche zurückkommt. „Das habe ich nämlich neulich im Gesundheitsteil des 'bunten Blatts' gelesen." Frau Seegert reagiert verärgert: „Der Herr Doktor studiert doch Forschungsartikel. Der weiß das doch viel intensiver! Mensch, dann kann ja unser Diplom-Student, der bei Bauer Bollenschroth wohnt, ja auch mal was für uns tun. Es ist doch immerhin für ihn eine Ehre, dass er bei uns seine Diplom-Arbeit schreiben darf. Da ist ja so ein kleiner Gefallen das Mindeste, was man erwarten kann." Indes schlürft Dr. Chaudhuri seinen Kaffee und erzählt von den Vorgängen in seiner Abteilung: "Explosion & Bauwerksabriss", kurz E&B genannt. Dieses Unternehmen ist spezialisiert auf das Anlegen von "blühenden Landschaften". Doch bevor dort die Wildkräuter sprießen, müssen die maroden Industriebetriebe der untergegangenen DDR erst entkernt werden, d.h. Schornsteine sprengen, Anlagenkomplexe in LKW-gerechte Stücke zu zerlegen. Deshalb benötigt man Dr. Chaudhuri als Spezialist für Werkstoffe. Vorort dauert eine solche Untersuchung meist nicht lange, darum sendet er stets ausgedehnte Faxe, warum zusätzliche gründliche Untersuchungen im heimischen Labor unbedingt nötig wären. Die kann er aber aufgrund der Schwere des aktuellen Problems nur in Frankfurt bearbeiten. Darum hält sich seine Reisetätigkeit in Grenzen und beschränkt sich auf das Unterzeichnen der Analysenberichte, nachdem er die Verantwortlichkeiten genau abgewogen hat. Trotzdem verspürt er seit längerem ein gewisses Magen kneifen, wenn er seine Dienstwoche in Nordharingen ableisten muss. Seine Bezahlung ist sichergestellt, denn der Nordharinger Betrieb leiht ihn gegen Entgelt bei der Mutterfirma aus.

Bevor er jedoch mit der umfangreichen Schilderung des Abrisses der Zuckerfabrik in Artern enden kann, öffnet sich die Tür zum Chefzimmer. Wolfgang Burgowski erscheint und lässt sich vernehmen: „Ah, Sie sind auch schon da! Ich möchte Sie wenigstens den Herren kurz vorstellen. Wir sind bereits fertig. Die Röntgenanlage kann bestellt werden. Frau Seegert, rufen Sie doch bitte einmal im Hotel ‚Scharrhof' an und bestellen einen Tisch für fünf Personen." Vor Schreck lässt Frau Tachyfec die Hände auf der Tastatur liegen. Das hat zur Folge, dass eine lange Reihe von Fragezeichen auf dem Bildschirm entsteht. Frau Seegert ist empört: „Nimmt denn der Keilers auch an dem Essen teil?" Wolfgang Burgowski nickt und wendet sich an Dr. Chaudhuri: „Kommen Sie, damit ich Sie vorstellen kann. Der Herr Keilers kann Ihnen die Details des Vertrages später erläutern." Mit diesen Worten schiebt der Chef ihn in das Zimmer. Er schloss die Tür. Einige Augenblicke später erscheint er wieder: „Ich muss 'mal für kleine Jungs. Ich bin jetzt nicht zu sprechen." Frau Tachyfec kann es sich nicht verkneifen zu fragen: „Was hat denn der Keilers damit zu schaffen? Das ist doch sicherlich eine Aufgabe für Koniferen. Der Herr Doktor hat doch viel mehr Erfahrung." Der Geschäftsführer hat bereits die Türklinke in der Hand; aber er will das nicht im Raum stehen lassen. „Soweit mir bekannt ist, hat der Herr Keilers nicht an einer Baumschule studiert - von Röntgenanlagen versteht er etwas." Die Damen sind wieder unter sich. Frau Seegert und Frau Tachyfec sehen sich indigniert an. Sigrid Seegert fasst sich als Erste: „Da hat dieser Kerl sich doch wieder bei unserem Chef eingeschleimt. Jetzt geht der sogar noch mit den wichtigen Herren aus der Industrie zum Essen!" Frau Tachyfec pflichtet ihr bei: „Ich spreche mit dem Herrn Walkner. Das kann ja so nicht angehen. Glücklicherweise habe ich einen guten Draht zu ihm. Schließlich sind das ja auch Kosten, wenn da jeder Hergelaufene zum Essen eingeladen wird." Energisch schreitet sie zum Nebenzimmer.

Dort sitzt der Herr Walkner, seines Zeichens Buchhalter der Zweigstelle und ist im Begriff: Bleistifte, Kugelschreiber, Filzstifte und Textmarker in eine exakt parallele Lage auszurichten. Frau Tachyfec fragt vorsichtig: „Entschuldigen Sie bitte, Herr Walkner, haben Sie gerade etwas zu tun?" Herr Walkner richtet sich hinter seinem Schreibtisch auf und heftet seinen braunen Augen auf das Rüschen-Dekolleté. Er antwortet gewichtig: „Ich habe immer etwas zu tun. Und Sie, Frau Tachyfec? Schon fertig mit der Kostenaufstellung für Juni? Tüchtig, tüchtig, aber warum haben Sie nicht die Papiere gleich mitgebracht? Bei eiligen Sachen habe ich doch immer ein Fläschchen Tipp-Ex hier. Allerdings bin ich gegen einen Rechnungsposten wie '1 Std. WIG-Scheißen' machtlos. Wo soll ich den verbuchen?" Frau Tachyfetc entgegnet: „Vielleicht unter Kostenstelle Sanitätsartikel? "Herr Walkner seufzt: „Es würde mir reichen, wenn die Rechnung korrekt geschrieben würde." Er gibt ihr den Ausdruck. Frau Tachyfec wirft einen kurzen Blick darauf, um selbstbewusst zu verkünden: „Ihr Tipp-Ex und meine Schreibkünste werden eine Super-Rechnung der Indusan AG entstehen lassen. Herr Walkner, was ich Sie schon längst fragen wollte, wir müssen doch Kosten sparen." Der Buchhalter legt seine Halbbrille auf die einsame Schreibtischplatte und versucht sich ein gütiges Aussehen zu geben. Als Mitglied der Kolpingfamilie gelingt ihm das nur auf der Fronleichnamsprozession, wo gesenkten Hauptes die Blicke vor Frömmigkeit auf den Boden gerichtet werden.

„Aber ich habe noch ein weiteres Anliegen. Der Herr Keilers geht mit den wichtigen Herren aus der Industrie zum Essen. Der ist doch noch ein Junge, der grün hinter den Ohren ist. Keine zwei Jahre ist er bei unserer Firma. Das kostet doch Geld! Reicht es nicht aus, wenn unser Chef, der Herr Burgowski, und der Herr Doktor Chaudhuri mit den Besuchern im ‚Scharrhof' speisen?"

Herr Walkner lehnt sich bequem zurück in seinem Sessel, den er als Sonderausfertigung im Katalog der Firma "Managers Office-shop" unter der Bezeichnung "fit Officer" zu einem Schnäppchen-Preis im Katalog entdeckte und sogleich bestellte. „Frau Tachyfec, ich freue mich über Ihr unerwartetes Kostendenken. Wenn Sie allerdings weniger Tippfehler machen würden, dann könnte eine erhebliche Kosteneinsparung an dem teuren Papier erzielt werden. Unter uns gesagt: Das heutige Arbeitsessen kostet gar nichts. Das bezahlt nämlich der Lieferant der Röntgenanlage, dessen Verkäufer heute in unserem Hause weilen."

Frau Tachyfec steht auf und schließt die Tür. Sie ist noch nicht völlig zufrieden. Doch sie kann es nicht lassen die neuen Nachrichten verschimmeln zu lassen. Darum berichtet sie der Frau Seegert erregt: „Ich finde es wirklich nicht rechtens, wenn der Keilers als Mitesser zum ‚Scharrhof' fährt. Schließlich haben die Herren unseren Chef als ersten zu dem Essen eingeladen. Das hat mir der Herr Walkner unter dem Siegel der Verschwiegenheit mitgeteilt. Deshalb darf ich auch nichts Näheres sagen. Die haben doch bei dem Essen auch Dinge zu besprechen, die nicht für die Öffentlichkeit bestimmt sind."

Bevor Frau Seegert noch antworten kann, öffnet sich die Tür vom Allerheiligsten und fünf Herren gehen durch das Büro, wobei Herr Burgowski meint: Wir sind so in zwei Stunden wieder zurück." Frau Seegert reagiert blitzschnell: „Ach, Herr Keilers haben Sie noch eine Sekunde für mich. Da ist noch etwas zu klären." Ein wenig erstaunt schaut der Angesprochene drein und kaum dass die Tür vom Vorzimmer sich schließt, platzt es aus Frau Seegert heraus: „Herr Keilers. Sie müssen nachher uns ganz genau erzählen, was es zum Essen dort gegeben hat und welche Weine kredenzt wurden." „Der Herr Burgowski ist nämlich ein Kenner und versteht viel von Weinen, das kann ich als gastronomische Fachkraft genau beurteilen", ergänzt Frau Tachyfec. Herr Keilers ist ärgerlich, setzt aber ein diabolisches Lächeln auf: „Ach ja, mir ist gar nicht bisher bekannt gewesen, dass im Erfrischungsraum vom Kaufhaus „Oker-Bazar" in Worthlar auch Weine angeboten wurden." Es herrscht sekundenlang peinliches Schweigen, leise schließt sich die Tür zum Büro. Ehe noch Frau Tachyfec ihrem „ostmärkisch-ungarischen Temperament freien Lauf lassen kann, öffnet sich die Tür zum Vorzimmer wieder und

Helmut Fechmann steckt seinen Kopf in den Spalt. Da keift Frau Tachyfec: „Das ist hier ein Büro, wo gearbeitet wird und kein Taubenschlag!" Helmut hat sein übliches bierseliges Grinsen aufgesetzt und lässt sich nicht beirren: „Wollte 'mal fragen, ob ich den Schlüssel für das Chefklo kriegen kann. Ich arbeite heute hier oben und muss dringend." Da wird Sigrid Seegert dienstlich: „Herr Fechmann, Sie wissen doch, dass die Direktorentoilette nur für die oberste Führungsspitze eingerichtet wurde. Es hat ja auch seinen Grund. Die Herren sind sehr beschäftigt und brauchen auch dort absolute Konzentration. Wenn da nun Jeder drauf ginge, wie sollen dann die Geschicke der Firma gelenkt werden? Selbst ich, als die engste Mitarbeiterin von Herrn Burgowski, habe nicht einmal einen Schlüssel dafür." „Und ich als Privatsekretärin von Herrn Walkner auch nicht", pflichtet Anni Tachyfec bei. „Jajaja", brummelt Helmut Fechmann und wendet sich zum Gehen. Doch Frau Seegert möchte noch eins draufsatteln. „Sie haben doch unten eine so schöne Latrine, die doch erst vor zehn Jahren aufwändig restauriert wurde. Warum nutzen Sie die nicht komplett aus?" Als Antwort wird die Tür zugeknallt, dass einzelne Blätter durch den Luftzug vom Schreibtisch geweht werden.

Während Helmut Fechmann sich auf den Weg zu dem angepriesenen Klo macht, spürt er ein innerliches Rühren. Noch bevor er den „Abort für gewerbliche Mitarbeiter" erreicht, hat er eine Spur aus seinem rechten Hosenbein hinterlassen, die ein Förster als „Losung" bezeichnen würde. Deshalb ändert er die Richtung und latscht in Richtung Umkleideraum. Dort wechselt er die Hose, wobei er von Kalle Kabuffke überrascht wird. „Was machst du denn hier?" Helmut bleibt gelassen: „Na, Hose wechseln , was sonst?" „Dawai, oben musste den Druckbehälter befüllen. Die warten unten schon." Die Druckbehälterverordnung schreibt für Behälter bestimmter Größe und eines festgelegten Betriebsdrucks vor, dass der Behälter mit Wasser gefüllt wird und auf eventuelle Undichtigkeiten geprüft wird. Dann darf der Behälter in die Endfertigung gehen. Arnold Tope hatte den günstigen Umstand genutzt, den dreißig Meter entfernt stehenden alten Nordharinger Wasserturm nach Stilllegung zu erwerben. So wird Wasser im Kreislauf gepumpt und die sonst entstehenden hohen Kosten für den Test gespart. Helmut steckt sich als Wegzehrung noch vier Flaschen Bier ein. Denn die oberste Arbeitsbühne gilt als ruhiges Plätzchen. Außer Wasser lassen, ist da nichts zu tun. Zu diesem Zeitpunkt weiß er nicht, dass es sich um eine komplexere Anlage handelt, deren Funktionsfähigkeit gleichzeitig geprüft werden soll. Deshalb hat man Unterstützung durch externe Arbeitskräfte angefordert.

Inzwischen hört man etliche Etagen tiefer Kalle Kabuffke schreien: „Welche Sau war das?" Er ist auf eine der Fechmannschen Landminen getreten, die dem Helmut aus dem Hosenbein kullerten. Kalle Kabuffke reißt dem Arbeiter Paule Poch den Besen aus der Hand und versucht vergeblich sich damit die Schuhe zu säubern. Da kommt Kurt Keune die Treppe herunter. In der einen Hand trägt er den leeren Bierkasten, der täglich durch einen neuen ersetzt wird, in der anderen Hand eine Tüte mit einem langen Einkaufszettel. Darauf steht unter anderem: Frau Seegert: 3 Schachteln "Slim light"; Frau Tachyfec: 3 Schachteln "T6 mit". Seit der letzten, mit knapper Not, überstandenen Frühjahrsgrippe achten beide Damen streng darauf, dass sie nur noch extra leichte Zigaretten rauchen. Kurt Keune schaut verwundert den besenschwingenden Betriebsleiter an. „Chef, brauchen Sie noch Hilfe?" „Ja!", erschallt es zurück, „du kannst eine Dose Frischluft-Spray mitbringen. Aber ein bisschen dalli!" Kurt Keune begreift den Ernst der Lage: „Rosenduft oder Fichtennadelaroma?" Kalle Kabuffke läuft dunkelrot an: „Ist mir scheißegal! Hauptsache schnell." Kurt Keune antwortet mit der in diesem Landstrich eigenen Trägheit: „Ok Chef, ich wusste ja nicht, dass Sie Verdauungsprobleme haben." Als die Tür zum Ausgang ins Schloss fällt, hat sich Kalle Kabuffke beruhigt. Er besinnt sich auf seine Vorgesetztenfunktion und verändert seine spontane Antwort in ein gebrülltes: „Afterhöhle".

Kurt Keune kurvt wenig später mit einem Einkaufswagen in dem Supermarkt herum um die „Wünsche zu finden". Ein Blick auf die Uhr verrät ihm, dass er noch eine halbe Stunde benötigen muss. Sonst müsste er mit den Anderen ein Fass ausschaufeln, was nicht gerade seiner Arbeitswut entspricht. Einkaufen ist zwar Frauensache, darum weigert er sich stets samstags mit seiner Frau durch die "Sopo-Kaufhalle" zu ziehen. Er trägt lieber die Verantwortung und bleibt am Eingang stehen. Das hat den Vorteil, dass seine elfjährige Tochter früher selbstständig wird und lernt mit einem gefüllten Einkaufswagen umzugehen. Nebenbei kann er mit Gleichgesinnten über die Niederlage des "TSV Huhnheim" gegen "Eintracht Steinfeld" fachsimpeln. Das 9:1 wäre am letzten Sonntag total überflüssig gewesen, hatte er laut verkündet. Der Torwart sei nämlich schon von den Steinfeldern gekauft worden, für die nächste Spielsaison, so trompetete er in dem Sonderpostenmarkt, für jedermann hörbar. Einige "Huhnheim-Fans" pflichteten ihm bei. Bevor seine Frau ihn noch beruhigen konnte, sie schob und zog zwei Einkaufswagen und die Tochter war bemüht an der anderen Kasse eine Rentnerin durch leichten Druck mit dem Einkaufswagen in die Fersen zu mehr Eile anzutreiben, da sauste eine Büchse Bohnen haarscharf an seinem Kopf vorbei. Es waren Kaiserbohnen, seit einem Jahr im Mindesthaltbarkeitsdatum abgelaufen. Die Dose war gebläht wie ein prominenter Politiker, kostete allerdings nur 79 Pfennig; sie klatschte gegen einen Betonpfeiler, platzte auf und die Bohnen kleckerten zu Boden, wobei sich ein strenger Geruch breit machte. Da empörte sich Kurt Keune: „Das ist ein Attentat! Ich bin vor zwanzig Jahren aktiver Spieler in der 3. Herrenmannschaft vom TSV Huhnheim gewesen. Das muss ich mir nicht bieten lassen. Hannelore und Regina, ihr zwei schiebt die Einkaufswagen nach Hause. Ist ja fast alles geteert auf dem Bürgersteig. Ich setze mich ins Auto und erstatte Anzeige bei der Polizei und dem Staatsanwalt in Wortlah. Wenn ihr euch beeilt, könnt ihr die Einkaufswagen in einer dreiviertel-Stunde zurückgebracht haben. Dann können wir ja noch pünktlich essen."

Er schüttelte die Faust gegen den unbekannten Feind und schrie: „Das wird ein Nachspiel haben!", bevor er sich in sein Auto setzte und mit quietschenden Reifen nach Wortlah fuhr. Nun, das war Schnee von vorgestern, obwohl er sich mit Behagen an die erstaunten Augen der Polizisten erinnerte, als er das Anzeigeprotokoll unterschrieb. Tja, er war eben nicht jedermann, sondern ein harter Bursche, der stets offen und ehrlich seine Meinung sagte. Geradlinig, aufrichtig und pflichtbewusst: Ein kerniger Deutscher! Seine Gedankengänge werden abrupt unterbrochen, denn die Schlange an der Fleischtheke hat sich aufgelöst. Jetzt kauft er Mett ein. Dieter Krasse hatte sich vergangene Woche ein neues Auto gekauft. Dagegen ist nichts einzuwenden, solange ein zusätzlicher Kasten Bier und eine Runde Mettbrötchen dabei herausspringen. Dann erscheinen sogar Anni Tachyfec und Frau Seegert in der Frühstücksbude um dem Inhaber des neuen Autos: „Allzeit, gute Fahrt!", zu wünschen. Nur der Geschäftsführer Wolfgang Burgowski nörgelte, als er den AUDI 100 erblickte: „Da sehen wir einmal, wohin wir verkommen sind, wenn sich schon gewöhnliche Arbeiter so ein teures Auto leisten können. Kein Wunder, dass wir nicht mehr mit dem Ausland konkurrieren können. Unsere Arbeiter sollten portugiesische Stundenlöhne kriegen. Nach dem Krieg hatten wir ja noch viel weniger. Sehen Sie mal Frau Seegert, was aus mir geworden ist."

Das belastet aber den Kurt Keune nicht besonders. Neben ihm steht ein fünfzehnjähriges Mädchen. Neugierig fragt er: „Hast wohl keine Schule heute?" Das Mädchen schaut ihm direkt in die Augen, doch Kurt Keune bekommt Stielaugen, als er in ihren Ausschnitt sieht. Sie trägt keinen BH und die Konturen zeichnen sich auf dem Sweatshirt ab. Auf ihre Antwort: „Ich bin krank und kaufe für meine Großmutter ein", stammelt er nur: „Ich kaufe auch ein, denn hier gibt es Frischfleisch." Das Mädchen nickt, wippt leicht mit ihren schon recht kräftigen Brüsten und lächelt: „Wie recht Sie haben. Auf Abgehangenes stehe ich nämlich gar nicht, und Sie scheinen wohl auch noch obendrein gut geräuchert zu sein." Die Fleischverkäuferin wird ungeduldig: „Ja, was ist nun?", fragt sie gereizt. „Donnerwetter", murmelt Kurt Keune, „das ist ja eine Granate." Die Verkäuferin gibt zurück: „Mag sein, nur mit dem Unterschied, dass Sie sie nicht zünden können." Kurt Keune stehen noch immer die Schweißtropfen auf der Stirn. Er ist sichtlich verwirrt: „Ein Kilo Mett wie immer. Ham' Se' auch Zwiebeln?" Die Verkäuferin antwortet spitz: „Ja ja, Männer weinen nie, aber schauen in jeden Ausschnitt. Da sollte man 'mal ein Pfund Zwiebeln verbergen, damit euch die Tränen kommen. Dauert ein bisschen." Sie verschwindet in den Hinterraum. Inzwischen ist Frau Wischke senior an der Theke eingetroffen. Sie hat das Putzen der Firma ihrer Tochter überlassen. Ihre Rente ist genehmigt und so geht sie morgens auch einkaufen. „Tach, Herr Keune! Na, wieder einkaufen?" Gewichtig nickt Kurt Keune: „Ja, wenn ich es nicht mache, wer soll es dann tun? Wir malochen den ganzen Tag – aber versorgt werden wollen auch alle. Aber das dankt einem ja Keiner." Frau Wischke nickt, kann sich aber ein Grinsen nicht verkneifen: „Ich weiß, dass Sie sich für die Firma aufopfern, es ist ja auch besser, wenn die Jüngeren die Knochenarbeit machen. Schließlich ist das hier eine verantwortungsvolle Tätigkeit. Sie haben zwei Kästen Bier? Gibt es etwas zu feiern?" Kurt Keune passt die Art des Gespräches nicht. Unwirsch antwortet er: „Ja, Dieter Krasse hat ein neues Auto. Wer war eigentlich die Kleine, die eben zur Kasse ging?" Frau Wischke bleibt ungerührt: „Och, interessieren Sie sich jetzt für Kinder? Die kommt aus Wortlah. Ist in festen Händen. Die ist ein echter Feger. Seit einem Jahr ist sie mit dem Taxi-Unternehmer Heinz Hobelmann zusammen. Müssen Sie 'mal meine Tochter danach fragen? Sie haben dafür ja bestimmt zwischendurch Zeit bei Ihrer verantwortungsvollen Tätigkeit."

Kurt Keune läuft dunkelrot an, doch das Thema ist heikel. „Mir ist das nur aufgefallen, weil ich das Mädel zum ersten Mal an der Fleischtheke sah. Hobelmann der Hobelmann noch immer so wild durch die Landschaft?" Frau Wischke wird leicht ärgerlich: "Das fragen Sie wirklich besser einmal meine Tochter. Sie scheinen ja auch ein Freund des Hobelns, Nagelns und Dübelns zu sein." Kurt Keune grinst schief: „Ein echter deutscher Mann isst gern ein Stück Fleisch, hat ein Taschenmesser in der Hose, interessiert sich für Fußball und ist Meister im Hobeln, Nageln und Dübeln." Kurzerhand wirft er das Mett in den Einkaufswagen und rollt Richtung Kasse. Die Bemerkung von Frau Wischke: „Ein wenig Gehirnnahrung könnte dem deutschen Mann aber auch guttun. Dann klingt es nicht immer so hohl, wenn er sich den Kopf an einem Balken stößt." Dies überhört jedoch Kurt Keune geflissentlich. Schließlich ist er ein gebildeter Mann. Jeden Montag kauft er sich, neben der täglichen Bildzeitung, "Sport-Bild", "Auto-Bild" und für seine Frau und Tochter "Bild der Frau".

Er blättert am Zeitschriftenstand und wirft einen verstohlenen Blick in"Heiße Töchter ohne Höschen", um ein Mädchen zu entdecken, das aussieht wie die Flamme von Heinz Hobelmann. Doch der Marktleiter, der das „Fundamt verlorener Wünsche" verkörpert, sieht es nicht gerne, wenn so teure Zeitschriften mit angefeuchtetem Daumen durchgeblättert werden. Er schleicht sich von hinten an und lässt seine sattsam bekannte Frage ertönen. Kurt Keune wird jetzt dienstlich: "Danke, ich habe alles, aber ich wollte auch einmal mir eine kurze Entspannung gönnen. In meiner Firma spielen sie wieder verrückt. Wir können die Arbeit kaum schaffen." Der Marktleiter nickt verständnisinnig und schleicht auf seinen Gummisohlen von dannen.

Nebenbei stellt Kurt Keune noch eine Flasche Korn der besten Markenqualität : "Bäuerleins Erntetrunk" zu sechs D-Mark in den Einkaufswagen, gefolgt von Veilchenpastillen. Das ist sein persönlicher Bedarf für die unbedingt notwendigen Zwischenmahlzeiten im Elektrolager. Dort wird er auch heute schweißtreibende Sortierarbeiten an Elektrokabeln vornehmen. Freiwillig hatte er sich zu diesem Arbeitseinsatz gemeldet und seine Frühstücksbierflasche Kalle Kabuffke dafür überlassen. Das hat den unschätzbaren Vorteil, auf der obersten Bühne arbeiten zu können. Dorthin verirrt sich höchstens der Elektriker Rainer Stapel. Der ist auch einem guten Tropfen nicht abgeneigt und erzählt gern von seiner Fachhochschulzeit. Kurt Keune stößt sich auch nicht an seiner ostdeutschen Mundart. Rainer Stapel sollte als Sohn eines Offiziers der "bewaffneten Organe der Deutschen Demokratischen Republik" studieren, doch benutzte er seine teure Kamera, ein Produkt des "VEB Pentacon Dresden" dazu, unbekleidete Mädchen abzulichten, die zwar kein Blasinstrument in der Hand hielten, aber sich in der Technik darin durchaus vervollkommnen wollten.

Wie das so ist, erfuhr der Vater erst als Letzter davon. Seine Kollegen hatten bereits einen operativen Vorgang angelegt, weil der Sohnemann einen beträchtlichen Umsatz mit dem Handel dieser Fotos auf der Leipziger Messe erzielt hatte. Gegen Valuta, versteht sich. Statt die so erworbenen D-Mark in Forum-Schecks umzuwandeln, was ja das Politbüro und die überwachende Behörde besänftigt hätte, legte er sich ein schwarzes Konto an. Erst 10 Jahre nach der Wende lernte der Elektriker, dass es auch im kapitalistischen Westen schwarze Konten gab, die nicht strafwürdig sind – sondern eher als Ausdruck einer besonderen Geschäftstüchtigkeit gelten.

So kam es, dass er nach Abschluss der Ermittlungen von jener Behörde um die Negative der anstößigen Fotos erleichtert wurde, von der Fachhochschule flog und die ermittelnde Behörde die Fotos einsetzte, um gewisse West-Besucher an ihre moralische Sauberkeit zu erinnern. Das wirkte eigentlich nur, wenn die Herren Geschäftsleute auch richtig verheiratet waren. Rainer Stapel landete als gewöhnlicher Elektriker bei der LPG "Kleinenehrich" im schönen Thüringen. Dort durfte er neben Reparaturen an der Elektrik des Traktor-Typs "Fortschritt" noch Förderbänder und Gebläse warten und in der Großküche die Elektro-Geräte reparieren. Die scharenweise flüchtenden Kakerlaken, bei Öffnung eines Herdes oder dergleichen, gaben doch immerhin ein Zeugnis davon, dass in der DDR eine gewisse Freizügigkeit bestand. Kurz und gut, Politik interessiert Kurt Keune nicht, dafür hat er seine Bild-Zeitung. Doch die Fotos, so ein Jammer, dass die jetzt im Archiv einer Bundes-Behörde lagern – das bedauert Kurt Keune aufrichtig. Wenn Rainer Stapel einmal in das Lager kommt, muss er ausführlich davon berichten. Denn Kurt Keune ist kein Kostverächter. Schließlich giert er täglich auf die abgebildeten Nackedeis in seiner Zeitung.

Gemächlich fährt er zur Firma zurück. Ihm bleiben noch fünfzehn Minuten zum Verteilen der Einkäufe, dann ist Mittagspause. Danach noch drei Stunden bis zum allgemeinen Duschen und Umkleiden, die sich bequem im Elektrolager abreißen lassen. Alles Weitere wird man sehen. Als sein Auto die Bahnhofstraße entlang fährt, schiebt Alfred Bontik mit glasigem Blick die Vorhänge beiseite. "Scheiße", denkt er sich, "schon wieder zu spät." Dabei ist sein Plan unfehlbar. Er hat Kurt Keune genau ausgespäht. Erst schiebt er den Einkaufswagen um die Ecke, um sich die Mark wiederzuholen. Die Bierkästen bleiben an der Eingangstür stehen, weil er dann mit seinem Opel rückwärts vor den Ladeneingang fährt, um die Kästen einzuladen. Zeit genug zum schnellen Zufassen und dann ab nach Hause. Mehrere Male hat Alfred das Szenario im Kopf durchgespielt. Peter Schrillke war als Komplize vorgesehen, doch das Arbeitsamt hat ihn derzeit zum Wildkräuter-Ernten abkommandiert. Er darf mit polnischen Wanderarbeitern für vier D-Mark pro Stunde die Rübenfelder auf Knien abrutschen, damit die Zuckerrüben sich frei entfalten können. Diese Fronarbeit lässt Alfred noch nachträglich erschaudern. Als Kind hatte er diese Arbeit damals mit seinen Eltern machen müssen, weil sie "Flüchtlinge" waren. Da hieß es noch Unkraut jäten, aber der Oberkreisdirektor Eberhard Schnüller hatte höchstpersönlich dieses umweltfreundliche Projekt angeleiert. Der "Worthlarer Tagesanzeiger" berichtete ausführlich darüber. So solle auch Sozialhilfeempfängern eine gewisse Erdverbundenheit und eine Vorbeugung gegen Entwurzelung vermittelt werden. Ein großes Foto zeigte den Herrn Oberkreisdirektor, wie er eigenhändig lächelnd, eine Wicke aus dem Rübenfeld entfernte. Der Vorsitzende des Landvolkes, Bernhard Bollenschroth, tätschelte zärtlich eine Rübenpflanze und die Chefredakteurin des "Worthlarer Tagesanzeiger", Frau Ulrike Knüller, widmete einen Leitartikel dieser Arbeitsbeschaffungsmaßnahme unter dem Titel: "Wider den falschen Rüben! Soziale Eingliederung von gesellschaftlich Gestrauchelten – auf umweltverträgliche Weise."

Leider bekam der Fotograf eine scharfe Rüge, weil er den Herrn Oberkreisdirektor Schnüller von der falschen Seite ablichtete. Schließlich gibt es ja ein Recht am eigenen Bild und die Abbildung der linken Gesichtshälfte lässt ja schnell auf die Gesinnung des Fotografen schließen.

Diese berufliche Maßnahme von Peter Schrillke war also der Grund, warum Alfred Bontik von der konzertierten Aktion "Bierkasten" absah. Hätte er gewusst, dass Kurt Keune heute wegen des neuen Autos von Dieter Krasse zwei Kästen im Kofferraum transportierte, er hätte stehenden Fußes von Helmut Fechmann den Bollerwagen ausgeliehen. Stattdessen fiel ihm siedend heiß ein, dass er Niels Wilhelmsen, in seiner Eigenschaft als gelernter Handwerker, versprochen hatte am heutigen Tag im Flothe-Werk als Hilfsarbeiter tätig zu werden. Wenn im Sommer Niels Wilhelmsen kein Heizöl und Kohlen ausfährt, dann vermietet er gern seine Leute an andere Firmen. Wegen der Fertigung des "Sausefix BTF" bei der Firma "Fummel&Schummel" hat er seine zwei besten Mitarbeiter schon ausleihen müssen. Übrig bleibt ihm nur der Heinz, ein etwas älterer Mann, der meist an seinen Fingernägeln kaut und eigentlich nur zum Kohlenschleppen taugt. Er lebt in einer betreuten Wohngemeinschaft des Nervensanatoriums "Dr. Prontleim" in Kriebenburg. Heinz stammt aus Heinrichsthal. Als die Bahnlinie nach Heinrichsthal noch in Betrieb war, verdiente er sich sein Geld auf dem Bahnhof. Kam in Heinrichsthal ein Zug mit Touristen an, so schlich er sich an ältere Herrschaften an und zerrte ihnen den Koffer aus den Händen. Unter unverständlichen Grunzlauten rannte er dann zum Taxi, oder einem zufällig wartenden Omnibus. Die Trinkgelder nahm er mit Wohlgefallen entgegen. Dagegen kamen die unwissenden Touristen dadurch gelegentlich in den Genuss einer unerwarteten Harzrundfahrt.

Als die Bahnlinie stillgelegt wurde, geriet Heinz in die Arbeitslosigkeit. Als Selbstständiger hatte er keinen Anspruch auf Arbeitslosenentgelt. Da das Abkauen von Nägeln auch einem Kalorienbewussten nicht auf Dauer weiterhilft, blieb er zuhause. Infolgedessen nahm sich seine Mutter einen Strick, befestigte ihn am Geländer der Eisenbahnbrücke - das war bei der stillgelegten Blei-Hütte - und ließ die Seele samt Körper baumeln. Der verwaiste Heinz weigerte sich an einer Umschulung zur Mani- und Pediküre teilzunehmen. So gelangte er nach Kriebenburg und verdient sich ein Taschengeld bei Niels Wilhelmsen. Weil nun die alte Dame, Freifrau von Gerwisch-Radautz, ihres Zeichens die Landesvorsitzende der Buchenlanddeutschen, die günstigen Sommer-Briketts bestellt hat, fragte Niels Wilhelmsen Alfred Bontik, ob er nicht bei der Indusan AG aushelfen wolle. Der sagte sofort zu, aber verschlief offenkundig den Arbeitsanfang.

Jetzt steht er halb angezogen hinter der Gardine und der Anblick von Kurt Keunes Auto lässt ihn hellwach werden. "Verdammt, bloß gut, dass es keine zweihundert Meter zu der Firma sind", sagt er zu sich selbst. Atemlos stürzt Alfred an der Baracke zum Tor 1 vorbei. Einen Pförtner gibt schon lange nicht mehr. Seitdem einarmige, einbeinige und blinde Kriegsbeschädigte in das Rentenalter gekommen sind, und Asylanten mit Landminenerfahrung noch keine Arbeitserlaubnis bekommen, hatte die Geschäftsführung beschlossen den Pförtnerposten unbesetzt zu lassen. Das Tor 1 rostet seit Jahren vor sich hin, weil dort einmal ein Gleisanschluss bestand, jedoch der letzte Güterwagen vor zehn Jahren zur Indusan AG verschoben wurde.

Alfred Bontik reißt die Eingangstür zum Gebäude auf. Dort trifft er auf den immer noch schimpfenden Kalle Kabuffke. Paule Poch dagegen spielt Arbeiterdenkmal. Auf den Besen von Helmut Fechmann gestützt, schaut er nicht ohne Schadenfreude auf den tobenden Betriebsleiter. Alfred Bontik nimmt eine kerzengerade Haltung an: "Tach Chef, ich bin zur Stelle." Da hält Kalle Kabuffke plötzlich inne. Seine Stimme wird um wenige Dezibel gesenkt: "Mahlzeit! Du solltest doch schon um acht Uhr hier sein. Was sind denn das für Sitten? Sind wir hier bei den Hottentotten?" "Ja Chef, das ging aber nicht eher. Ein Zug ist ausgefallen und die fahren doch immer nur alle 2 Stunden. Ich komme gar nicht wirklich zu spät." Kalle Kabuffke beruhigt sich: "Ach so, na denn geh' mal auf die oberste Bühne zu Helmut Fechmann. Wir machen jetzt Druckprüfung." Rasch erklimmt Alfred Bontik die Treppenstufen; als jedoch bei Kalle Kabuffke der Groschen fällt, befindet er sich noch in Hörweite. Kalle Kabuffke reißt Paule Poch den Besen aus der Hand, wobei letzterer leichte Gleichgewichtsstörungen bekommt und schwingt das Reinigungswerkzeug wie einen Säbel durch die Luft: "Du Armleuchter! Verarschen kann ich mich allein!"

Das Werkshauptgebäude diente früher als Fertigungsanlage für feuerfeste Gießmassen. Der Rohstoff kam aus der nahe gelegenen Sandgrube und wurde zu einem teuren Produkt für die Hüttenindustrie aufbereitet. Doch die ausländische Konkurrenz zwang den ursprünglichen Besitzer fast in die Knie. Schließlich erlag er einem Blattschuss, den ein Jagdteilnehmer versehentlich ausgelöst hatte. Diese Jagd im „Scharrhofer Forst" war unter den Einkaufsdirektoren der namhaften Hüttenkonzerne sehr beliebt und fanden damit auch ein jähes Ende wie das des Fabrikanten. Arnold Tope erwarb die Anlage zu einem Spottpreis und baute sie dann zu seinen Zwecken um. Das Innere des Werksgebäudes besteht aus einer Reihe von Arbeitsbühnen, die aus Gitterrosten bestehen, welche durch steile Treppen miteinander verbunden sind. In der Mitte befindet sich ein Aufzugsschacht, wo an einer Laufkatze Behälter bis zu mehreren Tonnen auf die oberste 20-m-Bühne gehoben werden können.

Dort befindet sich Helmut Fechmann und beobachtet, wie der Rührbehälter mit einem Fassungsvermögen von 7500 Litern mit

Wasser befüllt wird. Etwas außer Atem gelangt Alfred Bontik auf der Bühne an. „Puh, was ist das hier heiß, grüß dich Helmut, wie hältste das nur hier aus?" Der Angesprochene setzt sein bierseliges Lächeln auf und antwortet: „Schau mal hier in die seitliche Revisionsöffnung." Aus einem Stutzen an der Seite des zylinderförmigen Gefäßes hängen zwei Schnüre heraus, deren Enden um den Flansch geschlungen sind. Alfred zieht vorsichtig daran und wenig später erscheint in der Öffnung eine Bierflasche. Helmut hat heute seinen spendablen Tag, außerdem ist es mit Alfred Bontik nicht so langweilig dort oben. „Da staunste, was? Lass uns mal eine Flasche aufmachen. Es ist wirklich sehr heiß heute." Die Männer öffnen die Flaschen und lassen sich das im Wasser gekühlte Bier schmecken. Plötzlich entdeckt Alfred Bontik, dass Kurt Keune im Anmarsch ist und er sieht durch die Gitterroste, wie der Arbeiter mit einer Plastiktüte auf der darunter gelegenen Bühne in den Lagerraum verschwindet. „Helmut, das war doch eben der Kurt, was macht der denn da?" Helmut Fechmann grinst: „Kabel im Lager sortieren muss er. Dazu hat er sich selbst gemeldet. War er allein?" „Kann man so nicht sagen", gibt Alfred zurück, „der hatte noch eine Plastiktüte dabei." „Aha, dann ist da eine Pulle Hochprozentiges drin und eine BILD-Zeitung. Den siehste nicht mehr vor dem Duschen." Alfred Bontik überlegt angestrengt, dann kommt ihm ein glänzender Gedanke. „Habt ihr hier oben ein Telefon?" Helmut zeigt mit dem Finger auf eine Nische, in der ein verstaubter schwarzer Apparat an der Wand angebracht ist. „Der geht aber nur innerhalb der Firma." Alfred Bontick ist begeistert. „Das ist genau das, was ich suche. Sage mal, wie heißt der Paule Poch eigentlich richtig?" Helmut Fechmann überlegt kurz: „Der heißt mit richtigem Namen Pavel Pochalczek, die Eltern sind Sudetendeutsche. Aber alle nennen ihn nur Paule Poch. Wieso?" „Warte es man ab, wie ist die Nummer von der Anni?" Helmut Fechmann schüttelt den Kopf:" Wenn du was von der willst, kannst du doch besser selbst runtergehen. Na gut, die hat den Apparat 251." Alfred Bontik wählt die Nummer und nach kurzer Zeit hört man ihn mit verstellter Stimme reden: "Frau Tachyfec? Hier Pochalczek aus der Schlosserwerkstatt. Ich habe eben aus dem Fenster beobachtet, wie zwei Jungen aus der Nachbarschaft sich am Auto von Kurt Keune zu schaffen gemacht haben. Am besten, der schaut gleich mal nach, ob alles in Ordnung ist." Kaum hatte er den Hörer aufgelegt, als durch die Lautsprecheranlage eine blecherne Frauenstimme bekannt gibt: „Herr Keune, bitte melden!" Zwei Minuten später stürzt Arbeiter Keune fluchend die Stufen zum Erdgeschoss hinab. „Los", meint Alfred Bontik, wenn er zu früh wieder kommt, tun wir so, als ob wir ein spezielles Kabel suchen. Die Pulle hat er da gelassen." Schnell steigen die Beiden die Stufen zum Lager herunter und wenig später haben sie die Flasche Korn erbeutet. Was sie nicht ahnen konnten, war die Tatsache, dass Paule Poch sich noch immer mit dem Besen auf der ersten Etage befindet und sich schnell die Falschmeldung aufklären ließ. Die Herren Bontik und Fechmann schaffen es nicht mehr rechtzeitig zur oberen Bühne zu gelangen. Jedoch hinter dem Lagerraum gibt es eine Ecke, in der einige leere Fässer aufgestapelt sind, wo sie sich erst einmal in Ruhe niederlassen können. „Auf den Schreck müssen wir uns erst einmal einen genehmigen", beschließt Helmut Fechmann und so genießen sie die ersten Schlucke des Weizenkorns. „Brr", schüttelt sich Alfred, „aber es tut doch gut." Doch dieser Genuss soll nicht von langer Dauer sein.

Auf der oberen Bühne hat der Wasserstand im Behälter die Revisionsöffnung erreicht und wenig später plätschert es munter bis auf den Betonboden im Erdgeschoss. Nach einiger Zeit ertönt aus der Ferne das Brüllen von Vorarbeiter Haltermann: „Was ist das für eine Sauerei? Der Behälter ist undicht. Wer kann da nicht ordentlich Schweißen?" Wie elektrisiert hasten Helmut Fechmann und Alfred Bontik nach oben. Beide schaffen es die Edelstahlplatte wieder vor die Öffnung zu setzen und drehen fieberhaft die Muttern fest. Doch eine erhebliche Menge an Wasser ist bereits herausgeflossen. „Alles ablassen", schreit Kalle Kabuffke, der nun einige Stockwerke höher angelangt ist. „Der Behälter muss noch mal in die Schweißabteilung. Wo ist denn der Keune? Der muss mit anpacken, sonst wird das nichts vor heute Nachmittag. Der Behälter geht Ende der Woche raus, nun los doch, nicht einschlafen." Kurt Keune ist mittlerweile alarmiert und sieht jetzt alle Felle für einen ruhigen Tag dahin schwinden. Noch nicht einmal Zeit, um nach seiner Kornflasche zu suchen, bleibt ihm mehr.

Arnold Tope sitzt in Kriebenburg mit seinem ehemaligen Werksleiter bei einer Flasche Bier beisammen. Dieter Lakemann wurde von der Insolvenz nicht so stark getroffen. Er heiratete gegen heftigen Widerstand die Tochter des Domänenpächters und die Landwirtschaft wirft genügend ab, dass die Familie ihr Auskommen besitzt. Ferner gibt es auch einige Scheunen, die gut vermietet sind. Eine davon dient als Lager und Werkstatt für Arnold Tope, der nie die Hoffnung aufgab, wieder einmal auf die Beine zu kommen. Nach zwei Stunden steht eine ansehnliche Flaschenbatterie auf dem Tisch und ein Stapel von Zeichnungen türmt sich auf einem Stuhl daneben. „So kannste das machen, Arno", bekräftigt Dieter Lakemann und fährt fort, „aber was soll der Brotzmann bei diesem Geschäft?" Arnold Tope zuckt mit den Schultern: „Das habe ich mich auch schon die ganze Zeit gefragt. Das Flothe-Werk hat das gesamte „know how" und der gibt das jetzt an diese Dorfschmiede weiter. Ich habe da so meine Zweifel, ob das nicht in die Hose geht." Dieter Lakemann gibt sich zuversichtlich: „Das tut es nicht. Schließlich sind wir ja noch dabei. Ohne uns können die nichts erreichen. Wir haben ja nicht umsonst damals die Zeichnungen, Stücklisten und Prototypen vor dem Insolvenzverwalter hier in Sicherheit gebracht. Was der

Brotzmann da anfertigt, ist kalter Kaffee." „Immerhin muss sich der kalte Kaffee aber so sehr lohnen, dass er auf eigene Kappe etwas unternimmt. Es hieß, er wolle den thailändischen Markt erschließen", entgegnet Arnold Tope. „Von Thailand träumt vielleicht der Fummel, das alte Ferkel, aber an eine Markterschließung dort glaube ich beim besten Willen nicht. Die Indusan AG hat doch Kooperationsverträge mit den Japanern geschlossen, was wir vergebens versucht haben, weil wir für die zu klein waren. Nee, nee, ich wette die Behälter gehen an die Gera-Chemie. Die bauen doch ein völlig neues Werk in der Ukraine auf". Die Beiden rätseln noch eine Weile, während im Flothe-Werk unter großem Gebrüll viele Hände aktiv sind den Behälter hinunterzulassen, damit er in der Schweißfachabteilung nachgebessert werden kann.

Herr Keilers hat in der zweiten Etage sein Labor. Der zweite Schreibtisch wird von Dr. Chaudhuri zeitlich belegt. In der Mitte befindet sich ein Aschenbecher, der gegen Feierabend einen stattlichen Hügel aus Zigarettenkippen sein Eigen nennt. Gelegentlich findet sich ein dünner Schnellhefter, wo der Herr Doktor die Berichte korrigiert, welche er gezwungenermaßen von Frau Tachyfec tippen lassen muss. Sein Misstrauen gilt dem „jungen Spund", wie Herr Keilers von den beiden Schnallen im Chefvorzimmer genannt wird. Der Doktor weiß nur zu genau, wie weit es noch bis zur Rente ist und wie nah die Umstrukturierung des Unternehmens vor der Tür steht. Zwar ist der Aufenthalt in Nordharingen stets todlangweilig, doch immerhin besser als ein Vorruhestand mit magerer Rente und absoluter Bedeutungslosigkeit in einer Stadt wie Frankfurt. Im Moment ist Herr Keilers mit der Röntgenanlage beschäftigt, die durch ein neues Modell ersetzt werden soll, aber der Austausch nur wenig Zeit kosten darf. Da klingelt das Telefon. Herr Keilers ist im Nebenraum und der

Doktor nimmt selbst ab. „Chaudhuri", meldet er sich. "Brotz-mann hier, Rajeev was machst du heute Mittag? Komm' doch mit zu mir nach Hause, meine Frau hat rheinischen Sauerbraten vorbereitet, dann können wir uns wieder einmal ungezwungen unterhalten." Doktor Chaudhuri willigt ein. Er sagt der Frau See-gert ab. Beide essen sonst im Abonnement in der „goldenen Rü-benhacke", wo er bereits vor vielen Jahren die Servierkünste von Anni Tachyfec erleben durfte. Doch Frau Seegert äußert sofort ihr Verständnis, dass ein Dienstessen mit Herrn Dr. Brotzmann natürlich vorginge.

Der Behälter wird in der Schweißfachabteilung begutachtet. Kopfzerbrechen bereitet allerdings eine an einer Paketschnur be-festigte Bierflasche. Diese ist mit der Paketschnur offenbar bei der Montage des Revisionsflansches eingeklemmt worden. Kalle Kabuffke kennt seine Pappenheimer und beschuldigt sofort Hel-mut Lechmann. Da kommt ihm aber Alfred Bontik zur Hilfe: "Herr Kabuffke, das ist eindeutig ein Montagefehler. Die Bier-pulle gehört nach außen. Das ist wie beim Stapellauf vom Schiff, das habe ich in der ‚Umschau' gesehen. Da wird zur Einweihung auch eine Sektflasche an der Schiffswand zerdeppert." Sein Wortschwall wird brüsk durch das Schreien von Kalle Kabuffke und dem Schweißfachingenieur Diesing übertönt.

Kopfschüttelnd nimmt der Doktor Chaudhuri den Lärm aus der Fachabteilung zur Kenntnis, als er mit dem zweiten Geschäfts-führer zum Parkplatz gehen will. Dr. Brotzmann strahlt: „Man hört es – da wird richtig gearbeitet. Ich sags doch – nichts ist schlimmer als falsche Kumpanei. Da werden dann alle Fehler un-ter den Teppich gekehrt. So weiß ich, hier passt Jeder auf den Anderen auf. Das ist deutsche Wertarbeit."

Gegen Ende der Woche hat die deutsche Wertarbeit deutliche Gestalt angenommen. Herr Burgowski lässt es sich nicht nehmen persönlich bei dem Leiter der Einkaufsabteilung der Gera-Chemie anzurufen um jenem mitzuteilen, dass der Behälter pünktlich ausgeliefert wird. Das hat den großen Vorteil, dass Herr Burgowski sich auch nach dem Fortschritt des Projektes in der Ukraine erkundigen kann. Schließlich umfasst der Auftrag immerhin fast eine Million. Er lässt Kalle Kabuffke ausrufen, damit er bei eventuellen technischen Rückfragen sofort überzeugend antworten kann. Endlich meldet sich nach mehreren Versuchen der Einkaufsleiter am anderen Ende der Leitung. Das Gespräch nimmt jedoch einen unerfreulichen Verlauf. Das Management in Gera müsse leider sehr stark auf die Kosten achten wird ihm beschieden. Das Unternehmen in der Ukraine sei derzeit in erheblichen finanziellen Schwierigkeiten, was man in Gera nicht auffangen könne. Man wolle zwar gern den Prototyp ausgiebig testen, doch müsse das gesamte Projekt auf den Prüfstand. Das Gesicht von Herrn Burgowski verfinstert sich. Das nimmt allerdings nur Kalle Kabuffke wahr. Herr Burgowski muss erfahren, dass für diesen Behältertyp noch ein anderer Anbieter aufgetaucht sei, der ganz aus der Nähe von Nordharingen stamme. Dieser Anbieter hätte ein verbessertes Produkt in peto und sei um ein Viertel günstiger als das Flothe-Werk. Natürlich wolle die Gera-Chemie nicht auf die bewährte Partnerschaft mit dem Flothe-Werk verzichten, aber in diesem Falle müsste das Angebot doch preislich noch einmal gründlich überarbeitet werden.

Es geschieht sehr selten, dass Herr Burgowski sprachlos ist. Nachdem das Telefonat beendet ist, bittet er Frau Seegert um einen Cognac. Doch die Flasche ist leer und als Kalle Kabuffke ersatzweise aus seinen eigenen Beständen einen echten russischen Wodka anbieten möchte, ist es Herr Burgowski, der nun seine Stimme so laut erhebt, dass Frau Tachyfec und Frau Seegert jedes Wort durch die Wand vernehmen können. Die Tür zum Vorzimmer öffnet sich und Frau Wischke junior schaut hinein. Sie fragt: „Wissen Sie, wann der Herr Burgowski auf Dienstreise geht, damit ich dann einmal die Gardinen in seinem Büro waschen kann?" Die beiden Damen reagieren verärgert, denn soeben ist das Gespräch aus dem Chefzimmer leiser geworden und man muss sich sehr anstrengen um es noch zu verfolgen. „Also Ulla, wenn ich so unsere Gardinen anschaue, dann haben die es wohl nötiger. Man will ja bei soviel Arbeit auch einmal aus dem Fenster schauen. Das geht ja gar nicht mehr, so schmutzig sind die. Da fangen Sie erst mal bei uns hier an." Frau Ursula Wischke lässt sich nicht beeindrucken: „Herr Burgowski raucht ja auch nicht. Außerdem ist er ja der Chef." „Ach so, bei uns kommen die Besucher aber als erstes herein. Da kann es wohl wie in einem Saustall aussehen, was?" giftet Frau Seegert, „ ich bin immerhin Chefsekretärin!" Frau Tachyfec trumpft auf: „Und ich bin immerhin die rechte Hand von Herrn Walkner als seine persönliche Buchhaltungsreferenz. Ach, wissen Sie übrigens schon, dass der Herr Keune die neue Freundin von Heinz Hobelmann getroffen hat, so eine blutjunge, ich dachte immer, Sie wären mit ihm zusammen." Frau Wischke wird wütend: „Der Heinz ist ein Schwein, aber den Keune knöpfe ich mir auch vor. Wenn Sie aufhören zu rauchen sind auch Ihre Gardinen fällig." Die Tür fällt laut ins Schloss.

Einige Tage sind seitdem vergangen und die Gemüter beruhigten sich etwas. Bevor aber Dr. Chaudhuri den Heimweg nach Frankfurt antreten kann, muss er sich von Herrn Burgowski verabschieden. Der Bericht ist dieses Mal sehr dünn ausgefallen und er überlegt, wie er unangenehmen Fragen für die nächste Zeit aus dem Weg gehen kann. Er erinnert sich, dass ein Ingenieur aus der Frankfurter Konstruktionsabteilung ursprünglich aus dem Thüringer Chemiekombinat Gera stammt und noch über eine Menge

Verbindungen zur Heimat verfügt. Er erreicht ihn gerade noch telefonisch, bevor der Mitarbeiter in seinen Feierabend entschwindet. Seine Vermutungen werden bestätigt. In der Ukraine ist ein weiträumiger Abriss des alten Werkes geplant. Darin ist auch die Indusan AG involviert. Es heißt, dass Dr. Chaudhuri auch für eine Inspektion dort vorgesehen ist. Die gesamte Abwicklung erfolgt über die Gera-Chemie. Nach diesem Gespräch wird Dr. Chaudhuri sehr nachdenklich. Vom zweiten Geschäftsführer wurde ihm zwischen Sauerbraten und Chardonnay nämlich ein völlig anderes Angebot unterbreitet. Dr. Brotzmann schlug vor, dass sie Beide als Consultant für ein internationales Nordharinger Ingenieurbüro das Projekt in eigener Regie abwickeln und dafür eine Summe kassieren könnten, die ausreicht, um einen sorglosen Lebensabend zu verbringen. Was ihn aber daran störte war die Tatsache, dass er weder das Ingenieurbüro kannte, noch die Rolle des zweiten Geschäftsführers komplett durchschaute. Er beschließt in den sauren Apfel zu beißen und sich vor Ort in dem Abrisswerk umzuschauen. Das will er en passant dem Herrn Burgowski mitteilen.

Im Vorzimmer hat sich die Lage entspannt. Das Auftreten des Doktors wird mit viel Aufmerksamkeit bedacht. Er muss nochmals die Vorzüge von Haferstrohtee erklären, da der Diplomand nur Haferstroh aus dem Pferdestall von Bauer Bollenschroth beschaffen kann. Um das Thema schnell zu beenden, preist der gefragte Wissenschaftler besonders die Wirkung des Haferstrohs an, welches mit den Pferden direkt in Berührung kam. Als Dank erhält er den Tipp gegenüber Herrn Burgowski sehr sensibel zu reagieren, da Jener eine besonders üble Laune besitze.

Herr Burgowski wird nach den anfänglichen belanglosen Worten des Doktors mit einem Mal besonders hellhörig. „Wenn Sie da in der Ukraine sind, dann schauen Sie sich doch einmal um, wer uns da noch in die Suppe spucken könnte. Von Gera-Chemie habe ich erfahren, dass ein weiterer Wettbewerber aufgetaucht ist, der unsere Preise unterbietet. Es soll ein Unternehmen aus der Nähe von Nordharingen sein. Nicht, dass Sie das sind, der da jetzt hinfährt und uns etwa Konkurrenz machen will!" Es sollte scherzhaft klingen, doch der Doktor glaubt einen drohenden Unterton herauszuhören. Deshalb will er beschwichtigen. „Davon habe ich auch schon gehört. Das soll ein Ingenieurbüro sein. Ich werde mich dort umhören und sobald ich etwas weiß, mach' ich Meldung." Das Gespräch endet mit guten Wünschen für viel Erfolg. Sonst ist Dr. Chaudhuri erleichtert, wenn er das Ortsschild Nordharingen hinter sich lassen kann, doch dieses Mal spürt er eine innerliche Unruhe.

Herrn Burgowski lässt die Angelegenheit keine Ruhe. Von einem Ingenieurbüro, welches nun zufälligerweise in derselben Branche tätig ist und obendrein noch in der Nähe angesiedelt ist, hat er noch nie gehört. Er beschließt den Vertreter des schwedischen Lieferanten der speziellen Rührwerke für den Topefix anzurufen und hofft dabei etwas herauszufinden. Herr Reinold hat stets ein offenes Ohr für die Anliegen des Flothe-Werkes. Immerhin sichern ihm eine konstante Abnahme der schwedischen Rührwerke seine Provision. Doch der Anruf des Geschäftsführer Burgowski stimmt ihn bedenklich. Auf eine vorsichtige Nachfrage, ob der spezielle Rührertyp jetzt häufiger in Deutschland nachgefragt wird, reagiert er mit leichten Übertreibungen. Er streicht noch einmal die technologische Überlegenheit der schwedischen Rührwerke heraus und dass es immer mehr Interessenten in Deutschland gäbe, sodass man auch schon mit längeren Lieferzeiten rechnen müsse. Herr Burgowski versucht während des Telefongesprächs immer wieder einzuhaken und weitere Informationen zu ergattern. Das macht den Generalvertreter Reinold indessen selbst misstrauisch. Er weiß auch nicht recht, wie er darauf reagieren soll und beschließt dem Gespräch eine andere Wendung zu geben, um es zügig zu beenden ohne den Kunden zu verärgern. „Herr Burgowski, wegen der von Ihnen ins Auge gefassten Rührwerke brauchen Sie sich doch gar keine Gedanken zu machen. Darüber habe ich doch schon in der letzten Woche mit Herrn Dr. Brotzmann ausführlich gesprochen." Die Wendung ist gelungen. Herr Burgowski beendet sehr schnell das Gespräch. Er wählt den Apparat im Büro des Betriebsleiters. Kalle Kabuffke hat gerade den ersten Schluck aus der Bierflasche genommen und rülpst heftig, als der Apparat läutet. Der Chef will von ihm wissen, seit wann sich der Herr Dr. Brotzmann um die Rührwerke kümmert. „Herr Burgowski, da fragen Sie mich zu viel. Normalerweise vereinbare ich die Lieferfristen direkt mit dem Vertreter Reinold. Ich kann bei größeren Aufträgen die Teile gar nicht im Lager gebrauchen. Wir haben doch so wenig Platz. Haben wir denn den Auftrag?" Herr Burgowski verneint und berichtet den Inhalt des Gespräches mit dem Vertreter. „Dr. Brotzmann hat doch eigentlich gar nichts mit der Fertigung zu tun. Der verwaltet doch nur noch die Unterlagen vom alten Tope, oder besser gesagt, sein Assistent der Werner Bosskamp. Aber das wissen Sie ja besser als ich."

Herr Burgowski legt auf. Gefreut hatte er sich auf die Golfpartie mit dem Leiter der Sparkasse Worthlar. Den neuen Golfplatz in Kriebenburg einmal ausprobieren – dazu hatten sich die Beiden entschlossen. Aber es schien, als ob ein Schatten auf das Freizeitvergnügen gefallen wäre. Sein Blick gleitet aus dem Fenster, an der Ecke steht ein LKW, der unter vielen „Haurucks" und „Nun los doch!" mit dem Topefix Behälter beladen wird. Er schüttelt den Kopf. „Man muss abwarten", sagt er sich, doch das vermag er selbst am wenigsten.

Zum Ende der Woche sind die Duschkabinen in der alten Kaue besonders gut ausgelastet. Ursula Wischke braucht dafür doppelt so lange, bis sie sich auch in das Wochenende verabschieden kann. Kurt Keune hatte am Nachmittag mit etwas Korn seinen Magen aufgeräumt und die letzte Flasche Bier gibt ihm so richtig das gute Gefühl endlich nach Hause fahren zu können. Da erblickt er Ulla Wischke und das Mädchen fällt ihm wieder ein. „Ulla, was macht denn der Heinz Hobelmann", fragt er scheinheilig. Sie klatscht den Scheuerlappen auf den Boden: "Als ob du das nicht genau weißt. Alle Männer sind doch Schweine." „Ach, da meinst du bestimmt den jungen Keilers. Aus dem werde ich auch nicht schlau." „Den lass man in Ruhe, der hört mir wenigstens zu, im Gegensatz zu dir, du willst dich ja nur lustig machen über mich." Noch bevor eine Antwort erfolgen kann, kommt mit lautem Dröhnen Alfred Bontik die Eisentreppe herunter. „Mahlzeit, die Herrschaften und ein schönes Wochenende, Kollege du noch hier? Machst wohl Überstunden." Kurt Keune giftet: „Ja, damit ich das, was du hier nicht geschafft hast, abarbeiten kann." Ulla Wischke kümmert sich nicht um den Streit: „Herr Bontik, kommen Sie nächste Woche wieder zu uns?" Der Angesprochene kneift ein Auge zu und versucht sich unwiderstehlich zu geben: „Schon allein Ihretwegen würde ich sofort weiter arbeiten, selbst wenn manche Kollegen hier etwas unfreundlich sind. Aber ich habe einen neuen Einsatzort bei einer wichtigen Firma in Nordharingen. Maschinenbau und so." Kurt Keune stutzt. Von einem solchen Unternehmen hat er noch nie gehört: „Wie heißt denn die Klitsche, die so was wie dich beschäftigt?" „Klitsche", schnaubt Alfredo, „da werde ich als gelernter Handwerker beschäftigt. 'F und S' heißt der Betrieb, aber davon verstehst du ja als Maurer nichts." In diesem Augenblick läuft Herr Burgowski über die Arbeitsbühne, er hatte aber genügend Zeit die letzten Sätze aufzuschnappen. Doch ihm ist ein solcher Betrieb auch nicht geläufig. Er beschließt einfach seinen Golfpartner danach zu fragen.

Kurt Keune ist längst zu Hause in Wehrstedt angelangt. Da fällt der Herr Keilers fast über den Wassereimer, den Ulla Wischke neben der Treppe postiert hat. „Passen Sie auf Herr Keilers, sonst gibt es ein Unglück." Das war natürlich stark übertrieben, doch Frau Wischke nutzt die Gelegenheit ihrem Ärger über Kurt Keune und Heinz Hobelmann Luft zu machen. „Stellen Sie sich das mal vor. Eineinhalb Jahre bin ich mit dem Kerl zusammen gewesen. Ich habe immer gesagt, lass uns doch zusammenziehen. Ich habe die schöne Wohnung im ersten Stock und du haust da in der feuchten Kate an der Hauptstraße. Sogar neue Möbeln wollten wir uns besorgen. Aber er wollte nicht. Stattdessen habe ich tagelang nichts von ihm gehört. Ich dachte, jetzt gehst du mal zu ihm und fragst, was los ist. Ich hatte ja den Wohnungsschlüssel von ihm. Ich mache die Tür auf und irgendwie hatte ich das Gefühl, da sind mehr Leute in der Wohnung. An der Garderobe ein Anorak, der nicht von ihm war. Ich gehe schließlich ins Schlafzimmer. Da liegt der doch mit so einer Blutjungen, keine fünfzehn, im Bett. Heinz, sage ich, was ist das denn? Wer ist denn die Göre da? Da antwortet der mir doch: „Na das ist doch meine Nichte. Ich habe dir von ihr erzählt und sie hat einen Fieberanfall bekommen – so mit Schüttelfrost, sieht echt nach was ernstem aus. Da habe ich sie ein wenig gewärmt." Da wurde ich so wütend, dass ich ihn anschrie und meinte: ‚Hoffentlich steckst du dich an und gehst bei drauf!' Der hat mir nie im Leben von einer Nichte erzählt, so was. Herr Keilers, das ist doch wohl ein starkes Stück."

Herrn Keilers fällt es zunehmend schwerer eine interessierte Miene zu zeigen, er platzt innerlich fast vor Vergnügen. In diesem Augenblick erscheint Dr. Brotzmann und strebt sichtlich in Eile dem Ausgang zu, ohne die Beiden eines Blickes zu würdigen. „Ach, Herr Doktor, nun haben Sie sich aber den Feiertag verdient", ruft Frau Wischke. Herr Keilers ergänzt: „Herr Chaud-

huri hat bei mir einen Aktenordner mit der Aufschrift ‚Ukraine'
für Sie liegen gelassen. Den kann ich Ihnen ja am Montag zukommen lassen. Das Projekt liegt ja im Moment auf Eis." Dr.
Brotzmann wird hellhörig. Er ärgert sich, weil der Keilers nach
alter Akademikersitte auf die Anrede „Herr Doktor" verzichtet.
Schließlich hat man ja eine gewisse Position in dem Betrieb. Das
Stichwort Projekt Ukraine elektrisiert ihn. „Das können Sie überhaupt nicht beurteilen. Verfahren Sie mit ihren Werkstofftests
auch so? Das lässt ja tief blicken. Geben Sie mir das Aktenstück
augenblicklich!" Herr Keilers bleibt verbindlich. „Da gehen wir
am besten gleich in mein Labor." Dr. Brotzmann beruhigt sich
etwas und möchte versöhnlicher klingen: „Das ist nämlich dann
meine Wochenendbeschäftigung." „Ja ja, Herr Doktor, die Arbeit
höret nimmer auf", pflichtet Frau Wischke ihm bei. Im Labor der
Herren Keilers und Chaudhuri schaut der erst so eilige zweite
Geschäftsführer genauer in den Ordner, blättert verschiedene Seiten um, aber er verkneift sich jeglichen Kommentar. Die Unterlagen muss sich Dr. Chaudhuri in der Woche aus Frankfurt haben
kommen lassen. Er ärgert sich, als er die Mitteilung über den Ko-
operationsvertrag zwischen der Indusan AG in Frankfurt und der
Gera-Chemie liest. Das hatte er doch völlig vergessen. Nun wird
es schwieriger das Projekt an dem Unternehmen vorbei auf eigene Rechnung abzuwickeln. Von Herrn Keilers verabschiedet er
sich mit den Worten: „So, jetzt weiß ich doch schon etwas genauer, womit ich den Sonnabend zubringen werde". Herr Keilers
heuchelt Anteilnahme, denn den Inhalt des Vorganges hatte er
sich direkt nach Abreise des „indischen Wanderpredigers" angesehen. Nur wurde er noch nicht schlau daraus, warum es soviel
Wirbel darum gab. Jetzt weiß er mehr und ist überzeugt, dass
wohl ein krummes Ding gedreht werden soll. Aber das geht ihn
nichts an.

Am Sonnabend herrscht ein schönes Spätsommerwetter. Es ist nicht zu heiß, Altweibersommer halt. Wolfgang Burgowski sitzt mit dem Leiter der Sparkasse Worthlar auf der Terrasse des Golfcasinos und sie genießen eine Scheurebe. Fridolin Steinmann übt noch nicht lange diese Führungsposition aus. Doch er stammt aus Huhnheim und ist in vielen Vereinen aktiv. Herr Burgowski lenkt das Gespräch auf Neugründungen technischer Unternehmen in der Umgebung. Wie es in letzter Zeit im Maschinen- und Anlagenbau damit aussähe, möchte er von Fridolin Steinmann wissen. Der fühlt sich geehrt: „Wir haben in den letzten Jahren ja eine erfreuliche Gründungswelle im Bereich der ‚Ei-Tieh' zu verzeichnen. Sicherlich auch technisch, da ist auch ein Unternehmen mit Roboterbau dabei, die „Apparatomatronik GmbH", wie Sie ja sicherlich wissen. „Jaja, Herr Steinmann, weiß ich doch, aber direkt in unserer Branche, da habe ich lange nichts mehr gehört." „Da haben Sie recht", pflichtet Herr Steinmann bei, „aber seit der Tope – Pleite hat sich da nichts getan." Wolfgang Burgowski nickt: „Ein Jammer, war ein begabter Tüftler. Aber, das allein reicht nicht zum erfolgreichen Unternehmer. Was macht der jetzt eigentlich?" Der Sparkassenleiter zuckt die Achseln: „Keine Ahnung, ein Jagdfreund meines Vaters hat ihn einmal bei dem Hubertusball gesprochen. Es scheint, er privatisiert – also lebt von der Substanz, wenn Sie wissen, was ich meine. Uninteressant für uns." „Ich habe vor ein paar Tagen von einem Kunden erfahren, dass es ein Ingenieurbüro ganz in der Nähe von Nordharingen geben soll, die auch auf unserem Arbeitsgebiet tätig sind." Fridolin Steinmann überlegt: „Wir hatten letztens eine Kreditanfrage, da ging es um eine Vergrößerung einer Werkstatt. Es hieß, es soll eine Werkhalle daraus entstehen. Das war eine lächerliche Summe. Mit so etwas geben wir uns nicht ab. Außerdem ist der Eine von diesen Geschäftsleuten schon einmal baden gegangen. Das war eine ganz böse Geschichte. Da ging es um Werkspionage bei einem sehr guten Kunden von uns. Wie heißt denn der Laden noch? Ach, ich habs: 'F und S' heißt die Bude. Der da Baden ging, der heißt auch noch Schummel, passend nicht wahr?"

Die folgenden drei Wochen gestalten sich ruhig. Der Prototyp ist wohlbehalten bei der Gera-Chemie eingetroffen, doch gab es noch hier und da kleine Beanstandungen. Eine davon betraf eine Paketschnur, die man absolut nicht einer Funktion zuordnen konnte. Dr. Chaudhuri war nun schon über zwei Wochen in der Ukraine und hatte nur einmal Gelegenheit zu einem Telefonat mit dem Geschäftsführer, was zudem noch sehr schlecht verständlich war. Die Sprache von Dr. Chaudhuri klang sehr verwaschen und litt unter starken Artikulationsstörungen, lediglich das „na sdorov'e tovarish" und ein anschließendes Klirren von Gläsern war sehr deutlich zu hören. Herr Burgowski legte sichtlich irritiert den Hörer auf, doch blieb ihm keine Zeit nachzudenken, weil Kalle Kabuffke in das Büro stürmte, dessen Gesicht nach verhagelter Petersilie, samt Dill und Schnittlauch ausschaute. Einer der Arbeiter war von einem selbstgebauten Gerüst aus zwei Haushaltsleitern abgestürzt und droht nun für zwei Wochen auszufallen. Herr Burgowski erteilte dem Betriebsleiter die Genehmigung wieder eine Aushilfskraft einzustellen. Der folgte der Anweisung unverzüglich und fragte bei Niels Wilhelmsen nach dem Mann, der doch neulich schon im Flothe-Werk beschäftigt war. Niels Wilhelmsen bedauerte, dass der Handwerker Alfred Bontik im Moment anderweitig aushelfe. Nachdem der Betriebsleiter in ihn drang, versprach er bei „F und S" nachzufragen, ob der Mann für die folgende Woche entbehrlich sei. Das berichtete der Betriebsleiter auch Wolfgang Burgowski, der allerdings bei der Nennung der Firma hellwach wurde. „Den knöpfen wir uns einmal vor", meinte er, „aber seien Sie nett zu ihm. Der muss uns genauestens erzählen, was die in dem Laden dort machen." Kalle

Kabuffke bekräftigte die Meinung seines Chefs. „Ich weiß auch schon, wie ich den zum Reden bringe."

Die folgende Woche beginnt mit der Einweihung der neuen Röntgenanlage im Labor Keilers. Frau Tachyfec will wissen, ob man damit auch die Schuhe durchleuchten kann, wie früher im Schuhhaus Leipold, denn ihre neuen „Pömps" würden fürchterlich drücken. Herr Walkner betrachtet sehr genau die Anlage und kommentiert dies mit: „Na, dann können Sie ja so richtig arbeiten damit. Tüchtig, tüchtig." Dr. Brotzmann zeigt kein Interesse, er will wissen, ob man was von Dr. Chaudhuri gehört habe. Herr Keilers muss passen. Doch Frau Seegert hat die Frage mitgehört und gibt sich eifrig: „Herr Doktor, da ist gestern ein Fax gekommen aus Frankfurt. Das war an Sie gerichtet, aber wegen der guten Ordnung habe ich es erst einmal dem Herrn Burgowski in die Mappe gelegt. Das bekommen Sie sicherlich, wenn er das durchgelesen hat." Dieser Eifer hilft der Chefsekretärin leider gar nichts. Dr. Brotzmann explodiert. Seit wann denn seine Post kontrolliert werde, ob es nicht ausreiche, dass er stellvertretender Geschäftsführer sei. Was Sie sich einbilden würde ein Fax, das an ihn gerichtet sei so einfach anderen Leuten vorzulegen. Sie solle sich ja in Acht nehmen, das habe ein Nachspiel. Er knallt die Tür vom Labor zu. Sigrid Seegert ist einerseits am Boden zerstört, andererseits regt sich in ihr erster Trotz. „Ich weiß gar nicht, was der hat, Herr Keilers. Da stand doch nicht viel drin. Ich habe nur gelesen, dass die Fundamente, wo unsere Behälter aufgebaut werden sollen, alle schon fertig sind und nur noch angeschlossen werden müssen. Was hat denn der?" Der Angesprochene gibt sich Mühe aufrichtige Anteilnahme auszudrücken: „Warten Sie ab, wenn der Herr Doktor Chaudhuri kommt, dann hat er bestimmt auch etwas Beruhigendes mit „Ying und Yang, oder tibetanische Klangschalen, die man Dr. Brotzmann auflegen kann als Heilungsmöglichkeit von postanalen Wutschüben." Frau

Seegert ist unsicher, irgendetwas kommt ihr bei diesem Ratschlag nicht echt vor. Daher beschließt sie lieber eine misstrauische Miene aufzusetzen und verschwindet aus dem Labor. Herr Keilers ist jetzt allein und kann sich beruhigt in seinem Bürostuhl zurücklehnen. „Eine interessante Konstellation", sagt er sich.

Wolfgang Burgowski arbeitet sich durch die Eingangspost. Akribisch studiert er die „Geheimen Nachrichten aus Politik, Wirtschaft und Recht". Das ist ein teures Abonnement für je zwei DIN A4-Seiten, die eng bedruckt mit einem pompösen Briefkopf versehen sind. Es zeigt eine Zeichnung des Schlosses von Hundeluft, welches der Schwiegersohn des Grafen Pieselke bewohnt. Es ist ein Freiherr von Wippra, der nach dreißig Semestern an der Wirtschaftshochschule in Freudenstadt nicht mehr die Studiengebühren bezahlen konnte und sich nun ein Zubrot mit der kostenpflichtigen Verbreitung von Gerüchten verdient. Herr Burgowski sieht sich nach der Lektüre in seiner Meinung bestätigt. Die Sozis können mit Geld nicht umgehen und wenn es nach den Grünen ginge, dann müsste das Flothe-Werk zu einer Tofu-Fabrik umgebaut werden. Da fällt sein Blick auf das Fax, welches an die Geschäftsleitung und zu Händen des Herrn Dr. Brotzmann gerichtet ist. Jetzt steigt die Zornesröte in ihm hoch. Damit hatte er nicht gerechnet. Das bedeutet also, sagt er sich, dass die sofort die Behälter aufstellen und in Betrieb nehmen können. In ihm beginnt es zu kochen. Seine Gedanken kreisen nur noch um das Projekt. Uns lässt man in dem Glauben, dass sich das Projekt noch um Monate hinauszögert. Jetzt reicht es ihm. Erschrocken blickt er um sich herum. Er hatte das soeben nicht nur gedacht, sondern laut ist es aus ihm heraus gebrochen. Aber niemand hörte es. Im Vorzimmer ist ein nicht zu überhörendes Geschnatter zu vernehmen. Normalerweise geht es dann um wichtige Dinge, wie man Tischwäsche richtig sauber kriegt. Doch jetzt hört er so etwas wie „Sie haben doch eine kleine Körbchengröße", „Vielleicht mehr kalte Waschungen, dann hängt das bei Ihnen nicht so". Es wird immer lauter, Herr Burgowski beschließt nach dem Rechten zu sehen. Er reißt die Tür auf und kann gerade noch sehen wie sich Frau Tachyfec den Pullover wieder herunterzieht. Es ist totenstill. Ihm ist die Situation peinlich, aber gleichzeitig schwirrt ihm noch die Behälterfertigung im Kopf herum. Beiläufig erwähnt er: "Man braucht eine geeignete Stützkonstruktion", und schließt die Tür.

Kalle Kabuffke hat auf seinem Zeichenbrett noch die Ansichten der Stützkonstruktion für den Prototyp angeklebt. Die will sich der Chef nun ansehen, weil ihn ein plötzliches Misstrauen befallen hat. Im Büro trifft er den Betriebsleiter in heftiger Unterhaltung mit einem Mann um die vierzig, dem eine schwarze Stirnlocke ins Gesicht fällt. „Wie Elvis Presley nach drei durchzechten Nächten", denkt er. Die Beiden halten inne. Der gealterte Elvis Presley tönt: „Kalle, schenk mal unserm Boss auch einen ein. Das ist Wodka vom Feinsten." Ehe sich Herr Burgowski wehren kann, steht vor ihm ein Limonadenglas, das zu einem Drittel mit reinem Wodka gefüllt ist. „Das kommt direkt vom Iwan. Da war Einer von meiner Firma in der Ukraine und hat das Tröpfchen durch den Zoll geschmuggelt und mir persönlich geschenkt, weil ich ein gelernter Handwerker und guter Arbeitskamerad bin. Ich habe die Flasche heute für meinen Einstand mitgebracht" Kalle Kabuffke stehen die Schweißperlen auf der Stirn. Seine Augen sind rot und er gibt sich freudig beflissen. „Herr Burgowski, wenn ich Ihnen Herrn Alfred Bontik vorstellen darf, er wird jetzt eine Weile für uns arbeiten. Seine Firma „F und S" hat ihn an uns ausgeliehen. Wir sind gerade inmitten einer Dienstbesprechung." Die Zunge vom Betriebsleiter ist schon schwer und nun braucht Wolfgang Burgowski wirklich einen Schluck. Er schüttelt sich, weil er Schnäpse eigentlich nicht mag. „Aber jetzt keinen Fehler machen", denkt er. „Herr Kabuffke, das sind doch die Zeichnungen für die neue Serie, die in den Export gehen soll. Haben wir diese Zeichnungen schon in der Datenbank katalogisiert?" Der Angesprochene schüttelt den Kopf. Nein, die Änderungen mache ich immer erst per Hand. Das mit dem CAD-System ist zu hoch für mich. Wir haben doch den Diplomanden, der hat mir versprochen die Zeichnungen im PC zu verändern. Er ist aber bisher noch nicht dazu gekommen. Nachdenklich schaut Herr Burgowski auf die Zeichnungen. „Herr Kabuffke, wir haben doch die Auflagepunkte für die Stützen völlig verändert gegenüber dem Serientyp." „Ja, das stimmt – aber nur teilweise. Wir haben das nicht vollständig geändert, obwohl schon der Tope diese Veränderung in seiner neuen Modellreihe eingearbeitet hatte. Seine neue Aufstellung ist viel schwingungsärmer aber erheblich teurer. Deshalb waren Sie ja auch dagegen." „Geld regiert die Welt!", wirft Alfred Bontik ungerührt ein. „Was wissen Sie denn schon davon", herrscht der Geschäftsführer den sich auf dem Bürosessel lümmelnden Alfredo an. „Ich bin gelernter Handwerker eben, eine Spitzenkraft – ohne Geld läuft da nichts. So, Kalle ich will mal wieder los und wenn du wissen willst, warum der Ferdi Fummel genau die gleiche Zeichnung in der Werkstatt hängen hat, dann merke dir mal – alles hat seinen Preis und den Wodka nehme ich lieber wieder mit. Denn unser Chef weiß anscheinend nicht, was gut ist." Er greift zu der noch zu einem Drittel gefüllten Flasche und verabschiedet sich mit einem kurzen Kopfnicken von dem verblüfften Wolfgang Burgowski.

Der wendet sich empört an seinen Betriebsleiter: „Wen haben Sie denn da ausgegraben? So etwas Impertinentes ist mir noch nicht begegnet." „Das ist der beste Freund von Helmut Fechmann." „Ach so, das ist doch auch so ein Trunkenbold." „Herr Burgowski, den müssen Sie halt so nehmen, wie er ist. Schade, ich war kurz davor herauszukriegen, wie das Ding eingefädelt wurde. Offen gesagt haben Sie das verbockt." „Das nennen Sie verbockt?

Sie lassen sich mit billigem Fusel bestechen und beschäftigen so ein Gesindel, wahrscheinlich hat der die Zeichnungen geklaut und zu diesem, wie hieß der? Fummel? Das ist doch Quatsch. Der Firmeninhaber ist ein Herr Schummel. Das habe ich nämlich durch exzellente Beziehungen heraus gefunden." „Ach, Sie meinen wohl den Herrn Steinmann von der Sparkasse, mit dem wollten Sie doch Golf spielen." „Ja genau den meine ich, aber Sie haben ja ihren Fummel." „Was glauben Sie wohl Herr Burgowski, warum die Firma „F und S" heißt?" Herr Burgowski lässt sich jetzt ächzend in den Bürosessel fallen: „Ich gebs auf. Also, was nun?" Eine geraume Zeit lang schweigen sich die Männer an. Schließlich bricht Kalle Kabuffke das Schweigen: „Der Bontik irrt sich vielleicht. Ich glaube nicht, dass er die Zeichnungen lesen kann. Aber, woher weiß der Chaudhuri eigentlich, wie die Fundamente für den Topefix aussehen? Das ist doch gar nicht sein Fachgebiet? Der würde sie doch eher als Betonklötze ansehen, wo irgendetwas später aufgebaut wird. Nein, der weiß mehr, als wir denken. Als ich mir die Originalzeichnungen vom alten Tope aus dem Archiv holen wollte, gab es nur Blaupausen davon. Schon merkwürdig. Unser Archivverwalter Bosskamp berichtete mir, dass unser Dr. Brotzmann ebenfalls vor ein paar Tagen danach gefragt hatte und es sehr eilig damit hatte. Der Bosskamp war aber gerade unabkömmlich und erklärte ihm, wo die Zeichnungen zu finden sind, weil Brotzmann meinte, er würde dann halt selber suchen müssen. Bosskamp wunderte sich etwas über diese Eile." Wieder breitet sich für ein paar Minuten Schweigen aus. Jetzt ist es Wolfgang Burgowski, der den Gesprächsfaden wieder aufnimmt. „Der Steinmann von der Sparkasse, ein sehr aufstrebender junger Mann, der ausgesprochen tüchtig ist…" „Vor allem tüchtig eingebildet", unterbricht der Betriebsleiter, „der verehrte Herr Schummel war früher als leitender Ingenieur in der Konstruktionsabteilung auf der Mathildenhütte beschäftigt. Die haben nebenbei einen ganz erfolgreichen Dosierautomaten für die Produktion entwickelt und den an andere Firmen auch verkauft. Schummel hat die Unterlagen mitgehen lassen, bevor sie ihn rausschmissen und dann mit seinem Kompagnon dem Ferdinand Fummel munter die Maschine weiter produziert. Das ging zwei Jahre gut und dann gewann die Mathildenhütte den Prozess. So Einer ist das nämlich. Das weiß ich aber auch erst seit einer Woche. Den ehemaligen Betriebsleiter von Tope habe ich bei dem Festkommers zum Feuerwehrjubiläum in Kriebenburg getroffen. Lakemann heißt der und er hielt mit seiner Meinung über die Firma 'Fummel und Schummel' nicht hinter dem Berg. Da stieß dann auch noch der Tope zu uns, dem das gar nicht recht war, dass wir uns über diesen Laden unterhielten. Ich könnte mir vorstellen, dass der die Originalzeichnungen seiner letzten Entwicklung alle eingesackt hat und uns allenfalls nur die Blaupausen überließ. So wird ein Schuh draus."

Wolfgang Burgowski nickt: „Das kann schon sein, aber warum kümmert sich der Chaudhuri um die Angelegenheit? Der soll doch die Abbrucharbeiten dort begutachten. Außerdem, warum schickt er ein solches Fax an den Brotzmann?" Kalle Kabuffke begreift noch nicht, was das Fax bedeuten soll. Der Chef erklärt es ihm. Am Ende jedoch beschließen sie noch ein wenig den Alfred Bontik zu bearbeiten.

In der „goldenen Rübenhacke" herrscht eine feierliche dörfliche Stimmung. Der 1. Vorsitzende des Männergesangsvereins soll gestürzt werden. Anlass dazu ist ein Antrag der Opposition von der Bergwerkssiedlung. Herr Wischke ist empört und schwenkt seinen Hut, ohne den er nie das Haus verlässt. Seine Invalidität, die einem Unfall in der Sandgrube geschuldet ist, verschafft ihm reichlich Zeit sich um die gewichtigen Vereinsaktivitäten zu kümmern, ohne die ein anständiges Dorf nicht leben kann. Niels Wilhelmsen steht am Rande der Theke und bildet gewissermaßen eine Kommunikationsbrücke zu Alfredo, Peter Schrillke und

Helmut Fechmann. Alfred Bontik ist gerade erst dazu gestoßen und erfasst noch nicht die Tragweite der Debatte, die zeitweise sehr laut und alkoholisch unartikuliert geführt wird. „Was iss'n hier los", fragt er Peter Schrillke. „Weiß ich nicht, ich habe Rückenschmerzen und kann den Kopf kaum dahin drehen. Diese Unkräuter und die Kollegen sprechen nur polnisch." Helmut Fechmann beeilt sich Alfredo aufzuklären." Nee, das ist kein polnisch, es geht um das Grillfest." „ich mein' ja auch die Kollegen auf Arbeit du Held", unterbricht Peter Schrillke. Alfredo ist immer noch nicht im Bilde: "Waren die auch auf dem Grillfest? Da haben sie wohl Marienlieder gesungen." Helmut Fechmann beschließt noch etwas mit der Erklärung zu warten: „Ich habe so eine trockene Kehle, ich kann gar nicht sprechen." Doch, bevor Alfredo seine Geldbörse zücken kann, dreht sich Niels Wilhelmsen um und meint: „Sangesbruder Wischke gibt ne Runde Bier aus", und reicht ihnen drei Pilsener herüber. Nach einem kräftigen Schluck beginnt Helmut Fechmann:

„Auf dem Grillfest gab es zwei verschiedene Sorten Bratwurst und die Frau vom Kassenwart hat für den Vorstand einen Extrasalat mitgebracht. Ich habe beide Bratwürste probiert. Kein Unterschied im Geschmack, aber die vom Vorstand hatten die längeren Bratwürste. Dabei mussten alle den gleichen Beitrag für das Grillen leisten." Peter Schrillke schaut prüfend durch seine Brillengläser: „Ich wusste ja gar, nicht dass du so gern singst und im Vorstand biste ja auch nicht." Helmut nickt: „Richtig, für so was habe ich ja gar keine Zeit, aber meine Schwester Gerda wollte nicht mit und mein Schwager ist doch schon dreißig Jahre aktives Mitglied. Da bin ich eben für die Gerda mitgegangen." „Das sieht dir ähnlich", entgegnet Alfredo. „Niels Wilhelmsen wendet sich an ihn: „Wie läuft es denn so mit der Arbeit?" Alfredo antwortet mit stolz geschwellter Brust. „Super, sage ich dir. Zum Einstand habe ich dem Betriebsleiter sogar meinen Wodka mitgebracht. Echter russischer vom feinsten, steht jedenfalls auf der Pulle. Der wollte alles über meine Arbeit bei 'Fummel und Schummel' wissen. Das verstehe ich nun gar nicht. Was interessiert den, ob ich da ein paar Träger entroste und anschließend mit Grundierung streiche. Da habe ich ihm erzählt, dass die auch solche Behälter fertigen, wo ich neulich noch mit Helmut im Werk dran gearbeitet habe. Dann kam mit einem Mal der oberste Chef und hat mich auch noch ausgefragt. Da habe ich denen noch gesteckt, dass ich die gleichen technischen Zeichnungen auch bei 'Fummel und Schummel' gesehen habe. Da haben die aber ganz dumm ausgeschaut." Helmut schüttelt den Kopf: „Du kannst doch gar keine Zeichnungen lesen." „Woher willste das wissen", fährt Peter Schrillke dazwischen. „Alfred ist ein gelernter Handwerker. Die können alles und ich bin immerhin eine Pinselfachkraft." Alfredo beschwichtigt: „Ehrlich gesagt habe ich das nur an dem Kasten gesehen, wo die Namen der Zeichner und das Datum und anderes eingetragen wird. Das war eine Zeichnung, die hat noch die Elvira Tope angefertigt, als sie bei ihrem Vater in der Konstruktion „technische Zeichnerin" lernte. Aber, auf beiden Zeichnungen war noch ein Name, von diesem Fatzke da im Flothe-Werk. So ein Doktor Rotzmann oder so." Niels Wilhelmsen hat die letzten Worte mitgehört und wird amtlich: „Alfred, das will ich nicht hören, du das ist Doktor Brotzmann, der stellvertretende Chef. Leg dich ja nicht mit dem an, sonst gibt's Ärger." „Ich habe ja noch nie mit dem gesprochen, ich habe doch nur seinen Namen auf den Zeichnungen gelesen", verteidigt sich der Zurechtgewiesene.

„Die Elvira hatte es dir ja schon immer angetan", neckt ihn Peter Schrillke. Alfredo nimmt einen Schluck aus dem Glas und nickt würdevoll. „Die stand schwer auf mich. Ich habe extra versucht in die Abteilung von ihr zu kommen, aber sie stand ja unter Beobachtung vom Alten." Er streicht über seine Haare, „noch heute zwinkert sie mir zu, wenn wir uns auf der Straße begegnen." Helmut Fechmann wiegt sein Haupt: "Das muss dann aber schon lange her sein. Die ist doch schon vor fünf Jahren ins Ruhrgebiet verzogen." Jedoch bevor dieses interessante Gespräch beendet werden kann, verkündet Herr Wischke: „ Liebe Sangesbrüder! Wir stehen fest wie die deutsche Eiche, uns eint die Liebe zur Musik und des harmonischen Zusammenseins. Darum müssen wir den Vorstand und seine Marionetten stürzen. Es darf nicht sein, dass die besseren Herren aus dem Neubaugebiet sich Extrawürste braten. Wer mit mir einer Meinung ist, stoße an. Prost und Hurra!"

Am nächsten Morgen kühlt sich Niels Wilhelmsen seinen Kopf. Das Gespräch der drei am gestrigen Abend in der „goldenen Rübenhacke" geht ihm nicht aus seinem Brummschädel. „Hoffentlich baut der Alfredo keinen Bockmist", denkt er sich. Er hat keine Lust beide Firmen aus seiner Kundenliste zu streichen. So beschließt er einmal bei dem Unternehmen „Fummel und Schummel" hereinzuschneien. Als er auf dem Parkplatz vor der Bürobaracke parkt, fällt ihm auf, dass die Rostlaube von Arno Tope neben einem BMW mit ostdeutschem Kennzeichen steht. Im Büro herrscht Hochbetrieb. Frau Schmittski möchte gerade Niels Wilhelmsen abwimmeln, da erblickt ihn Ferdinand Fummel: „Niels, komm' mal gleich rein. Wir haben hier ein Problem, da musst du uns helfen." Siegfried Schummel steht auf und er findet im Chefbüro zwei andere Herren in dunklen Anzügen vor. „Herr Doktor Eifel und Herr Pfützner, darf ich Ihnen unseren Transportunternehmer und Personaldienstleister Herrn Wilhelmsen vorstellen. Er kann uns bei der Abwicklung des Auftrages behilflich sein." Die zwei Herren schauen kurz zu ihm hinüber und beugen sich wieder über die Zeichnungen. Für Niels Wilhelmsen wird auch ein Stuhl herbei geschafft und er bekommt einen Platz, wo er einen Blick auf die Zeichnungen werfen kann. Tatsächlich steht in der Zeichnungslegende der Name von Elvira Tope und deutlich ist auch Dr. Brotzmann zu lesen. Arnold Tope tupft mit dem Finger auf eine Stelle in der Zeichnung: „Das hat der Brotzmann von mir abgeschaut. Das ist Schnee von gestern. Ich weiß jetzt, wie man das besser machen kann." „Gut, Arno", entgegnet Herr Schummel, „wir brauchen ihn aber trotzdem. Deine Lösung werden wir gern integrieren." Doktor Eifel stutzt: „Den Namen habe ich doch schon einmal gehört. Aber in einem anderen Zusammenhang. Merkwürdig, ist das nicht jemand von der Indusan AG, besser gesagt, Flothe-Werk?" Plötzlich herrscht eisiges Schweigen. Da versucht Ferdinand Fummel die Situation zu retten. „Nein, das ist längst Geschichte. Der Brotzmann ist im Vorruhestand und nun betätigt er sich als Consultant." Da wird mit einem Mal der Herr Pfützner, der die ganze Zeit auf die Zeichnung starrte, lebendig: „Das kann dann ja wohl noch nicht so lange her sein. Gewissermaßen erst seit letzter Woche. Ich war bis zu dem Zeitpunkt auf der Baustelle in der Ukraine und da war so eine komische Nummer, ein Inder aus Frankfurt. Der sollte den Umfang der Abbrucharbeiten feststellen, weil in dem Bereich die Endfertigungslinien aufgebaut werden sollen. Der war ständig am Meckern, weil er selbst Hand anlegen musste. Das sind diese Inder wohl nicht gewohnt. Na, jedenfalls haben wir ihn immer mit Wodka ruhig gestellt. Eines Tages kam der zu mir ins Büro und bat mich inständig etwas nach Nordharingen an das Flothe-Werk zu faxen. Ich fand das sehr komisch, denn wir verhandeln ja eigentlich nicht direkt mit dem Flothe-Werk, aber ich wollte ihn schnell wieder loswerden und habe dann das Fax selbst auf das Gerät gelegt. Das ging an den Doktor Brotzmann. Der Zausel ist mir noch sehr gut in Erinnerung."

Siegfried Schummel schluckt und Niels Wilhelmsen muss sich das Lachen verbeißen. „Lassen Sie mal, Herr Pfützner", fährt der Doktor Eifel fort, „es hat sich mit dem ausgezauselt. Das Angebot vom Flothe-Werk ist jenseits von gut und böse. Aber, Sie Herr Schummel werden ja mit Ihrem Herrn Tope uns bestimmt eine besonders gute und preiswerte Lösung liefern können. Da ist es mir auch egal, wie Sie an die Kenntnis von unserem Projekt gekommen sind." Arnold Tope fällt ein: „Darauf können Sie sich verlassen, Herr Doktor Eifel, da stehe ich mit meinem know how dahinter. Wir werden Ihnen ein innovatives Produkt liefern." Heftiges Nicken von allen Beteiligten sollen diese Worte bekräftigen, doch Doktor Eifel kann es nicht lassen noch zu bemerken: „Solange Sie nicht wieder insolvent werden, soll mir das recht sein. Die Bankauskunft war ja nicht gerade berauschend." Niels Wilhelmsen wird unbehaglich, den Anderen auch. Ferdinand Fummel beschließt die Flucht nach vorn: „Sie sollten vielleicht nicht nur Herrn Steinmann fragen, wenn sie zufällig in der Frühstückspension seiner Frau übernachten. Im Hotel ‚Vier Jahreszeiten' in Bad Herzburg hätten Sie eine andere Auskunft bekommen. Dort bringen wir gewöhnlich unsere Gäste unter." Fröhlich antwortet darauf der Herr Pfützner: „Herr Doktor Eifel und ich werden beim nächsten Mal gern davon Gebrauch machen."

Niels Wilhelmsen verlässt nach über einer Stunde sehr nachdenklich das Firmengelände. Dagegen hat Alfred Bontik keine Zeit zum Nachdenken. Kalle Kabuffke hat ihn in die Sandstrahlanlage abkommandiert. Es ist dort laut und staubig, aber ein Versteck für seine Bierflaschen hat er bereits gefunden. Von Kurt Keune wird er misstrauisch beobachtet und Helmut Fechmann lässt keine Gelegenheit verstreichen, um die guten Flaschen im Versteck zu kontrollieren. Mit einem Mal nähern sich laute Stimmen. „Das hier ist unsere Sandstrahlanlage. In dieser Kabine können wir komplette Behälter bis zu einem Fassungsvermögen von dreißig Kubikmetern vorbehandeln. Im Moment ist da gerade Betrieb. Aber warten Sie mal." Es ist Dr. Brotzmann, der ungeniert den Not-Aus Schalter betätigt. Sogleich schreckt ein durchdringender

Piepton Alfred Bontik von der Lektüre der Worthlarer Zeitung auf. Laut fluchend betritt er die Kabine von der Rückseite. Er erkennt Dr. Brotzmann, der eine Frau und zwei Männer, alle nicht für diesen Ort passend gekleidet, in die Kabine führt. „Wie sieht es denn hier drinnen aus?", herrscht er Alfredo an. „Der Dreck liegt meterhoch hier." Bedenklich nahe stochert er mit einem Spaten in dem Gebirge aus Strahlkies herum, worunter die Bierflaschen begraben sind. Zu den Besuchern gewandt sagt Horst-Günther Brotzmann: „Wir beschäftigen wegen der ungeheuren Vielzahl an Aufträgen sehr oft Fremdfirmen, die untergeordnete Arbeiten ausführen, damit unser hoch qualifizierter Mitarbeiterstamm sich ausschließlich auf die fertigungstechnische Tiefe konzentrieren können und Synergien durch die Subunternehmer in sich entwickeln. Aber manchmal kommt eben nicht die erste Garnitur der Leiharbeiter, sondern nur der Bodensatz, die denken dann nicht so weit." Die Besucher nicken verständnisvoll und ein gelangweilter Blick streift den Abgekanzelten. Alfred Bontik, sehr wohl an die eindringliche Mahnung von Niels Wilhelmsen denkend, beschließt sich dennoch nicht unterkriegen zu lassen. Er nimmt die Schaufel stützt sich darauf und versucht sich gelassen geben: „Herr Doktor, als gelernter Handwerker weiß ich doch wie wichtig selbst Kleinigkeiten sind. Dazu gehört es auch, dass der Not-Aus Schalter nur in Notfällen bedient werden darf, ach ja, ehe ich das vergesse. Ich bin ja eine gefragte Spitzenkraft und komme deshalb viel herum. Sie haben Ihre Zeichnungen, wissen Sie, die Sie zusammen mit der Elvira Tope angefertigt haben, bei der Firma ‚Fummel und Schummel' liegen lassen." Statt eines Wutanfalls wird der stellvertretende Geschäftsführer kreidebleich. Er stammelt: „Ach, danke, darum werde ich mich sofort kümmern. Haben Sie die da wirklich gesehen?" Zu den Besuchern entgegnet er halblaut: „Ja, man wird alt, na so was. Gott sei Dank hat man dafür ja seine Leute." Mit einem Blick zurück auf Alfredo ergänzt er: „Blindes Huhn findet auch 'mal ein

Korn." Das hat Alfred Bontik gehört und ruft ihm nach: „Wenn Sie einen Korn brauchen, dann fragen Sie mal Ihren langjährigen Mitarbeiter den Kurt Keune, der seit einer halben Stunde bei der Anni im Büro tratscht." Dr. Brotzmann will noch ein „Sie sind gefeuert!" brüllen, aber er besinnt sich auf die brisante Äußerung und schweigt. Die Besucherin feixt, während die anderen Besucher sich empört geben, und kann es sich nicht verkneifen die Begebenheit zu kommentieren: „Auf den Mund ist der jedenfalls nicht gefallen."

Am späten Nachmittag, die Abendsonne lässt schon die ersten Bäume im frühherbstlichen Laub aufleuchten, stapft Alfred Bontik den Weg vom Flothe-Werk zum „ersten Haus am Bahnhof", wie Herr Keilers stets das Mietshaus nennt, entlang. Aus der Ferne nähert sich der Lastwagen von Niels Wilhelmsen. Alfredo denkt sich nichts dabei und fragt, als der LKW neben ihm zum Stehen kommt und Niels Wilhelmsen das Seitenfenster herunterkurbelt: „Na, willst du im Flothe-Werk Kohlen verkaufen?" Niels Wilhelmsen schüttelt den Kopf und antwortet mit gewichtiger Miene: „Du hast recht gehabt, der Brotzmann hat seinen Namen auf die Zeichnungen geschrieben. Ist der Kabuffke noch da?" Alfredo nickt, das Fenster geht hoch, der Motor heult auf und der Lastwagen zieht eine Staubwolke hinter sich her.

Kalle Kabuffke genehmigt sich noch schnell einen Schluck Slibowitz. Die Delegation aus dem Eisenhüttenkombinat Ljubljana hatte sie ihm geschenkt. Das ist gut für Kopf und Magen, denkt er, denn in fünf Minuten beginnt eine Besprechung mit dem Geschäftsführer Burgowski. Da klopft es an die Tür und Niels Wilhelmsen erscheint im Türrahmen. „Störe ich?", fragt er. Der Betriebsleiter bejaht es heftig. „Ich mache es kurz, Sie wissen doch, dass ich bisher die Privathäuser der Geschäftsführer und obersten Leitungsebene mit Heizöl zu Sonderkonditionen beliefert habe.

Das wurde ja alles über das Flothe-Werk abgerechnet. Nun habe ich aber erfahren, dass der Herr Dr. Brotzmann in den Vorruhestand gegangen ist und jetzt als selbstständiger Unternehmensberater auftritt. Das wurde mir heute von der Firma „Fummel und Schummel" bestätigt. Soll denn das Heizöl weiter über das Flothe-Werk abgerechnet werden? Der hat nämlich bei mir fünftausend Liter bestellt. „Was macht er denn da?", fragt ungläubig Kalle Kabuffke. „Ja", fährt Niels Wilhelmsen fort, „den Tipp hat mir der Alfred Bontik gegeben. Ich war heute bei denen. Arnold Tope war auch dort und da lag auf dem Tisch eine Zeichnung." Er dreht sich zum Zeichenbrett und nach einem ersten Blick nickt er erfreut: „Diese Zeichnung lag auch bei Fummel und Schummel auf dem Tisch. Zwei Herren aus Dunkeldeutschland waren auch dabei. Der Eine hieß wie ein Mittelgebirge, ein Doktor." Kalle Kabuffke braucht noch wenige Sekunden um sich zu fassen. Dann holt er ein zweites Glas und schenkt sich und Niels Wilhelmsen wieder ein. „Das haben wir jetzt nötig", entfährt es ihm. Niels Wilhelmsen berichtet ausführlich über seinen Besuch bei Fummel und Schummel.

Wolfgang Burgowski ist leicht verärgert, weil Kalle Kabuffke noch nicht zur Besprechung erschienen ist. Die Sekretärinnen haben bereits Feierabend gemacht und so geht der Chef zum Büro des Betriebsleiters. Als er die Tür öffnet, umweht ihn der Hauch des Pflaumengeistes. „Ich störe hoffentlich bei der Feier", bemerkt er spitz. Doch schnell erkennt er, dass die Lage nicht zum Feiern ist. Nach einer guten Stunde wird die Sitzung geschlossen. Dr. Brotzmann hat von diesem Vorgang nichts mitbekommen, denn er ist mit den Besuchern in die Gießerei nach Bad Salzhausen gefahren, wo die speziellen Armaturen des Flothe-Werkes hergestellt werden. Anschließend ist geplant, dass die Delegation gemeinsam zum Gästehaus der Universität in Heinrichsthal fährt. Anschließend ist die Teilnahme an einer offiziellen Kneipe auf dem Haus der schlagenden Burschenschaft „Prosit Deliria" geplant, um deutsches Studentenleben zu demonstrieren. Die Dolmetscherin hat noch einen harten Abend vor sich, obwohl die Herren recht gut deutsch verstehen. Ausnahmsweise darf sie als Frau auch an dem Saufgelage teilnehmen Die Herren Doctores Brotzmann und Chaudhuri werden erst am Montag wieder im Werk anwesend sein.

Der Freitag ist für die Damen im Büro sehr unerfreulich. Sie wispern: „Eine Laune hat der Chef, grauenhaft." Herr Walkner wird zum Chef gerufen. Mit sehr ernster Miene kehrt er wieder zurück an seinen Schreibtisch. Auch Kalle Kabuffke ist nicht sehr gesprächig. Alfredo Bontik ist zum Reinigen der Strahlkabine eingeteilt und Helmut Fechmann darf auf der obersten Bühne Bleche sortieren. Eine schwere Arbeit mit hoher Verletzungsgefahr. Ständig werden die Damen beauftragt Telefonverbindungen mit der Vorstandsetage der Indusan AG herzustellen. Lediglich Kurt Keune hat ein paar Bruchstücke aufgeschnappt. „Es geht um den Dr. Brotzmann." Mit einem Mal können die Drei im Büro bei halb geöffneter Tür ihren Chef fluchen hören. „Am liebsten würde ich den Horst-Günther aus der Firma scheuchen. Wie kann man nur so einen Mist machen!" Doch dann bemerkt er die halboffene Tür und brüllt: "Machen Sie die verdammte Tür zu. Das geht hier Keinen was an, schon gar nicht die Klatschtanten im Vorzimmer!" Frau Seegert und Frau Tachyfcc sind empört. Kurt Keune freut sich: „Ha, jetzt geht es dem Lackaffen an den Kragen. Ja ja, die hohen Herren. Heute noch auf stolzen Rossen, morgen durch die Brust geschossen." Das kriegt Kalle Kabuffke mit, der soeben in das Vorzimmer eintritt. „Davon verstehen Sie nichts, Herr Keune – oder haben Sie einen Jagdschein?" Frau Seegert und Frau Tachyfec müssen lachen, doch es bleibt ihnen schnell im Halse stecken, denn mit Kurt Keune wollen sie es sich nicht verscherzen. Wer sollte sonst für sie tagsüber einkaufen fahren? Als die Damen zusammen mit Herrn Kabuffke allein sind, entschließt er sich etwas deutlicher zu werden. Das soll seiner Meinung nach auch dazu dienen, die Gerüchteküche im Zaum zu halten. „Der Dr. Brotzmann hat versucht ein Projekt zu retten, was wir eigentlich beackern sollten. Dabei ist er aber weit über das Ziel hinausgeschossen. Das kann schon passieren. Wir sind alles nur Menschen." Damit gibt sich Frau Seegert nicht zufrieden. „Schön und gut, doch wenn wir hier etwas falsch machen, dann wird uns das jahrelang nachgetragen. Bei Kleinigkeiten wird mit Kündigung gedroht. Das ist fast schon lächerlich. Um eine Kleinigkeit kann sich das aber bei dem Doktor nicht handeln. Warum sollte sonst der Vorstand in Frankfurt eingeschaltet werden?" Kalle Kabuffke zuckt mit den Schultern: „So ist das Leben eben, aber vergessen Sie nicht, die beiden Chefs waren in derselben Studentenverbindung, das sind Bundesbrüder, da kommt keiner gegen an." Frau Tachyfec möchte wieder versöhnlich erscheinen, außerdem kommt Herr Walkner aus seinem Büro in das Zimmer. Sie weiß nicht, wie viel er schon mitgekriegt hat. „Meine Mutter in Niederösterreich hat immer eine Volksweisheit aus dem Mühlviertel verwendet: Neide keinem Besitz noch Stand, denn er hat schwer daran zu tragen. Jeder hat sein Packerl zu tragen, das eine ist leichter, das andere schwerer." Frau Seegert senkt demütig ihren Blick und Herr Walkner versucht seinen Augen einen gütigen Ausdruck zu geben, lächelt und meint: „Da haben Sie völlig recht Frau Tachyfec und nun wollen wir einmal tüchtig unser Packerl bearbeiten. Kommen Sie doch gleich einmal mit Ihren geschriebenen Rechnungen in mein Büro."

Wie ein Lauffeuer verbreitet sich die Nachricht. Herr Keilers ist hocherfreut und hört aufmerksam Ursula Wischke zu, nachdem sie zuerst ihr Herz über ihre verflossenen Freunde ausgeschüttet hat, gibt sie jetzt weitere Informationen preis, welche die Reinigungskraft aufschnappte. Zufällig auf dem Weg zum Archiv hat er die Gelegenheit ein ausführliches Gespräch zwischen Helmut Fechmann und Alfredo Bontik zu belauschen. Er beschließt umgehend Kohlen für den Winter zu bestellen. Dazu ist das Büro des Herrn Wilhelmsen aufzusuchen, welcher in diesem Verfahren wohl die sicherste Quelle darzustellen scheint.

Am folgenden Montag erscheint ahnungslos der indische Doktor im Flothe-Werk. Er ist zutiefst verblüfft, als die beiden Damen im Büro völlig dunkle Andeutungen machen, sich ängstlich umschauen, aber doch nicht mit der Sprache herausrücken wollen. Er wird nicht lange auf die Folter gespannt und im Zwiegespräch mit dem Geschäftsführer scheint sich der Boden unter seinen Füßen zu öffnen. Von Illoyalität, der Möglichkeit zur außerordentlichen Kündigung, der Androhung mit der Polizei vom Betriebsgelände entfernt zu werden, ist die Rede. Nach etwa einer Viertelstunde versucht Dr. Chaudhuri seine Rechtfertigung zu einer, wie er sagt äußerst missverständlichen Lage hervorzubringen. Seine farbige Darstellung des Problems, wie er neben seiner eigentlichen Tätigkeit versucht habe, nur das Wohl des Flothe-Werkes im Auge zu behalten, wie er sich auf den Kollegen Brotzmann allein verlassen habe, dass alles seine Richtigkeit habe, er nur ein unbedeutendes Rad am Wagen wäre, hinterlässt zunächst einen gewissen Eindruck. Doch den Vorwurf, wenn ihm das Wohl des Unternehmens so wichtig sei, warum er dann nicht Herrn Burgowski informiert habe, sondern vielmehr den Mittäter, kann er für Herrn Burgowski nicht hinreichend entkräften. Nach diesem Gespräch darf er umgehend wieder zurück nach Frankfurt fahren und dort weiterer Aufträge harren.

Die Damen wollen den niedergeschlagenen Doktor wieder aufrichten und empfehlen ihm Johanniskrauttee, den er dankend ablehnt und sich leise entfernt. Herrn Keilers wird mitgeteilt, dass er demnächst allein die Aufgaben der Qualitätssicherung wahrnehmen wird.

Die Auseinandersetzung zwischen Wolfgang Burgowski und dem stellvertretenden Geschäftsführer Dr. Horst-Günther Brotzmann verläuft ziemlich kurz und heftig. Die Beiden schreien sich im Chefzimmer an, dann wird es ruhig, bis die zweite Brüllwelle erfolgt. Die Damen vernehmen lediglich die letzten Worte sehr deutlich: „Wolfgang, du kannst mich mal."

Völlig überraschend findet am Freitag dieser denkwürdigen Woche eine Betriebsversammlung statt. Dazu wird schon morgens der Konferenzraum umgestaltet. An der Stirnseite ist eine Art Sitzungspräsidium aufgebaut. Zwei Tische an der Stirnseite bilden die Grundlinie des „U" Die Schenkel bestehen aus langen Tischen für die Werktätigen. Die Versammlung ist für zwei Uhr nachmittags angesetzt. Unter der Belegschaft wird geraunt und Einige meinen, dass wohl nun das neue Management vorgestellt werden dürfte. Denn mit dem Doktor Brotzmann, der sehr unbeliebt ist, könne es ja wohl nicht so weiter gehen. Die Arbeiter haben nicht vergessen, was der Herr Doktor nach der Rückkehr von seiner Dienstreise im Land der aufgehenden Sonne berichtete und die japanische Arbeitshaltung über den grünen Klee lobte.
In ihrer Frühstückspause durften sie sich anhören, dass japanische Werktätige fast vollständig auf ihren Urlaub verzichten und höchstens drei Tage abwesend seien, sowie freiwillig unbezahlte Überstunden machen würden.

Zum Beginn der Versammlung haben in der Mitte Herr Wolfgang Burgowski, neben sich Doktor Brotzmann, rechts davon der Betriebsleiter Kabuffke Platz genommen. Der Buchhalter Walkner sitzt links neben Dr. Brotzmann. Frau Seegert bedient an einem Seitentisch den PC und Beamer, weil es dort zur Steckdose nicht so weit ist, während auf der gegenüberliegenden Seite sich Anny Tachyfec von Kalle Kabuffke in den Ausschnitt gucken lässt. Es sind Getränke auf den Tischen vorhanden und jemand erblickt in der Ecke auch einige Kästen Bier, neben drei Flaschen Sekt im Wasserbad.

Wolfgang Burgowski erhebt sich, klopft an sein Sektglas und eröffnet die Versammlung mit den Worten: „Liebe Mitarbeiterinnen und Mitarbeiter. Sie alle wissen, dass ein moderner Betrieb nicht mehr kommandiert wird wie ein Dampfer. Es gibt nicht mehr den alleinigen Kapitän, der auf der Brücke Kommandos gibt, sondern wir haben gelernt, dass nur das Team heute in unserer vernetzten Welt Bestand haben kann. Wir sitzen alle in einem Boot, wir müssen im Takt rudern, doch neben Steuermann sind eine Vielzahl Augen und Ohren gefragt, um den ständigen Änderungen im Geschäftsleben zu folgen. Das sind Sie meine lieben Mitarbeiterinnen und Mitarbeiter. Ohne Ihren persönlichen Einsatz, Ihrer nie ermüdende Motivation wäre es uns nicht gelungen in solchen schweren Zeiten einen bedeutenden Fortschritt in unserer Unternehmensstruktur und -kultur zu erringen. Ich will Sie da gar nicht lange auf die Folter spannen. Wenn ich Frau Tachyfec als Gastronomiefachkraft bitten darf, meine Frau kennt Sie ja noch aus dem Erfrischungsraum vom Kaufhaus „Oker-Bazar" in Worthlah, einmal den Sekt für die Geschäftsführung zu öffnen, die kernigen Biertrinker haben bestimmt alle einen Öffner dabei, so wollen wir heute auf eine neue Perle in unserer Unternehmensfamilie anstoßen. Ab sofort haben wir das Unternehmen „F und S", wie „Forschung und Sondermaschinenbau" in unser Portfolio aufgenommen. Wir steigern damit unsere Kernkompetenz, bündeln Synergieeffekte, verschlanken unsere Hierarchie durch sinnvolles Personalmanagement um dadurch noch schlagkräftiger in den heiß umkämpften Marktsegmenten zu werden.

Das ist die besonders gute Nachricht, die es uns gestattet so fröhlich heute zusammenzukommen.

Sicherlich wollen Sie jetzt wissen, welche personellen Veränderungen es geben wird. Einige kennen ja den Doktor Chaudhuri, der sich für unser Unternehmen aufopferte und extra aus Frankfurt anreiste. Das braucht er nun nicht mehr. Er darf jetzt als Doktor im Unruhestand sich um seine Enkel ausgiebig kümmern. Für unseren Herrn Doktor Brotzmann jedoch gibt es neue Herausforderungen. Ab sofort ist er zum alleinigen Geschäftsführer von „F und S" ernannt worden. Ihm werden als Fertigungsleiter gestandene Ingenieure zur Seite stehen. Die Älteren werden sich vielleicht noch an Herrn Tope und Herrn Lakemann erinnern. Für die Drei steht bereits schon eine schwere Aufgabe bevor. Ein Riesenauftrag ist in der Ukraine abzuwickeln. Ein Wermutstropfen mag sein, dass wir bei den Kosten extrem sparen müssen. Nur durch ein Kampfangebot konnten wir das Projekt ergattern. Bitte helfen Sie alle mit, dass wir durch überdurchschnittlichen Einsatz die Kosten senken können. Der Kunde ist sehr wichtig und es winken Folgeaufträge.

Nun werden Sie sich fragen, was mit den frei werdenden Positionen in unserem Werk geschehen wird. Herr Keilers übernimmt die gesamte Qualitätssicherung, während die Position des stellvertretenden Geschäftsführers zunächst frei bleibt. Dafür werde ich einen Assistenten einstellen, der von der Pike auf das Geschäft erlernen soll. Er wird dann später den vakant bleibenden Posten ausfüllen. Sie sind dem jungen Mann vielleicht schon öfter in unserem Werk begegnet. Ich kenne ihn schon etwas länger und habe seine Studienleistungen an unserer gemeinsamen Universität geraume Zeit verfolgt. Es ist der Sohn des Betriebsdirektors der Mathildenhütte: Oliver Paselink. Er schreibt bei uns derzeit seine Diplomarbeit. Ein Applaus und Prosit auf die Zukunft.

Die Stimmung steigt schnell und Frau Tachyfec bekommt der Sekt bei weitem nicht so gut, wie der Frau Seegert. Man hört vereinzelte Kreischer und gackerndes Gelächter, während es um den Betriebsratsvorsitzenden Dieter Krasse gärt. Paule Poch meckert: „Was ist mit denen, die diese Schweinerei überhaupt aufgedeckt haben?" Dieter Krasse nimmt erst einen ordentlichen Schluck: „Das weißt du doch. Der Walkner bestellt jetzt das Heizöl in Bad Salzhausen, Alfredo Bontik säuft zu Hause, die Herren Fummel und Schummel sind gut abgefunden und ziehen jeder in seine Finca auf Mallorca um. Ach ja, fast hätte ich es vergessen, man musste mich ja informieren: Die nächsten Leiharbeiter kommen von einer Firma aus Litauen. Die arbeiten mit einem Werkvertrag zu einem Fünftel unseres Stundenlohnes – netto versteht sich. Und das Beste daran, sie verstehen kein Deutsch, sie kriegen nichts mit."

Zwischen Ledeburheim und Hannover
- zügige Gespräche im Berufsverkehr -
3. Folge: Das Kleeblatt

Die Berufspendler schauen bereits eine Weile gen Nordosten. Endlich sehen sie das Profil des Triebwagenzuges, wie es sich aus dem Dunst herausschält und langsam wächst. Kaum am Bahnsteig angehalten stürmen die Reisenden die Großraumabteile. Obwohl es anscheinend angestammte Sitzplätze gibt, könnte sich ja jemand unbekanntes erfrechen, eine Vierersitzbank nur für sich allein zum Schlafen in Anspruch zu nehmen. Drei Herren in den besten Jahren für eine Karriere im Büro maßgeschneidert erobern sich eine Viererbank. „Morgen Armin, du hast wieder für uns die Bänke frei gehalten. Jetzt sind wir als Kleeblatt vollständig. „Es hat offenkundig nicht nur Nachteile, wenn man in Klein-Föhren wohnt." Der Armin ist ein etwas älterer Mann mit Schnauzbart und einem Bürstenhaarschnitt. „Das kann ich euch doch nicht antun, ohne Reservierung auf gut Glück vier zusammengehörende Sitzplätze suchen zu lassen. Außerdem ist der Suffkopp nicht im Zug. Sein Gegenüber ein hoch aufgeschossener blonder Endzwanziger, der sichtlich Probleme hat seine Beine zu sortieren fragt: „Suffkopp? Da scheine ich wohl etwas versäumt zu haben. Wer von euch war denn schon am Morgen besoffen?" „Das war letzte Woche, wo du zum Seminar in Hamburg warst, mein lieber Tom. Du hättest deine Freude daran gehabt." „Ach so, Walther hat bei den Schützen wieder zugeschlagen." Der neben ihm sitzende Älteste des Kleeblatts macht eine unwirsche Bewegung. „Unsinn, von uns hatte niemand Alkohol im Blut. Dort auf dem Platz, wo der Heiner sitzt, lag so ein Besoffski, seinen Arsch zur Hälfte beim Armin und die Füße bei Tom." Armin unterbrach: „Der Vogel muss schon in Wolfenstedt eingestiegen sein. Als ich in Klein-Föhren zustieg, schnarchte er so laut und tief, dass er nicht wach wurde, als ich ihn anstupste.

Unvermittelt schaute ich auf den Boden, wo eine kleine gelbliche Pfütze sich langsam verlief. Als der Zug den Bahnhof Ledeburheim erreichte, bin ich gleich zur Tür, um die anderen abzufangen. Als wir in das Großraumabteil zurückkehrten, da quoll doch ein Springbrunnen aus seinem Hosenschlitz und am Boden bildete sich schon ein Rinnsal. Aber das machen wir natürlich nicht mit. Heiner stiefelte gleich los, um den Zugbegleiter ausfindig zu machen, den es aber offenbar gar nicht im Zug gab. Walther schüttelte den Typ, der aber kaum reagierte. Die anderen Fahrgäste wurden schon unruhig und die Vierbank für uns konntest du vergessen. Aber da kam schon der Heiner und winkte uns zu. Wir sollten ihm folgen." „Ja, wie der Armin schon andeutete, ich hatte nämlich das erste Klasse-Abteil im Visier. Das saß niemand. Wir also los und haben es uns dort gemütlich gemacht. Es war schließlich höhere Gewalt. In Hannover haben wir dann eine Meldung gemacht und der Kerl wurde von der Polizei abgeführt. Leute gibt's!"

„Ok, dann hat sich ja alles in Wohlgefallen aufgelöst. Walther, am Wochenende war ich mit der Hella auf dem Hundeplatz. Da konnte ich der guten Kirsten Schreiber nicht ausweichen. Die quatscht doch jeden in Grund und Boden. Verstehe gar nicht wie der Eddi es mit ihr aushält. Na, vielleicht eint sie nur die Liebe zu den Hunden. Die haben sich auch dort kennengelernt. Die Plaudertasche Kirsten Schreiber faselte etwas von einem Skandal bei ‚Flothe-Feuerfest'. Was ist denn da los? Deine Frau arbeitet doch dort." Walther Lorentz setzt sich aufrecht, räuspert und antwortet mit besorgtem Gesichtsausdruck: „Meine Frau hat fristgemäß gekündigt, gleichzeitig ihren Urlaubsanspruch geltend gemacht und mit der Arbeitsagentur ausgehandelt, dass sie keine Sperre kriegt. Die Gewerkschaft unterstützt sie dabei. Sie hat seit drei Monaten keinen Lohn erhalten. Am letzten Freitag war bei dem Herrn Doktor Terstegen eine Hausdurchsuchung. Zehn Jahre lang hat sie halbe Tage im Chemielabor gearbeitet, als dann aber die erste Entlassungswelle erfolgte, wo auch der Laborleiter Oberingenieur Hellmich gefeuert wurde, gab es von dem Zeitpunkt nur noch Ärger mit den Gehaltszahlungen. Es ging immer zu spät auf dem Konto ein, Weihnachtsgeld wurde auch nicht ausgezahlt, es gab sogar Tumult auf der Weihnachtsfeier. Der Betriebsrat ging wohl durch eine Hölle. Einerseits waren die Angestellten am Meckern, andererseits ließ die Geschäftsleitung nichts unversucht, um die Betriebsratsmitglieder zu feuern. Meine Frau vermisst zwar das Geld, doch wir kommen auch so gut über die Runden." Armin horchte bei der Nennung des Namens Hellmich auf: „Was macht der eigentlich jetzt? Ich habe ihn schon lange nicht mehr in der Stadt gesehen. Früher sind wir uns öfter über den Weg gelaufen. Der müsste doch schon im Vorruhestand sein." Tom schaltet sich ein: „Den Namen habe ich schon gehört, allerdings im Zusammenhang mit grafischen Systemen wie CAD und so. Ein Kumpel von mir hat nach seinem Studium ein Praktikum bei so einem 'start up'-Unternehmen absolviert und sich gewundert, dass da noch so ein alter Kerl mitmischte. Den haben die 'Sie Iih Ooohs' aber auch nicht für voll genommen." „Die was bitte?", fragt völlig erstaunt Heiner. Walther ruft dazwischen: „Das kommt von Chief executive officer, abgekürzt CEO. Ist so denglischer Kram, was abgehobener klingt als der übliche ‚Geschäftsführer', nimm' es nicht so tragisch. Wahrscheinlich ist dieses Unternehmen der berüchtigte Abschiebebahnhof des Herrn Doktor Terstegen. Der hat da vermutlich auch seine Finger drin."

Heiner langweilt sich. „Das kommt ja heute überall vor. Ist ja nicht ungewöhnliches. Habt ihr gehört, dass die heiße Moni ihren Göttergatten Niels verlassen hat? Ist einfach abgedampft, während er zu seinem Kohlen- und Heizöllager am Güterbahnhof in Bad Salzhausen gefahren ist." „Ist das die Moni, die früher im

Dorfkrug serviert hat? erkundigt sich Armin. „Genau diese Dame ist das. Der neue Besitzer, der Ingo Pietzner hat die aber nicht übernommen, da war wohl seine Birgit dagegen. Ist auch besser so. Dafür hat er dann Sven den ‚Inkontinenten' eingestellt." Walther lacht: „Ach der ‚unheimliche Pinkler', der bei dem Uhren- und Schmuckladen vom Bröcker die Schaufensterscheibe auf originelle Art mit einem scharfen Strahl zu reinigen versuchte. Eigentlich ein starkes Stück. Vor allen Dingen das Aufstellen einer Videokamera, die jeden und jedes rund um das Schaufenster aufzeichnete, bis sie den Sven schnappten." „Ist die Moni mit dem Sven abgehauen oder was hat das mit ihrem Verschwinden zu tun?", fragt Tom. „Reineweg gar nichts, war nur so im Zusammenhang mit dem Dorfkrug." Tom lässt nicht locker: „Apropos Dorfkrug, was ist denn das für ein Schuppen? Ich geh ja eigentlich in andere Lokalitäten. Gelsenkirchener Barock und Zigarrenqualm sind nicht so mein Ding. Vom Büro des Oberbürgermeisters wurde unserem Stadtverband der Grünen mitgeteilt, dass die Stadt das Kinder- und Jugendzentrum sanieren will und wir danach keinen Platz mehr für Versammlungen hätten. Man empfahl uns bei dem Wirt vom Dorfkrug nachzufragen, ob wir da unterkommen könnten. Unser Parteibüro ist ja zu winzig für größere Zusammenkünfte." Walther antwortet hastig: „Am besten, du gehst einmal zu dem Wirt und erzählst frei weg von der Leber, was ihr für ein Anliegen habt. Der ist richtig aufgeschlossen. Wahrscheinlich will er die ‚Wahlalternative' loswerden, die bisher bei ihm hin und wieder tagten." „Was? Die Rechtsextremen waren bei dem?" „Ja, du weißt doch den Protzlik und sein Getränkevertrieb, das war wohl der Anknüpfungspunkt. Besprich dich mit dem Ingo Pietzner und dann könnt ihr ja überlegen. Los, Leute, der Messebahnhof ist schon vorbei, lasst uns aufstoßen und ins Horn brechen." Das Quartett stößt zu den Doppeltüren vor, wo bereits etliche Reisenden es kaum erwarten können, dass der Zug anhält. „Ach hallo Herr Hellmich! Gerade haben wir über Sie gesprochen. Das ist ja ein Zufall." Kaum, dass die Fahrgäste den Zug verlassen haben, nimmt der Walther den Herrn Hellmich beiseite. „Ein- paar Minuten habe ich noch, bis mein Bus fährt. Ich habe von meiner Frau die neuesten Nachrichten über ‚Flothe-Feuerfest' erhalten. Wie geht es Ihnen? Arbeiten Sie jetzt auch in Hannover? „Das Vergnügen ist ganz auf meiner Seite, Herr Lorentz. Ich habe ein Vorstellungsgespräch bei der Rödel-Chemie. Geht da um die Vertretung im Raum Ledeburheim-Worthlar-Wolfenstedt. Sie arbeiten noch immer bei dem Finanzamt?" „Oh ja, Herr Hellmich. Allerdings nicht mehr in Sachen Steuern, eher im Bereich des Eintreibens von Geldern, wenn Sie wissen, was ich meine." Das trifft sich gut. Ich könnte Ihren Rat benötigen. Das kann ich aber Ihnen hier nicht auf dem Bahnsteig schildern, das nimmt zu viel Zeit in Anspruch." „Dem kann geholfen werden. Am Freitag grillen wir. Mein Vater ist vor drei Jahren verstorben und Muttern ist im Altersheim, wo sie gut versorgt wird. So wohnen wir jetzt in meinem Elternhaus in der SA-Siedlung. Wir wären dann zu dritt mit meiner Frau. Die Kinder hauen gleich nach den ersten Würsten ab. Sie bevorzugen ihresgleichen. Wenn sie gegen fünf Uhr nachmittags Zeit hätten, wären Sie sehr willkommen." Von der Rolltreppe her ruft Armin: „Walther, beeile dich, der Bus fährt in zwei Minuten!" Die beiden Männer tauschen so eben ihre Telefonnummern aus und verabschieden sich rasch.

Die Databintec GmbH
das ultimative „start up" in Ledeburheim

Mit dieser reißerischen Überschrift stellte Frank Wörner, seines Zeichens Chefredakteur des „Flothe-Rundblicks" als ein innovatives digitales Unternehmen vor, welches in Kürze ein neues Standbein für die Industriestadt Ledeburheim werden könnte. Gewissermaßen den Grundstein für ein „Flothe valley" bilden würde. Frank Wörner hatte sich viel Mühe gegeben einen peppigen Schreibstil anzuwenden, der doch etwas bemüht klang, wenn man den Text laut las. Auf einem Foto war ein Tischfußballgerät abgebildet, welches für kreative Pausen neue Impulse liefern soll, der Konferenztisch mit einer Obstschale in der Mitte und die kleine Küche, wo leckere und gesunde Mahlzeiten die hoch motivierten Mitarbeiter mit frischer Energie versorgt. Selbstverständlich durften die Konterfeis der zwei Geschäftsführer, die trendig als „Chief executive officer" und „Chief operative officer" vorgestellt wurden, als großformatige Fotos nicht fehlen. Robert Höller saß als CEO an seinem überdimensionalen Schreibtisch vor seinem Laptop und schien mit einer Videokonferenz beschäftigt zu sein, was durch das Headset aus geschlossenem Kopfhörer und dem dicht vor seinem Mund befindlichen Mikrofon angedeutet wurde. Sein Cousin, Egbert von Alversdorf, war dagegen in ein Gespräch mit einem älteren Mitarbeiter verwickelt. Im Hintergrund war ein großer Monitor zu sehen, der wohl eine technische Zeichnung darstellte. Neben dem ergrauten Mitarbeiter befand sich auf dem Tisch ein Grafiktablett. Unter den Fotos wird im folgenden Text der Lebenslauf und die Ausbildung an den exzellenten Hochschulen zitiert, wo die jungen Unternehmensgründer in den USA ihr Wissen erweitert hätten. Frank Wörner vergaß nicht darauf hinzuweisen, dass die älteren Pädagogen des Gymnasiums in Salzhausen sich bestimmt noch an die Streiche der Zwei erinnern dürften. Dennoch hatte jeder von ihnen ein Stipendium erhalten und konnten so diese ausgezeichnete Ausbildung erhalten. Dieser Artikel war im letzten Jahr zum Frühlingsanfang erschienen. Danach wurde es recht still um das Unternehmen. Diesen Zeitungsausschnitt hatte sich Dieter Hellmich aufgehoben und für sich eine Fotokopie angefertigt, die er Walther Lorentz überlassen wollte. Er steht an der Bushaltestelle der Linie 8 an dem sogenannten „Gleisdreieck". Hier zweigte von der Hauptstrecke Wolfenstedt-Hannover die ehemalige Kleinbahn Ledeburheim-Warnetorf ab. In Warnetorf wurde bis vor zehn Jahren noch Eisenerz abgebaut und ein Kaltwalzwerk war dort noch in Betrieb. Auch die Zuckerfabrik in Hüpede besaß einen Gleisanschluss. Doch der Personenverkehr ist schon lange eingestellt. Herr Hellmich ist mit einem Blumenstrauß und einer Weinflasche aus seinem Keller bewaffnet. Er erinnerte sich gerade noch rechtzeitig, dass Walther Lorenz einst seinen südbadischen „Trollinger" so gelobt hatte. Das Wetter ist angenehm kühl für Ende Juli. Der Himmel zeigt etliche Wolken und es weht eine leichte Brise. Der grüne Omnibus hält direkt vor ihm, die Eingangstür zischt, es sind nur wenige Fahrgäste darin.

Während der Bus sich langsam in Bewegung setzt, steuert er einen Platz vor der Rücksitzbank an. Auf dieser Bank haben es sich drei Jugendliche bequem gemacht. Der mittlere Junge hört über Kopfhörer sehr laut ostanatolischen hiphop, die anderen ebenfalls kurdischen Jungen albern herum. Dieter Hellmich lächelt. Er muss an seine eigene Jugend denken, wie sich immer die alten Schachteln im Bus aufregen konnten, wenn die kleinen Oberfenster offenstanden oder die Jugendlichen beschimpften bei jedem sich bietenden Anlass. Charakteristisch war der Schlachtruf „Es zieht!" Das führte bei ihm dazu, diese älteren Damen als „Ziehschachteln" zu bezeichnen.

Um zur SA-Siedlung zu gelangen, wo sich auch die Endhaltestelle der Linie 8 befindet, muss der Bus erst durch ganz Ledeburheim fahren, dann an der Kirche „zum Guten Hirten" vorbei die steile Straße des Ellernkopfs bezwingen, um dann scharf nach links zum Bergfriedhof abzubiegen. Nach weiteren fünfhundert Metern mündet die Linienführung in den Breslauer Ring, dem früheren Robert-Ley-Ring. An dieser Haltestelle muss er gleich aussteigen und den Treppauer Pfad bis zum Wendehammer entlang laufen. Vorausgesetzt, dass er die Beschreibung von Walther Lorentz richtig verstanden hat. Seine eigene Frau war zufrieden ihren Gatten außer Haus zu wissen. Sie bereitet sich auf das Wochenende in dem ehemaligen Ursulineninternat vor. Dort will sie sich mit ihren damaligen Klassenkameradinnen treffen. Das Internat, idyllisch im Herzen des Eixfelds gelegen, ist heute eine Bildungsstätte nur für Frauen. Von konservativ katholischen Christenmännern wird sie jedoch misstrauisch beäugt, was als besonderes Qualitätsmerkmal zu werten ist.

Der Bus hat sich durch die an Ampeln reiche Innenstadt von Bad Salzhausen fast durchgekämpft, da sieht Herr Hellmich an der Haltestelle „Zum guten Hirten" eine Ansammlung seiner beliebten „Ziehschachteln". Die zwängen sich mit viel „Ach" und „Weh" in den Bus, besetzen die Sitzreihen vor ihm und sind beschäftigt mit dem Schließen der Oberfenster. Eine dieser Damen, die links direkt am Gang platz nahm, trompetet: „Also diese Russenküsterin Jarotschewa ist ja sehr rührig. Das muss man ihr ja bei aller Kritik lassen. Doch sie muss sich jetzt endlich an europäische Gepflogenheiten halten. Auf dem Gemeindefest haben wir in der Frauenhilfe eine wunderschön anzusehende Torte nur für unseren Superintendenten Floppmann gebacken. Das hatte er sich redlich verdient. Wie wir ihm nun ein Ständchen mit unserem Chor bringen wollen, sehe ich, dass doch die Jarotschewa seelenruhig anfängt die Torte aufzuschneiden. Frau Brosse hatte schon den Arm mit der Stimmgabel erhoben, um uns den Einsatz zu geben. Doch da habe ich ganz laut gerufen: ‚Diese Torte darf nur die Leiterin der Frauenhilfe Frau Gerwall anschneiden. Legen Sie das Messer weg!' Der Chor hat mich entsetzt angeschaut, das war mir egal. Hier geht es um höheres. Was macht diese tapsige Russin? Sie lässt das Messer fallen und es blieb mitten in der Torte stecken. Fräulein Sebisch singt mit mir ja auch im Alt. Die konnte sich den ganzen Tag lang nicht mehr beruhigen." In diesem Augenblick nimmt der Bus durch einen leichten Schlenker nach rechts die enge Linkskurve. Dadurch befindet sich plötzlich nach einem dumpfen Aufprall die empörte Chorsängerin mit ihrem voluminösen Hinterteil auf Boden des Omnibusses. Befriedigt registriert Dieter Hellmich die umwerfende physikalische Wirkung des Massenträgheitsgesetzes. Aus dem Lautsprecher ertönt die mechanische Frauenstimme: „Breslauer Ring". Während er sich an der immer noch am Boden sitzenden Frau vorbeischlängelt, die anscheinend ihre neue Lage noch nicht vollständig erfasst hat, entschlüpft ihm die Bemerkung: „Sehen Sie, kleine Sünden bestraft der liebe Gott sofort." Das danach anhebende Gezeter kann einem größeren Gänsehof alle Ehre machen.

Wenig später würde ein eventueller Beobachter, der über die Thujahecke schauen könnte, drei Personen auf einer Terrasse ausmachen. Dem Gast wurde ein Platz in der Hollywood-Schaukel angeboten. Etwa fünf Meter davon entfernt ist ein Grill in den Boden eingelassen. Die Rasenfläche ist nicht groß. In der Mitte ragt die zusammengeklappte Wäschespinne in den Himmel, der Rest des Gartens wird von Beeten eingenommen, wovon einige jetzt eine vielfarbige Blütenpracht aufweisen. Nun könnte aber der Beobachter nicht das Gespräch verfolgen, denn die Unterhaltung wird recht leise geführt. Das macht aber nichts, denn dieser Beobachter ist reine Fiktion. Er würde sich bei seinem Stand-

punkt auch mitten im Heiligtum der Hertha Meyerkofer befinden, deren frisch gemähte Rasenfläche, exakt streichholzlang,
eine hochsommerliche Bräune aufweist. Ihr Stolz ist der Stein-
garten, wo sich emsige Gartenzwerge tummeln. Diese Zipfel-
männer genießen die Wärme dieses herrlichen Julimonats. Verbringen sie doch die kühle Jahreszeit im dunklen Heizungskeller.
Denn Frau Meyerkofer achtet peinlich darauf, dass ihre Garten-
lieblinge sich nicht erkälten. Doch auch sie kann der nachbarli-
chen Unterhaltung nicht folgen, weil ihre ausgefahrene Wäschespinne mit zahlreichen nassen Kleidungsstücken von ihr behängt
wird. Gleichzeitig ist sie auf ihre frische Wasserwelle bedacht
und schützt die Lockenwickler mit einem Chiffontuch.

Walther Lorentz kehrt eben vom Grill zurück und meint: „So,
nun fängt die Grillkohle langsam Feuer. Das dauert eine Weile."
Seine Frau nutzt die Gelegenheit, um ihren ehemaligen Chef genauer zu befragen, wie es zu der Kündigung kam." Dieter Hellmich hat diese Frage erwartet und lässt sich nicht lange bitten:
„Wenn man die Geschäftsleitung befragt, dann wird Terstegen
behaupten, dass ich ihn verleumdet habe. Doch in Wirklichkeit
war ich ihm im Wege. Sie wissen ja, dass ich nie ein Freund der
ach so christlichen Union war. Doch er wollte gerade in dieser
Partei eine steile Karriere machen. Denn ich hatte schon längst
von Kollegen aus dem Einkauf von 'HoSta' mitgekriegt, dass ihre
Tochterfirma, also unsere 'Flothe-Feuerfest' unwirtschaftlich sei
und durch andere Lieferanten die Kosten für den Einsatz feuerfester Produkte die Produktionskosten pro Tonne Stahl erheblich
gesenkt werden könnten. In der Tat konnte unsre Produktion sich
kaum mit den etablierten Lieferanten feuerfester Produkte messen. Was während des Krieges absolut notwendig war, sank mit
dem größer werdenden Abstand zu den Kriegsjahren in seiner
Bedeutung. Die Produkte, die wir zukauften, wurden immer zahl-
reicher. Es drohte schlicht die Stilllegung der Produktion und es

wäre nur noch die Qualititätsprüfung übrig geblieben. Davon hatte der Herr Hütteningenieur Dr. Terstegen aber keine Ahnung, außer diesem Herrn Hellmich, der noch nicht einmal in einer einfachen Studentenverbindung Mitglied war. Ganz im Gegensatz zum Herrn Dr. Terstegen als 'alter Herr' der Burschenschaft Pommerania. Da wir beide fast gleichaltrig sind, war die Zielrichtung klar. Nun gab es noch eine Hürde, die es geräuschlos zu schleifen galt: Nämlich den Betriebsrat. Er hatte wohl mit Missbilligung bemerkt, dass ich ein gutes Verhältnis zu den Mitgliedern des Betriebsrates pflegte. Er wusste nicht, dass ich seit meiner Lehrjahre als Maurer gewerkschaftlich organisiert war. An der bekannten Staatsbauschule Hildesheim-Holzminden habe ich später die Hochschulreife erlangt und dann das Studium in der Fachrichtung Steine und Erden mit Erfolg absolviert. Den Doktor schenkte ich mir, denn die HoSta, als Konzernmutter, machte mir auch als einfachem Diplom-Ingenieur ein gutes Angebot. Ich war also schon in dem Werk tätig, bevor Terstegen bei uns anfing. Gemocht haben wir uns nie, aber respektiert schon, bis die Krise nahte." Walther Lorentz fällt ein: „Dann verstehe ich das auch. Man hätte Sie eher im Unternehmen bis zum Rentenantritt belassen, als den Herrn Doktor. Wie kam es dann zum Bruch?" Bevor Dieter Hellmich antworten kann, bohrt Frau Lorentz weiter: „Ich bin ja auch kein Freund der Union, aber dass unser Oberchef dort überhaupt etwas zu sagen hatte, ist mir nicht bekannt." „Gisela, der ist doch gar nicht mehr Mitglied dieser Partei. Hast du den Skandal nicht mitgekriegt?" Dieter Hellmich bestätigt den Einwurf: „Erinnern Sie sich an die Geschichte mit der Mitgliederversammlung im 'Dorfkrug' und dieser mysteriösen Stimmenauszählung für das Amt des Fraktionsvorsitzenden der Union im Stadtrat?" „Ja, aber da waren doch ganz andere beteiligt." Walther lacht: „Recht hast du, doch es waren die Freunde vom Terstegen, die später dafür an die Wand gestellt wurden. Besser gesagt, die Titelseitenstars der Lokalzeitung für einige Tage." Dieter

Hellmich fährt fort: „Am Ende war das der Kündigungsgrund. Ich muss das etwas ausführen. Terstegen kandidierte für den Fraktionsvorsitz. Der Ledeburheimer Flügel war strikt dagegen. Die hatten sich auf den spendablen 'Gulasch-Baron' Zoltàn von Nemethy geeinigt. Bad Salzhausen, deren Bürger immer gern etwas Besseres sein wollen, führten dagegen den Doktor Terstegen ins Feld. Die Ledeburheimer sahen schon, wie der Elefant das Porzellan im Laden des Gulasch-Barons zerschlagen würde und fackelten nicht lange. Mittels bauernschlauer Diplomatie einigten sie sich hinterrücks mit den Landwirten in den zur Stadt gehörenden Dörfern auf die Verhinderung des hochgelobten Salzhäuser Kandidaten. Das klappte perfekt und bei dem Herrn Doktor klappte die Kinnlade herunter. Dieses Drama spielte sich im Vereinszimmer des 'Dorfkrugs' ab. Die Kür des Gulasch-Barons wurde gebührend gefeiert und als sich die Parteifreunde nach Hause begeben hatten, blieben nur die drei Freunde im Schankraum übrig. Sie fühlten sich unbeobachtet, doch vergaßen sie, dass der Studienrat Dreyer mit seiner Frau sich einen romantischen Abend gegönnt hatten und etwas versteckt hinter eienr Säule saßen. Da beide sonst eher sehr prosaischer Natur sind, die Frau ist Mitglied in der Lehrergewerkschaft, folgten sie interessiert, aber unauffälig, dem Treiben des Trios. Das bestand aus dem Getränkegroßhändler Protzlik, dem Bauunternehmer Wölkens und dem Sohn vom Frauenarzt Dr. Schneider-Parschke. Das ist der Udo, zuvor Chef der Jugendorganisation der Union für die Stadt Ledeburheim. Die hatten den Karton behalten, wo die ausgezählten Stimmzettel aufbewahrt wurden. Sie haben dann gemeinsam versucht anhand der handgeschriebenen Kandidatennamen die Person des jeweiligen Wählers zu identifizieren. Das soll auch bei den meisten gelungen sein. Viel Freude sollten sie an ihrer Aktion nicht haben. Für Frau Dreyer war das neben dem Dinner ein weiteres besonderes Fressen. Das machte schnell die Runde und so kriegte die Presse Wind davon und das Trio flog aus der Partei." Frau Lorentz erwidert: „Das hatte ich schon vergessen." Walther erklärt hingegen; „Ich denke, es ist so weit und ich lege jetzt die ersten Fleischstücke auf. Gisela, das Bier dürfte auch gut gekühlt sein und in der Sonne ist es doch recht mollig."

Wenig später sitzen sie wieder beisammen. Gisela Lorentz nimmt den Gesprächsfaden wieder auf: „Sie haben aber bisher noch nicht geschildert, wie es zu der Kündigung kam." „Ja Frau Lorentz, die Geschichte ist doch recht kompliziert und die Anfänge reichen weit in die Vergangenheit der Flothe-Feuerfest hinein. Sie kennen ja den Terstegen. Der wollte immer ganz hoch hinaus. Seine Art war hochfahrend und er traf nie den richtigen Tonfall gegenüber den einfachen Mitarbeitern. Das wusste auch das HoSta-Management. Deshalb ließen sie ihn auch praktisch auf seinem Posten versauern. Ich war mit ihm ja öfter auf dem Stahl&Eisentag. Da hat der sich immer wieder versucht an die Führungskräfte der anderen Stahlkonzerne anzubiedern. Der Direktor von der Kokereibaufirma Gustav Leise AG teilte mir nebenbei mit, dass wir doch vielleicht jemand anderes als diesen lästigen Typ zum Stahl&Eisentagtag schicken sollten. Doch vor zwei Jahren wurde im Konzern von der Revisionsabteilung damit begonnen die Tochterunternehmen neu zu bewerten. Da begann unser oberster Chef am Rad zu drehen. Vielleicht erinnern Sie sich noch an die ständigen Appelle zur Kostensenkung." Frau Lorentz unterbricht: „Wir sollten mit einem Mal an Verbrauchsmaterial sparen. Da gab es doch tatsächlich die Empfehlung, statt der teuren saugfähigen Papiertücher von der Rolle, Klopapier der Marke ‚Werrakrepp‘ zu verwenden. Das aber war dem Betriebsrat dann doch zuviel." Dieter Hellmich lacht: „Der war stolz wie Oskar auf diese Einsparung. Als ich ihn fragte, wie sich das in der Bilanz bemerkbar machen würde, wurde er fuchsteufelswild und meinte, dass selbst solche Nobelpreisträger wie Otto Hahn in ihrem Labor an der Tür eine Klorolle aufgehängt hatten. Auf meine Frage, wie denn die Quelle seiner Weisheit lauten würde, bekam ich zur Antwort, das habe er aus einem Dokumentarfilm, der im Fernsehen gezeigt wurde. Sie haben ja nun auch gemerkt, dass etwas in dem Laden nicht stimmt. Ich bin da stets zurückhaltend gewesen, bis zu dem Tag, wo ich an einem geheimen Treffen des Betriebsrats im ‚Flothe-Stübchen' teilnahm. Wir gingen davon aus, dass sich dort niemand von unserer Firma aufhalten würde, denn das ist ja eher eine billige Kneipe. Dort haben wir dann ganz offen die Lage des Unternehmens diskutiert, den Herr Doktor auch nicht geschont und ich gab mein Wissen zum Besten, dass im HoSta-Konzern die Kommission anlässlich der Rentabilitätsprüfung der ‚Flothe-Feuerfest' als Ergebnis die Stilllegung der kompletten Produktionsschiene ins Auge fasste. Die Wirkung war gleich einem Bombenvolltreffer. Frau Lorentz, sie haben das ja dann selbst erlebt, wie hoch die Wellen schlugen und dass die Konzernleitung vorübergehend eingeknickt ist." Walther Lorentz unterbricht: „Lassen sie uns noch die Bratwürste auflegen. Die sind aus Nordharingen. Der Schlachter dort kommt aus Thüringen und hat damals die Rezeptur mitgebracht. Das schmecken Sie sofort."

Es entsteht eine längere Pause, man labt sich an einer neuen Runde tschechischen Pilseners. Dieter Hellmich weiß sein Auto bei seiner Frau gut aufgehoben, womit sie am nächsten Morgen ins Eixfeld aufbrechen wird. Er wird sich für den Rückweg ein Taxi rufen lassen. Diesen Moment nutzt Walther Lorentz: „Jetzt haben wir uns ja schon ziemlich dicht an Ihre Kündigung herangetastet. Wie ging es denn nun weiter?"„Zwei Tage später werde ich in das Büro von Terstegen beordert. Die Sekretärin schaut mich sehr ernst an und spricht nur das allernötigste mit mir. Sonst haben wir immer fröhlich geplaudert. Daraus schloss ich, dass etwas im Busche ist. Kaum stehe ich vor dem Schreibtisch des Herrn Doktors und begrüße ihn, wie es sich geziemt, da erwidert er den Gruß doch mit: ‚Moin, Herr Diplom-Ingenieur Hellmich, ehemaliger Abteilungs- und Laborleiter der 'Flothe-Feuerfest'. Nehmen Sie Platz, ich will es kurz machen. Mir hat ein Bürger, der sich zufällig im 'Flothe-Stübchen' aufhielt hinterbracht, dass Sie sich dort bei dem Betriebsrat anbiederten, indem Sie öffentlich konzerninterne Überlegungen laut und deutlich, für alle Anwesenden in diesem Etablissement, ausplauderten und sogar in verleumderischer Absicht den Eindruck erweckten, dass die Geschäftsleitung, in diesem Falle vertreten durch meine Person, planen würde die Produktion unserer feuerfesten Produkte einzustellen und lediglich nur eine Qualitätsprüfstelle, also genau Ihr Arbeitsbereich erhalten bliebe. Herr Hellmich, das ist eine Ungeheuerlichkeit. Ich spreche Ihnen hiermit die außerordentliche Kündigung aus. In Anbetracht ihr langen Betriebszugehörigkeit und ihrer bisherigen Loyalität werde ich diese Kündigung Ihnen erst schriftlich zukommen lassen, wenn Sie nicht den folgenden Konditionen des Arbeitsaufhebungsvertrags zustimmen. Ich rate Ihnen dringend davon ab das Arbeitsgericht anzurufen. Der Fall ist eindeutig. Dieser Zeuge hat seine Aussage schriftlich niedergelegt und gehört auch nicht dem Konzern an. Vor Gericht haben Sie somit ganz schlechte Karten. Lesen Sie sich jetzt den Vertrag durch und entscheiden Sie sich bitte sofort. Denn ich wünsche nicht, dass Sie an Ihren Arbeitsplatz zurückkehren, sondern vielmehr unser Haus durch den Seiteneingang verlassen. Im Sekretariat erwartet Sie ein Mitarbeiter des Werkschutzes, der Sie dann nach draußen geleitet wird. Bitte lesen Sie jetzt! Darauf war ich nun nicht gefasst. Zuerst befand ich mich tatsächlich in einer Art Schockstarre, doch dann regte sich mein Kampfgeist. Aber je länger ich die Konditionen durchlas, wuchs meine Bereitschaft den Vertrag zu unterzeichnen, wenn da nicht meine Einwilligung zum Verzicht auf eine Abfindung gewesen wäre. Denn ein Aufhebungsvertrag ist ja keine arbeitsrechtlich wirksame Kündigung. Ich beschloss nachzufragen, warum ich unüblicherweise auf eine Abfindung verzichten solle. Wider Erwarten lächelte der Herr Doktor und meinte, diese Frage habe er erwartet, aber er würde sie mir nur mündlich beantworten. Er erinnerte an die Sperrfrist, die mir die Arbeitsagentur auferlegen würde, nach Unterzeichnung dieses Vertrags. Dabei vergaß er natürlich nicht zu erwähnen, dass im Falle einer wirksamen außerordentlichen Kündigung die Sperre automatisch einsetzen würde. Doch wegen meiner bisherigen Verdienste habe er mit meinem zukünftigen Arbeitsberater der Arbeitsagentur gesprochen. Ich würde keine Sperrfrist erhalten, sondern müsse mich nur bereit erklären zur ‚Wiedereingliederung' in den Arbeitsmarkt ein Praktikum bei einer ganz jungen Firma, einem sogenannten ‚start up' zu absolvieren, weil die künftig geforderten Fachkenntnisse nur zu einem Teil meiner bisherigen Tätigkeit entsprächen. Er erklärte mir klipp und klar, dass meine PC-Kenntnisse in Verbindung mit der Erarbeitung eines Warenwirtschaftssystems speziell für feuerfeste Produkte eine gute Grundlage bilden würden. Im Praktikum solle nun geprüft werden, welchen Input ich in das ‚start up' einbringen könne. Bei Erfolg bestünde danach eventuell eine neue steile Karriere in diesem Zukunftsmarkt. Ich überlegte kurz und dachte mir, wenn das mit dem Praktikum schiefgeht, dann bin ich aber aus der Sperrfrist raus. Eine Klage vor dem Arbeitsgericht schien mir bei der Beweislage aussichtslos. So habe ich dann schließlich den Vertrag unterschrieben und keine fünf Minuten später sollte ich die ‚Flothe Feuerfest' zum letzten Mal von innen sehen.

Meine Frau, war noch in der Schule, als ich daheim ankam. Sie wunderte sich, als sie mich bereits so früh im Wohnzimmer erblickte und erkundigte sich, ob ich mich krankgemeldet habe. In Ruhe berichtete ich über den Vorfall und wie ich darauf reagiert hatte. Sie zeigte keine Reaktion, als ich ihr von dem Aufhebungsvertrag berichtete, den ich trotz Bedenken unter Druck unterschrieben hatte. Vielmehr war sie daran interessiert, wie ich diese Ausnahmesituation persönlich verarbeiten würde. Sie schlug darum vor, dass wir uns abends bei einer Flasche Wein beraten sollten. Das geschah dann auch und sie wunderte sich sehr, warum der Terstegen mir nicht einfach eine Vorruhestandsregelung nahe gelegt hätte. In zwei Monaten wäre ich dazu berechtigt. So kamen wir überein, dass ich den DGB-Rechtsschutz anrufen sollte, um mir juristischen Rat zu holen. Das haben wir auch getan. Allerdings war die Auskunft niederschmetternd. Zum einen hatte ich ja bereits einen Vertrag unterschrieben, zum anderen war der Kündigungsgrund durchaus gerechtfertigt. Wenn ich nachweisen könnte, dass ich zur Unterschrift genötigt worden wäre, dann gäbe es eine winzige Chance. Doch es war kein Zeuge anwesend, so kam auch dies nicht Frage. Zwei Tage später hatte ich einen Termin bei der Arbeitsagentur. Mein Berater war ein zackiger junger Mann, der bemüht war, viel Optimismus auszustrahlen. Er schien von der Idee, dass ich ein Praktikum bei der „Databintec GmbH" absolvieren könnte, geradezu besessen zu sein. Über das Unternehmen hatte er sich gut informiert. Das Aufgabengebiet bestünde aus der Erstellung eines Datenerfassungssystems, welches im Bereich des Industrieofenbaus noch gar nicht existieren würde. Ich hätte Neuland zu beackern und wegen meiner Erfahrung eine Karriere zum gesuchten Spezialisten in greifbarer Nähe. Das Praktikum solle dazu dienen, meinen Kenntnisstand zu „evaluieren", um gegebenenfalls durch gezielte Supportprogramme und Coachings auf den notwendigen „Level" zu kommen. Für diese Zeit würde ich Arbeitslosengeld erhalten, das Unternehmen selbst Einarbeitungszuschüsse in Höhe der Hälfte des Gehaltes für sechs Monate bekommen, die für weitere sechs Monate dann auf ein Viertel sinken würden. Falls das Unternehmen jedoch sich früher zu einer Festanstellung entscheiden würde, wäre das natürlich besonders zu begrüßen, zumal mir dann die Zeit des Arbeitslosengeldbezugs gekürzt würde, was mir in Zukunft mehr Spielraum verschaffen würde. Er trug mir auf , dass ich mich noch am selben Tag dort vorstellen solle. Man wäre auf mein Erscheinen vorbereitet. Das tat ich dann auch."

Frau Lorentz erhebt sich von ihrem Stuhl. „Ich sehe, dass der Salat bis auf ein einsames Blättchen aufgegessen wurde. Ich habe noch einen frischen Riesling kalt gestellt und dazu würde mein Meeresfrüchtesalat genau das Richtige sein." Walther Lorentz lobt: „Meine Frau hebt sich die wirklichen Köstlichkeiten immer bis zuletzt auf. Das ist so wie bei der Hochzeit in Kanaan. Doch wissen Sie mehr über den Ohrenzeugen im ‚Flothe-Stübchen‘? Das wäre interessant herauszubekommen. Ich hege nämlich den Verdacht, dass es sich um einen Privatermittler oder auf Kündigungsrecht spezialisierten Anwalt handelt. In den letzten Jahren nutzen Unternehmen gern diese Strategie, um teure Mitarbeiter unter Druck zu setzen, in der Hoffnung die Opfer entweder zur Eigenkündigung zu bringen oder ihnen Fehlverhalten, das stressbedingt in solchen Situationen sehr leicht auftreten kann, nachzuweisen. Das erspart hohe Abfindungen oder unpopuläre Prozesse, obwohl diese professionellen Denunzianten sich ihre Tätigkeit auch gut bezahlen lassen."

Herr Hellmich schüttelt den Kopf. „Wir saßen im ‚Flothe-Stübchen‘ etwas abseits an zwei zusammengestellten Tischen, die anderen vorhandenen Gäste waren weiter entfernt. Der Name des angeblichen Zeugen wurde von Terstegen nur einmal genannt und war mir völlig unbekannt. Ich erinnere mich auch nur daran, dass er mit dem Buchstaben ‚T‘ begann."

Kurze Zeit darauf kehrt Gisela Lorentz mit einem Tablett auf die Terrasse zurück. „So, jetzt wollen wir uns noch einmal eine Portion ‘frutti di mare’ gönnen, selbst wenn das Meer über hundert Kilometer entfernt ist." Für eine Viertelstunde herrscht Ruhe, die nur durch einen entfernten Rasenmäher beeinträchtigt wird. Das Aufziehen des Korkens lässt auch wieder die Gespräche aufflammen.

Frau Lorentz bleibt weiterhin wissbegierig. „Wie gefiel Ihnen denn die neue Firma?" „Ich kam nicht direkt unvorbereitet, denn der Arbeitsberater hatte mir eine Fotokopie des Artikels aus dem ‚Flothe-Rundblick' mitgegeben. Ich habe das für Sie nochmals kopiert, Moment bitte", er zieht aus seiner Brusttasche das zusammengefaltete Blatt heraus, glättet die Seite und reicht sie Frau Lorentz. „Hm, so engagierte Mitarbeiter findet man bei dieser Behörde selten. Diese Erfahrung habe ich jedenfalls bei meiner Kündigung machen müssen. Walther, schau dir das an." Der Angesprochene ergreift das Blatt, runzelt etwas die Stirn: „Vor allen Dingen scheint in Ihrem Fall bei der Jobvermittlung eins in das andere zu greifen. Das entspricht zwar genau den Märchenvorstellungen unserer Arbeitsmarktpolitiker, doch das macht mich erst recht misstrauisch. Gisela Lorentz muss lachen. „Meine Güte, der Frank Wörner schreibt ja so, als ob seine Leser sich in der sechsten Klasse befinden und dem Gemeinschaftskundeunterricht lauschen. Ich mag solche Jubeltexte gar nicht." Dieter Hellmich fährt fort. „Mein erster Eindruck war zwiespältig. Angeblich soll ja die Erzverladung ein ‚Top-Gewerbegebiet' werden, doch ich würde es eher als ein Ödland mit einigen Bürobaracken bezeichnen. In einer solchen befanden sich zu ebener Erde die Räumlichkeiten der Databintec. Tatsächlich gab es eine Teeküche mit Mikrowelle, wo auch das Tischfußballgerät aufgebaut war. Ein Küchentisch mit vier Stühlen, diente gleichzeitig als Konferenzraum, die weiteren vier Büros waren spartanisch eingerichtet. Die Ausstattung bestand aus: Schreibtisch, Drehstuhl und einem Wandregal. Für etwaige Besucher gab es noch ein ‚Arme-Sünder-Stühlchen'. An den Wänden verlief ein Kabelbaum, der im ‚Serverroom' endete, einem finsteren Loch mit zwei Gebläsen die für einen Durchzug und die Abfuhr der heißen Luft nach draußen sorgten. In einem Büro tippte ein knapp Zwanzigjähriger wild auf der Tastatur. Er wurde mir als IT-Techniker mit Namen Mike vorgestellt. Sonst traf ich dort niemand an. Das Büro des Herrn von Alversdorf hob sich deutlich von den anderen Arbeitsplätzen ab. An der Wand hingen abstrakte Bilder, ein runder Tisch mit mehreren Sitzgelegenheiten sorgten für einen vertrauenswürdigeren Eindruck. Offenbar wurden hier auch Kundengespräche geführt. Man bat mich Platz zunehmen. Ich erhielt eine Betriebsvereinbarung zu dem Praktikum, was zunächst auf zwei Monate angelegt war. Breiten Raum nahm die Geheimhaltungserklärung eine, welche sich auch noch auf zehn Jahre nach Verlassen des Unternehmens erstreckte. Schadenersatzforderungen seitens des Unternehmens im Falle eines gravierenden Verstoßes gegen diese Vorschrift inbegriffen. Ich hatte keinerlei Anlass zu besonderem Misstrauen. Mich störte die Kahlheit, weil der unbefangene Betrachter in den Arbeitsräumen eher einen Eindruck erhielt, als ob entweder das Unternehmen gerade einzöge oder bereits der Auszug stattfände. Wenig begeistert war ich von dem Duzen der Leute untereinander. Man redete mich zwar stets mit ‚Herrn Hellmich' an, doch zu einem ‚Robert' und ‚Egbert' verspürte ich keine Lust. Sie kamen schnell zur Sache. Meine Aufgabe sollte es sein einige Datenbanken auf einen gleichen Standard zu bringen, damit ein Datenerfassungssystem mit dem gespreiztem Titel: 'Refractories data software solution' abgekürzt zu ‚RDSS' dem Kunden für Konstruktion, Wartung und Neubau auf Befehl zur Verfügung stünden. Mir kam die Idee gleich bekannt vor, denn ich hatte vor drei Jahren mit dem Gedanken gespielt für die ‚Flothe-Feuerfest' einen umfassenden Datenzugriff für die HoSta-Ledeburheim einzurichten. Ihrer Frau ist das ja bekannt, dass im Bereich feuerfester Baustoffe Steine nicht nur mit verschiedener chemische Zusammensetzung, sondern auch in ganz unterschiedlichen Formaten, bis hin zu Formsteinen eingesetzt werden. Wenn es also darum geht einen LD-Konverter mit einer neuen Zustellung zu versehen, also mit neuen Steinen auszumauern, muss die Neubauabteilung über detaillierte Pläne, den Lagerbestand und bei neuen Anlagen über die Kostenaufstellungen verfügen, Lieferzeiten inbegriffen. Neue Projekte erfordern ständig Änderungen in der Konzeption und Ausführung. Wenn so ein Erfassungssystem besteht, dann können Änderungen sofort im Datenbestand allseits geändert werden. Das bedeutet für alle Projektbeteiligten, dass sie stets den aktuellen Stand abrufen können. Das erspart die enormen Kosten, welche unvermeidbar durch nachträgliche Änderungen, Mehrfachbestellungen und Produktion von bestimmten Formaten entstehen. Solche Sonderanfertigungen landen meist wegen der ständigen Änderungen auf der Halde. Unser Obermotz Terstegen las sich meine Konzeption zuerst sehr aufmerksam durch, danach hörte ich nichts mehr und auf meine Nachfrage einige Monate später, erhielt ich die Antwort, dass das Unterfangen recht nett sei und auch wert ausprobiert zu werden, doch durch den Neubau der Koksofenbatterie für die Hochöfen „III und IV" käme es bereits zu spät. Man werde in der Zukunft darauf zurückkommen. Das verstand ich nun gar nicht, denn die Koksofenbatterie befand sich gerade in der Phase der Wirtschaftlichkeitsprüfung. Bis zur Realisierung würden gewiss noch zwei Jahre ins Land gehen. Ich hatte das Projekt genau für diesen Anwendungsfall geplant." Dieter Hellmich macht eine Pause und genießt einen Schluck des Rieslings. „Köstlich", entfährt es ihm.

Walther Lorentz ergreift das Wort: „Ich muss mich jetzt sehr vorsichtig ausdrücken. Unsere Behörde ist in den Fall ‚Doktor Terstegen' noch nicht einbezogen. Das kann sich je nach Stand des Ermittlungsverfahrens ändern. Ich habe versucht auf dem kurzen Dienstweg etwas über den Anlass der Hausdurchsuchung herauszubekommen. Es scheint sich um den Tatbestand der ‚Untreue' zu handeln. Sollten wir in dem Fall auch tätig würden, dürfte ich Ihnen davon nichts erzählen. Das verstehen Sie hoffentlich, doch Sie sind ja in einem anderen Unternehmen, da betrifft Sie das gar nicht mehr, außer der Befriedigung eines gewissen Rachegefühls."

„Walther, wie das klingt: Rachegefühl. Herr Hellmich war noch nie ein rachsüchtiger Mensch. Ich frage mich nur, was der Terstegen veruntreut haben könnte. Als die Gehaltszahlungen sich ständig verspäteten, bis sie ganz ausblieben, wurde schon spekuliert, was der Grund sei. Bei Untreue denke ich eher an Spielsucht oder Zocken an der Börse, wie es damals der Stadtkämmerer tat und deshalb bis heute der Stadt Ledeburheim im Etat Millionen fehlen. Ich bin aber gespannt, wie es Ihnen in der neuen Firma erging."

Herr Hellmich fährt fort: „Mir machte die neue Aufgabe viel Spaß. Dazu erhielt ich einige Datensammlungen, allerdings in einem bereits veralteten Datenbankformat. Es gab viel zu korrigieren. Ich fragte den Herrn Röller, woher er die Daten habe und er antwortete, das sei Spielmaterial. Die Daten kämen von einem Unternehmen aus Bonn, was aber nicht mehr existiert. Ich forschte ein wenig nach und konnte tatsächlich die Ringsdorff-Werke herausfinden, doch die waren schon lange nicht mehr in dieser Sparte aktiv. Ferner fiel mir auf, dass die Produktdaten sich eher mit unseren Daten der ‚Flothe-Feuerfest' deckten, wenn auch die zugeordneten Eigenschaften anders dargestellt wurden. Ich beschloss, heimlich eine Kopie der Dateien anzufertigen und auf dem heimischen PC in mein eigenes Datenerfassungssystem zu importieren. Ich hatte seinerzeit natürlich auch zu Hause an dem Projekt weitergearbeitet und sämtliche digitalen Unterlagen auch bei mir zu Hause abgespeichert. Sie können sich kaum mein Erstaunen vorstellen, als plötzlich mein Datenerfassungssystem auf mein eigenes Projekt zugriff. Offenbar waren die Daten zwecks Tarnung in das veraltete Datenbankformat exportiert worden, damit man nicht die Quelle entdecken konnte. Bei ‚Flothe Feuerfest' konnte außer mir niemand mit meinem Software-Erbe umgehen. In meinem Inneren ertönte ein Warnsignal. Es könnte also einen Zusammenhang zwischen Terstegen und der Databintec geben." „Das ließe sich durch uns leicht nachprüfen, dazu müsste ich eine Anfrage an das Finanzamt in Ledeburheim schicken. Doch ich müsste das begründen", unterbricht Walther Lorentz.

„Herr Lorentz ich bin sicher, es besteht eine Verbindung, denn die zwei Chefs stritten sich eines Tages in dem Büro des Herrn 'Von und Zu'. Die Tür stand offen. Da fielen Worte wie: 'Der Terstegen wird unangenehm lästig. Er will jetzt endlich einen Kunden mit einem Rahmenvertrag haben. Wir sollen verschärft akquirieren. Sonst muss er den Geldhahn etwas zudrehen.' Ich hatte keine Zeit mir darüber Gedanken zu machen. Das Datenerfassungssystem stand im Wesentlichen. Es taugte zur Kundenvorführung und war startbereit für ein Pilotprojekt bei einem interessierten Unternehmen. Mittlerweile war ich angestellt mit einem mageren Gehalt, aufgestockt durch einen Provisionsvertrag im Fall einer Kundengewinnung. Zu dem Zeitpunkt machte es mir sogar richtig Spaß in der Baracke zu arbeiten. Kaum eine halbe Stunde später bat man mich in das ‚feudale Zimmer', wie ich es zu nennen pflegte. Die beiden Herren lobten meine Arbeit und meinten, es wäre Zeit, wenn ich meine verkäuferischen Aktivitäten ebenso entwickeln könnte, wie das eigentliche Projekt. Ich solle einfach meine Kontakte zu den anderen Stahlwerken, Gießereien und Metallhütten dazu nutzen, um für das einmalige 'Refractories data software solution' zu werben. Schließlich fiele ja die Provision nicht vom Himmel. Sie selbst hätten zwar schon Verbindungen zu Unternehmen im Feuerfestbereich geknüpft, aber bis bei denen eine Entscheidung fiele, würden Jahre vergehen. Meine Idee, dass man vielleicht auf dem Stahl&Eisentagtag oder bei der nächsten Fachtagung der 'Deutsche Gesellschaft für Feuerfest- und Ofentechnik' in Düsseldorf einen Stand aufbauen könne, wurde rundweg als viel zu langwierig abgelehnt. Jetzt wäre der Zeitpunkt damit zu beginnen, bestimmte der Herr von Alversdorf und der Robert Höller meinten meine Art der Akquise sei völlig aus der Zeit gefallen, ja geradezu ‚cringe'. Der Kunde wolle heute direkt angesprochen werden. Ich solle in der nächsten halben Stunde mich im Büro hinsetzen und ein Gesprächskonzept entwerfen, wie ich das Projekt am eindrucksvollsten am Telefon darstellen könnte. Ich solle mir da eine Hütte oder Gießerei aussuchen, die uns wahrscheinlich nicht als Kunden akzeptieren würde. Wenn ich dann das Gespräch versemmeln würde, wäre das kein Schaden. Die beiden Herren hätten schließlich in den USA modernste Verkaufsmethoden studiert, die den Erfolg garantieren. Sie würden das Verkaufsgespräch verfolgen und anschließend mit mir gemeinsam den Verlauf und mein Verhalten analysieren, damit ich mein ‚standing' verbessern können und endlich ein Nutzen meiner Tätigkeit zu erkennen sei. Ich dachte, ich höre nicht richtig."

„Ich bin von den Socken", wirft Gisela Lorentz ein. „Sie als gestandene Führungskraft, der immerhin mit der Qualitätskontrolle unternehmerische Verantwortung für zwanzig Mitarbeiter mehr als zehn lange Jahre trug, soll fiese Telefonakquise, wie die Versicherungsdrücker, die einen ständig belästigen, unter Aufsicht ausführen?" Walther Lorentz ist ebenfalls fassungslos.

„Ab diesem Moment begann meine Leidenszeit. Ich war nie ein begeisterter Redner. Mein Lebenslauf war stets gekennzeichnet von schneller Auffassungsgabe ein Problem möglichst früh zu erkennen, von Zupacken um das Problem zu lösen und dem Bedürfnis für jede Aufgabe die besten Helfer zu auszusuchen. Lange Erörterungen habe ich vermieden, mit Ausnahme von Planungs- und Fertigungsaufgaben. Da war es besser sich Zeit zu lassen, die Beteiligten einen kritischen Blick auf die Ausführung werfen zu lassen, damit so wenig wie möglich schiefgeht. Nun überlegte ich vor meinem PC und bastelte mir einige Gesprächspunkte, die zum roten Faden eines solchen ‚cold call‘, wie es die jungen Herren wünschten, helfen sollten. Ich beschloss mein Glück bei einem kleinen Hochofenbetrieb im Saarland zu versuchen. Die Hochöfen waren schon alt und klein. Sie produzierten Roheisen, welches nach Pfannenbehandlung mithilfe von Magnesium zu Gießereiroheisen verarbeitet wurde. Der Leiter der Bauabteilung war ein Ingenieur, der mich auch nicht sehr gut kannte. Kaum war mein Konzept beendet, wurde ich in das feudale Zimmer gerufen. Das Telefon stand am Rand des Schreibtisches vom edlen Herrn. Ich wollte mir einen Stuhl nehmen, doch da hieß es. Ich solle im Stehen telefonieren, das gäbe mehr eigenes Stehvermögen, klänge aggressiver und ich solle die Verkaufsargumente mit entsprechender Gestik unterstreichen. Dann wählten sie die Telefonnummer, ich ließ mich verbinden und log dem Bauabteilungsleiter vor, dass wir auf dem Kameradschaftsabend des Stahl&Eisentages gemeinsam einige Biere genossen hätten und uns so angeregt unterhielten. Ich wusste, dass dieser Mann alkoholischen Getränken sehr zugeneigt war und konnte mich darauf verlassen, dass er keine Erinnerung mehr an diesen Abend hatte. Dennoch ging das Gespräch fürchterlich in die Hose. Er hörte mir zwar geduldig zu, lehnte aber unseren Verkaufsschlager rundum ab. Seine Kokerei würde noch mindestens zehn Jahre störungsfrei laufen, die Hochöfen seien neu zugestellt und die anderen feuerfesten Aggregate würden vom Marktführer aus Wiesbaden bereits so ausgeliefert, dass die Maurer die fertigen Pläne zur Hand hätten und nur noch die Steine setzen müssten. So endete das Gespräch. Anschließend fielen die beiden über mich her. Ich sei für ein modernes ‚sales-business' zu alt und könne nicht zielgerichtet den Kunden an die Wand drücken, bis derjenige nur noch seiner misslichen Lage dadurch entkommen könnte, wenn er unser Produkt kaufen würde. Ich musste dann zwei Wochen lang jeden Morgen einen ‚Kunden' anrufen und anschließend wurde Gericht gehalten. Allerdings wurde ich dadurch auch sicherer meine eigenen Interessen zu vertreten. Das war die einzige Wirkung dieses ‚Coachings'.

Walther Lorentz hat sich gefasst. „Diese Methoden kenne ich nur von zwielichtigen Callcentern. Wir haben vor einem halben Jahr ein solches Unternehmen abgewickelt. Der Chef bekam lediglich eine Geldstrafe und hat wahrscheinlich an einem anderen Ort einen neuen Laden aufgezogen. Wie passt so etwas mit einem hypermodernen ‚start up' zusammen?"

„Das fragte ich mich auch. Ich war vielleicht zu lange zu gutgläubig. Als mein erstes Gehalt nicht eintraf und ich nachfragte, wann das Geld denn nun käme, hieß es, dass der Steuerberater, der die Lohnabrechnungen vornimmt, aus Versehen einen Zahlendreher bei meiner Kontonummer verursachte. Jedoch würde ich am Ende des nächsten Monats mit dem neuen Gehaltslauf zwei Gehälter bekommen. Das gefiel mir nicht und der Herr von Alversdorf meinte genervt, dass er mir erst einmal einen Scheck ausstellen könnte über einen Pauschalbetrag, da ich ja wohl offenbar keine Rücklagen hätte." Ende des folgenden Monats wurde der Fehlbetrag ausgeglichen, doch die Stimmung in der Firma war gereizt. Das kann natürlich an meinen Telefonkünsten gelegen haben. Meine Frau empfahl mir bei der nächsten verzögerten Gehaltszahlung eine pro forma Abmahnung an die Geschäftsführung einzureichen."

Gisela unterbricht: „Ihre Frau hat wirklich einen ausgeprägten Realitätssinn und ist handlungsstark. Das gefällt mir außerordentlich. Bedauerlich, dass sie heute nicht dabei ist. Aber bei dem nächsten Treffen müssen Sie sie unbedingt mitbringen."

„Danke Frau Lorentz, Klassentreffen finden ja auch gewöhnlich nur einmal pro Jahr statt. Die Abmahnung reichte ich betont nachlässig ein und meinte, das könne er ruhig zu den Akten legen, es sei ja nur pro forma. Der gnädige Herr nickte und nahm das Schreiben an."

„Ein sehr guter Schachzug Herr Hellmich, doch fahren Sie bitte fort." Herr Hellmich greift zum Glas, welches bereits geleert ist. „Oh, die Flasche ist schon leer. Ich habe gar nicht darauf geachtet bei der Plauderei. Walther, trinkst du auch noch ein Glas Wein? Ich sehe, du widersprichst nicht, dann hole ich noch einen Riesling für uns aus dem Keller."

Nach einigen Minuten, die Gläser sind inzwischen wieder gefüllt, fährt Dieter Hellmich mit seinem Bericht fort. „Eines Tages komme ich des morgens in mein Büro und mir fällt sogleich auf, dass ein Modem an meinem PC angeschlossen wurde. Ich war völlig erstaunt. Ein Softwareunternehmen mit einem Internetanschluss über ISDN? Wir lebten doch nicht mehr in den Neunzigern! Im Laufe des Vormittags taucht der Robert Höller auf und erklärt mir auf meine Frage leichthin: 'Der Provider wollte eine Gebührenerhöhung gegenüber uns durchsetzen. So etwas ist für uns inakzeptabel. Darum suchen wir einen günstigeren Anbieter. Für die Zwischenzeit habe ich jeden PC mit einem ISDN-Modem versehen lassen.' Ich habe mich damit zufriedengegeben. Doch dieses lästige Telefon-coaching lastete auf meiner Seele. Eine Woche später denke ich bei dem Betreten der Baracke, dass ich in einen Hühnerstall geraten bin. Aufgeregt wird mit mitgeteilt, dass sich ein Interessent gefunden hat, der tatsächlich das System einführen will und bereit ist über zwanzig Arbeitsplätze damit auszurüsten. Das sei alles noch streng geheim, doch würde ich zu gegebener Zeit hinreichend informiert, denn dieses Projekt sei ja nicht durch meine Akquisition erfolgt. Vielmehr müssten die Geschäftsführer jetzt das Projekt präsentieren und daher wäre es meine Aufgabe ausnahmsweise die eigenen Chefs in diesem System zu schulen. Später könne ich dann die Mitarbeiter des Kunden in den Räumen unseres Unternehmens im Umgang mit dem RDSS ausbilden. In krassem Gegensatz zu der erfreulichen Geschäftsentwicklung stand das Ausbleiben des fälligen Gehalts. Im Folgemonat fand ich auf dem Konto nur eine einzige Gehaltszahlung vor, einen Monat später fehlte es ganz und mir riss der Geduldsfaden. Ich beschloss einfach Urlaub zu nehmen, der mir ohne Widerspruch gewährt wurde. Seit Montag bin ich daheim."

Walther Lorentz lächelt hintergründig und spricht betont jedes Wort aus: „Das riecht verdammt nach einer lupenreinen Insolvenzverschleppung." Herr Hellmich ergänzt, wir dachten uns das auch schon. Meine Frau hat einen Trick angewendet und bei der Krankenkasse der Firma angerufen. Sie gab sich als Sekretärin des Herrn von Alversdorf aus und fragte nach der Verbuchung der SV-Beiträge. Die Krankenkasse bestätigte die Meldung meiner Person, jedoch seien noch keine SV-Beiträge gezahlt worden. Zu diesem Zeitpunkt war ich ein Jahr in diesem Laden beschäftigt."

„Warum hat ihre Frau sich als jemand anderes ausgegeben? Als Versicherter haben Sie doch jederzeit das Recht zu erfahren, ob ihre SV-Beiträge abgeführt wurden?", fragt Gisela Lorentz. Bevor Herr Hellmich noch antworten kann, fällt ihr Walther Lorentz ins Wort. „Ich wette, dass der Herr Hellmich nicht bei seiner angestammten Krankenkasse angemeldet wurde, sondern bei einer Harakiri BKK, die es wie Sand am Meer gibt." Dieter Hellmich antwortet kleinlaut. „Es stimmt, es ist die BKK Kabelwerke Hermsdorf." Walther erhebt das Glas. „Da kann ich nur sagen: Auf das Gelingen Ihrer Kündigung und der Zahlung ausstehender Löhne, Herr Hellmich." Frau Meyerkofer wirft einen Blick aus dem geöffneten Küchenfenster, hört das Klingen der Gläser und murmelt: „Da stehen ja schon wieder drei Flaschen Wein auf dem Tisch. So etwas ist beim Finanzamt. Wir tief sind wir gesunken." Sie wendet sich ab, denn im Fernsehen ist die Werbepause beendet.

Die Stimme von Walther Lorentz verfällt in einen dienstlichen Ton: „Tja, ich muss Ihnen noch eine wichtige Information geben. Das Finanzamt interessiert sich nicht, ob Sie Gehalt bekommen oder nicht. In jedem Fall steht Ihnen ein Entgelt zu, das zu versteuern ist. Das bedeutet, dass Sie im schlimmsten Fall zur Zahlung von Steuern für Gehälter verpflichtet sind, die Sie gar nicht erhalten haben." Selbst Gisela zuckt etwas zusammen, auch Herr Hellmich kann seine Betroffenheit nicht verbergen. Walther registriert es und fährt versöhnlicher fort: „Sie sollten daher zu einer List greifen. Wenn Sie am Montag die nächste Abmahnung der Databintec zukommen lassen, dann setzen Sie sechs Arbeitstage als Frist zur Begleichung der Außenstände an. Danach erfolgt Ihre außerordentliche Kündigung. Wegen der Steuerpflicht beweisen Sie meiner Behörde, dass Sie ein verantwortungsvoller Steuerzahler sind und diese Pflicht sehr ernst nehmen. Sie schreiben deshalb eine ausführliche Begründung, warum Sie die Databintec anzeigen und vergessen keinesfalls die nicht abgeführten SV-Beiträge zu erwähnen. Unbedingt sollten Sie auch einen möglichen Zusammenhang mit dem Fall ‚Terstegen' andeuten. Legen Sie sich aber nicht fest, der Verdacht ist ausreichend. Das macht einen ausgezeichneten Eindruck und Sie werden in dieser Abteilung des Finanzamtes Hannover-Süd sehr freundlich empfangen. Da können Sie schon am Montag vorbeischauen, denn auch diese Abteilung braucht etwas Zeit zur Bearbeitung. Ich gehe davon aus, dass die jungen Chefs bestimmt Ihre Abmahnung in den Papierkorb werfen, weil Sie sich Ihnen gegenüber turmhoch überlegen wähnen."

„Wie heißt denn die Abteilung?", erkundigt sich Dieter Hellmich. Die knappe Antwort lautet: „Steuerfahndung." Gisela Lorentz lacht: „Mit denen hast du ja schon so manches Ding gedreht." „Gisela, die Betrüger und Schwindler gehen nie aus."

Obwohl sich die Sonne bereits dem Horizont zuneigt, ist im Gesicht des Herrn Hellmichs große Erleichterung zu erkennen. Die Stimmung wird gelockerter, man spricht über angenehmere Themen und spät gegen Mitternacht fährt vor dem Haus am Treppauer Pfad ein Taxi vor.

Als am frühen Sonntagabend Frau Hellmich das Auto in der Garage abstellt, wird sie von Ihrem Mann freudig begrüßt, der es kaum erwarten kann, ihr von dem Besuch bei der Familie Lorentz zu berichten. So entwerfen beide noch abends die Abmahnung und die Begründung für die Anzeige bei der Steuerfahndung. Sie ruft ihren Kollegen in Bad Salzhausen an, mit dem sie eine Fahrgemeinschaft bildet, sofern es die Stundenpläne erlauben. Er solle am nächsten Morgen doch bitte zehn Minuten eher an dem Treffpunkt auf sie warten. Am Montagmorgen befindet sich Herr Hellmich in der Linie 13 der Hannoveraner U-Bahn, während Frau Hellmich mit ihrem Kollegen in der alten Erzverladung am Firmensitz der Databintec den Brief unter den Augen ihres Kollegen in den Firmenbriefkasten warf. Aus der Öffnung quollen bereits etliche Umschläge, sodass sie ein wenig Zeit brauchte, bis der Umschlag mit der Abmahnung auch sicher verstaut war.

Die Computerstimme meldet: „Nächste Haltestelle – Wallensteinstraße". Herr Hellmich steigt aus und nach kurzem Fußmarsch, es ist sonnig doch noch erfrischend kühl, steht er vor dem Eingang eines Betonklotzes, dem Finanzamt-Süd. Bei dem Pförtner erkundigt er sich nach der Steuerfahndung. Der Pförtner stellt noch ein paar weitere Fragen, greift dann zum Telefonhörer und nach einem kurzen Gespräch, weist er Herrn Hellmich den Weg zu einem Zimmer im dritten Stock. Wenig später sitze er einem freundlichen Herrn um die vierzig gegenüber. Er schildert sein Begehr und schiebt ihm die Begründung zu seiner Aussage zu. Der Beamte nimmt sich Zeit und studiert gründlich das Schreiben. Eine Passage erweckt noch besondere Aufmerksamkeit, doch dann legt er das Schreiben beiseite und fragt: „Ich darf das doch behalten?" Dieter Hellmich nickt eifrig und bestätigt ihm, dass er diesen Vorgang für so wichtig hielte, dass er deshalb persönlich erschienen sei. Der Beamte lächelt und meint: „Ich freue mich, dass Sie so schnell von sich aus handeln. Sie haben den Ernst der Lage erfasst, sehen wir einmal davon ab, dass Sie sich durch die fehlenden Gehaltszahlungen bestimmt in einer schwierigen Lage befinden. Mir ist ein Punkt in Ihrem Schreiben aufgefallen. Sie erwähnen einen Dr. Terstegen, der auf irgendeine Art mit dem Unternehmen verbunden ist. Wissen Sie mehr darüber?" Ausführlich erzählt Dieter Hellmich, wie er bei der Bearbeitung seines Projekts den Daten der „Flothe Feuerfest" auf die Spur kam und spart auch nicht an der Beschreibung des belauschten Streites zwischen den beiden Geschäftsführern. Sein Gegenüber macht sich eifrig Notizen und als Herr Hellmich mit seiner Erzählung endet, bittet er ihn um etwas Geduld. „Ich gebe jetzt eine Zusammenfassung Ihres mündlichen Berichts in den PC ein. Das drucke ich zweimal aus und gebe Ihnen eine Kopie mit. Allerdings würde ich Sie bitten, dass Sie die Richtigkeit der Angaben auf meinem Bogen mit Unterschrift bestätigen. Ihr Exemplar werde ich dann auch abzeichnen." Herr Hellmich ist damit einverstanden und nun dauert es einige Minuten, in denen der Beamte mit ihm über den diesjährigen Sommer spricht, so als gäbe es diesen Vorgang gar nicht. Nachdem die Papiere unterzeichnet sind, wird Dieter Hellmich mit den Worten entlassen: „Ich fürchte, dass Sie nicht zum letzten Male uns besucht haben. Wenn Ihnen noch etwas einfällt, gebe ich Ihnen meine Karte mit, dann rufen Sie mich einfach hier an."

Als Dieter Hellmich wieder auf der Straße steht und der Verkehr an ihm entlang braust, verspürt er den Wunsch nach einer Tasse Kaffee mit einem Eisbecher. An der Kreuzung mit der Wallensteinstraße wird er fündig. Mit Genuss verspeist er eine Portion frische Erdbeeren mit Vanilleeis und trinkt dazu einen Becher starken Kaffees. Ein gewaltiger Schritt aus diesem Sumpf, wie er seine aktuelle Beschäftigungslage ansieht, ist vollzogen worden.

Am Nachmittag kehrt er heim. Ein Stadtbummel durch die Innenstadt Hannovers endete mit einem Besuch einer bekannten Buchhandlung, wo er für sich und seine Frau Bücher erwarb. Diese Ablenkung würde beiden guttun. Der Dienstag hatte sich eingetrübt. Über Nacht waren Gewitterwolken über Ledeburheim aufgezogen und es gab heftige Regenfälle. Aber der Keller lief nicht voll Wasser, was seine größte Sorge war. Gegen neun Uhr ruft er bei seinem Arbeitsberater in Arbeitsagentur an und schildert ihm seine finanzielle Lage wegen der ausgebliebenen Gehälter. Den jungen Mann scheint das aber wenig zu kümmern, denn seine gelangweilte Antwort lautete nur: „Das ist doch ein Problem zwischen Ihnen und dem Arbeitgeber. Damit haben wir doch nichts zu tun." Verärgert gibt Dieter Hellmich zurück: „Ach so, dass die Typen sich Ihre Gehaltszuschüsse, die Sie als Arbeitsamt leisten, in die eigene Tasche stecken, interessiert Sie wohl nicht?" Der Arbeitsberater bleibt gelassen: „Das lassen Sie mal unsere Sorge sein. Sehen Sie zu, dass Sie sich mit dem Arbeitgeber einigen." Abrupt endet das Gespräch. Herr Hellmich bleibt empört zurück. Er ist nicht aufbrausend, denn ohne kühlen Kopf zu bewahren, hätte er es nicht so lange bei der „Flothe Feuerfest" ausgehalten, nicht nur wegen des Herrn „Doktors". Bevor er eine Beschwerde an den Leiter der Arbeitsagentur versendet, will er mit der Rechtsschutzabteilung der Gewerkschaft sprechen. Am Telefon wird ihm beschieden, dass mittwochnachmittags der Rechtsberater in Ledeburheim Sprechstunde abhält und ihm wird ein Termin reserviert."

Als das Ehepaar Hellmich soeben die Mittagsmahlzeit beendet hat, klingelt das Telefon. Frau Lorentz ist am Apparat und Irene Hellmich wird mit einem Wortschwall überschüttet. Sie entnimmt den vielen Worten, dass Gisela Lorentz sie unbedingt einladen möchte mit Ihrem Mann am sonntäglichen Kaffeetisch der Familie Lorentz teilzunehmen. Irene Hellmich kann sich dem nicht entziehen und übergibt einfach den Telefonhörer an ihren hinzugekommenen Ehemann. Der kann erst recht nicht die Einladung abschlagen und Frau Lorentz teilt ihm nebenbei mit, dass in der „Flothe Feuerfest" der Betriebsratsvorsitzende Torsten Siebert gefeuert wurde. Er wäre heute Morgen bei ihr vorbeigekommen und hätte über den Kündigungsvorgang berichtet. Auch bei ihm gab es einen Zeugen, der Torsten Siebert bei angeblichen Verstößen erwischt habe. Er habe den Namen schwarz auf weiß, weil er in der Kündigungsbegründung erwähnt wurde. Er hieße: ‚Ulf Tankred', sei dem Gekündigten aber völlig unbekannt. Allerdings habe an dem letzten Bezirkstreffen der Gewerkschaft ein unbekannter ‚Vertreter' der Leinetal-Chemie teilgenommen, der sich nur mit dem Vornamen ‚Ulf' vorstellte. Man habe sich dabei nichts gedacht, denn in der Leinetal-Chemie sind nur wenige organisiert und treten deshalb selten in Erscheinung. Irene Hellmich drängt, weil das Eis im Dessert zu schmelzen beginne, so endet das Gespräch augenblicklich. Dennoch ist Dieter Hellmich für die Störung dankbar. Das war dieser „Mister X.", der auch angeblich als Gast im „Flothe-Stübchen" angab ihn belauscht zu haben, denn es fiel ihm wieder ein, dass dieser Name auch bei seinem Kündigungsgespräch genannt wurde.

Die Databintec meldete sich nicht. Offenbar wollte man dort die Angelegenheit aussitzen. So fuhr dann Herr Hellmich mit dem Bus in die Innenstadt von Ledeburheim, wo unweit des Rathauses sich das Gewerkschaftshaus befindet. Er musste noch ein wenig warten, bis er aufgerufen wurde. „Kollege Hellmich, was kann ich für dich tun?", begrüßte ihn ein gestandener Fünfziger mit Schnurrbart und schütterem Haar auf dem Kopf, das geschickt gekämmt war, um den Eindruck einer Glatze zu verbergen. „Ich heiße übrigens Werner Brunke." Dieter begann mit der Schilderung, legte ihm die Kopie für die Steuerfahndung vor und fragte ihn, wie er die außerordentliche Kündigung begründen solle. Als Werner Brunke sich den Text durchgelesen hatte, lachte er: „Wer hat dich denn dazu getrieben, gleich mit scharfem Geschütz auf dieses ominöse ‚start up' zu schießen?" Dieter Hellmich gab zu, dass ihn dazu ein Mitarbeiter des Finanzamtes ermuntert habe. „Das ist aber dann kein einfacher Sachbearbeiter, sondern ein Spezialist. Weißt du, welche Position er dort hat?" „Hm, hat er nicht gesagt, er sei für die Eintreibung von Steuern verantwortlich." „Ok", erwidert Werner, „dann ist er mit allen Wassern gewaschen und weiß genau, wie man mit Schwindelfirmen umgeht. Wenn du jetzt gar nichts mehr machst, wirst du automatisch fristlos gekündigt. Die Möchtegernmanager der Databintec werden dich am liebsten kreuzigen. Nur bekommst du dann von der Arbeitsagentur die berüchtigte Sperre. Darum muss deine fristlose Kündigung gut begründet sein. Du hast zweimal abgemahnt, das heißt, wenn zum Beginn der nächsten Woche nicht die ausstehende Summe an Gehältern auf deinem Konto ist, kannst du unbesorgt kündigen. Ich würde bis Mittwochmittag warten. Also genau in einer Woche. Arbeitest du noch?" Dieter Hellmich schüttelte den Kopf. „Wunderbar, dann kannst du beruhigt die Sache ins Rollen bringen. Aber da ist noch etwas, was zum Teufel hat der Terstegen, dieses Ekelpaket, mit der Databintec zu schaffen?" „Mir scheint, du magst ihn nicht. Ich vermute, dass er der Drahtzieher für dieses ‚start up' ist. Ich habe nachgedacht, was für ein Motiv er besitzen könnte. Nehmen wir einmal an, dass die Produktion der „Flothe Feuerfest" stillgelegt wird, wie es schon einmal geplant war. Der Terstegen wäre sofort weg vom Fenster. Die HoSta-Ledeburheim benötigt aber einen verlässlichen Lieferanten, der mit allen Problemen in dem Unternehmen vertraut ist. Dann ist die Databintec der Retter. Woher die dann die Materialien kriegen, interessiert niemand. Hauptsache die Qualität wird nicht deutlich schlechter. In der Mitte der Lieferkette sitzt dann aber die Databintec und kassiert ab." „Du hast sehr wahrscheinlich recht. Zunächst kann ich dir verraten, dass ich den Terstegen aus verschiedenen Klagen vor dem Arbeitsgericht kenne. Ferner ist deine Theorie sehr plausibel. Das erklärt auch, warum man ihm Untreue vorgeworfen hat. Zur Finanzierung hat er bestimmt Gelder umgeleitet an die Databintec. Das wird jetzt hoffentlich die Steuerfahndung herausfinden. Hast du schon einen Termin mit dem Leiter des Arbeitsamtes?" „Ich bin morgen mit ihm verabredet oder besser gesagt mit einem zuständigen Mitarbeiter. Ich habe ihm ja den Text dieser Seite, die du vorliegen hast, in das Fax eingefügt, ohne jedoch die Steuerfahndung zu erwähnen. Der Aufhänger der Beschwerde ist der Gesprächston und die Reaktion dieses rotzigen Arbeitsberaters. Ach, ehe ich das vergesse, gestern habe ich erfahren, dass der Betriebsratsvorsitzende der „Flothe Feuerfest" fristlos gekündigt wurde. Grund ist die Aussage eines Belastungszeugen. Das ist derselbe, welcher mich auch denunzierte. Sein Name lautet: Ulf Tankred. Mehr weiß ich nicht über ihn." „Aha, der Ulf Tankred.

Den kenne ich sehr gut. Es ist ein mieser Abmahnanwalt, der früher für betrügerische Computerfirmen angebliche Softwaregebühren eintrieb. Der hat sich jetzt darauf verlegt, missliebige Mitarbeiter in Unternehmen, die ihr Personal auf elegante Weise verschwinden lassen wollen, zu bespitzeln und Belastungsmaterial über sie zu sammeln. Gut zu wissen. Das mit dem Betriebsratsvorsitzenden ist noch nicht zu mir durchgedrungen, das wird bestimmt in den nächsten Tagen geschehen. Also, ich wünsche dir viel Glück, lieber Kollege!" Damit endete die Unterredung. Befriedigt sah Dieter Hellmich dem Treffen mit dem Mitarbeiter der Arbeitsagentur entgegen.

Es ist Donnerstag, er betritt das Gebäude der Arbeitsagentur und ist darauf, bedacht sowenig Aufsehen zu erregen wie möglich. Er hat Glück, denn er trifft nicht auf diesen schnöseligen Arbeitsberater. Dagegen sitzt er einige Zeit auf einer Bank im Flur. Vor den anderen Bürotüren harren Menschen aus, die einen traurigen bis verbitterten Eindruck vermitteln. Es gibt keine Gespräche, das Nötigste wird nur geflüstert, eine angst triefende Atmosphäre, die er sonst höchstens vom Wartezimmer des Zahnarztes kennt. Wenn sich eine Tür öffnet, weil eine Mitarbeiterin auf die Toilette oder zu einem anderen Büro geht, wird blitzschnell die Tür verschlossen, geprüft und sofort dreht sich der Schlüssel im Loch herum, als ob die Mitarbeiter einen Sturm auf die Bastille befürchten. Doch seine Gedanken werden unterbrochen, als sich eine Tür leise öffnet, ein junger Mann seinen Namen ruft und ihn bereits in der Tür mit Handschlag begrüßt. „Herr Hellmich, schön Sie bei uns zu sehen, bitte nehmen Sie Platz. Ich bin vom Direktor dieser Niederlassung beauftragt worden ihrer Beschwerde nachzugehen. Sprechen Sie ruhig ganz offen. Ich heiße übrigens Martin Steinberg." „Herr Steinberg, die Beschwerde ist gewissermaßen ein Beiwerk, weil der für mich zuständige Arbeitsberater seinen Unwillen und absolutes Unverständnis meiner derzeitigen Lage auf patzige Art zeigte. Ich habe für Sie die Fakten auf einer Seite zusammengefasst."

Es entsteht eine längere Pause. Dann greift Martin Steinberg zum Telefon. Dieter Hellmich kann nicht hören, wer sich am anderen Ende meldet. „Ich habe jetzt die Fakten über die Databintec von dem Herrn Hellmich zur Kenntnis genommen. Was mich aber verwundert, wer hat denn den ‚Eberhard den Harten' auserkoren Herrn Hellmich zu betreuen? Dafür ist doch unser Heinz Osterloh zuständig? Ich lese hier den Namen ‚Dr. Terstegen'. Der harte Eberhard ist doch sein Neffe, sollte ich mich da täuschen? Ich werde ihn anweisen, die Akten zum Heinz Osterloh zu schicken. Aber ich bleibe an diesem merkwürdigen Vorgang dran, das verspreche ich." Er legt den Hörer auf. „Herr Hellmich, ab sofort betreut Sie unser Mitarbeiter Heinz Osterloh. Der ist für Sie genau richtig. Er ist auch Diplom-Ingenieur, besitzt entsprechende Berufserfahrung und ist ein langjähriger Mitarbeiter unserer Agentur. Er versucht jeden zu fördern – aber kennt auch seine Pappenheimer. Kann ich noch etwas für Sie tun?"

Herr Hellmich berichtet nun von seiner Befürchtung, dass seine fristlose Kündigung gegenüber der Databintec ernste Nachteile einbringen könnte." Martin Steinberg nickt verständnisvoll: „Das ist für Sie auch zuerst das Wichtigste. Da kann ich Sie beruhigen. In diesem Fall erhalten Sie sofort Ihr Arbeitslosengeld, wenn der Antrag angenommen wird. Was ich Ihnen jetzt zu sagen habe, bleibt bitte unter uns. In unserem Bundesland haben sämtliche Arbeitsagenturen mit diesen sogenannten ‚start up'-Unternehmen fast nur schlechte Erfahrungen gesammelt. Es gibt einige, welche mit einer pfiffigen Idee durchschlagenden und längerfristigen Erfolg haben, doch die meisten geraten ins Straucheln. Die Gründe sind vielfältig. Das kann eine unrealistische Marktbeurteilung sein, Fehlkalkulationen bei zu zahlenden Steuern und Abgaben oder ein zu üppiger Lebensstil als öffentlich bejubelter Jungunternehmer. Es ist geradezu verantwortungslos und irreführend, wenn sich angeblich wegen ihres abgebrochenen Studiums ‚start up'-Stars in Talkshows präsentieren und Prämien anbieten, für junge Leute, die ebenfalls das Studium abbrechen und sich selbstständig machen. Das erinnert doch eher an schwere Alkoholiker, die andere zum Saufen animieren, um nicht allein als Trunkenbold dazustehen. Doch die Politiker reagieren hysterisch, wenn diese von ihnen als ‚Endlösung der Arbeitslosigkeit' gehätschelten ‚start up' Firmen dunkle Flecken auf ihrer weißen Weste erzeugen. Da wird bis zum Bankrott jede unbequeme Wahrheit unter den marktwirtschaftlichen Teppich gekehrt. Die Opfer sind die Mitarbeiter solcher Firmen. Sie werden um ihren Lohn geprellt, ihre SV-Beiträge und Steuern hinterzogen und Chefs stecken sich unsere Eingliederungszuschüsse in die eigene Tasche. Das ist die raue Wirklichkeit. Aber wer denkt schon an die Opfer? Je mehr Mitarbeiter eine solche Firma hat, desto stärker füttern sie damit die politische Propaganda und deren Ausführende - die Medien. Lassen Sie es mich derb formulieren: Die Politiker scheißen auf die Ärmsten in unserer Gesellschaft, die ihre Existenz auf das Spiel setzen, um nur den Job zu behalten." Er muss lachen. Das musste jetzt einfach raus! Herr Hellmich, Sie kriegen in den nächsten Tagen den Termin für das Gespräch mit Herrn Osterloh, und ich wünsche Ihnen aufrichtig viel Erfolg bei dem ungleichem Kampf."

Fröhlich verlässt Dieter Hellmich die Arbeitsagentur. Der berühmte Silberstreif' am Horizont ist aufgetaucht. Scherzhaft berichtet er seiner Frau am Abend: „Wenn die Databintec erst einmal platt ist, dann werde ich Freiberufler und vermarkte mein Datenerfassungssystem." Sie antwortet nur: „Das können wir ja am Sonntag bei Familie Lorentz besprechen."

Nach etwa drei Monaten erscheint eine Meldung im „Flothethaler Anzeiger", welche die Verabschiedung des Herrn Dr. Terstegen in den Vorruhestand verkündet Der Vorstandsvorsitzende rühmt die umsichtige und stets am Mitarbeiterwohl orientierte Firmenpolitik des Dr. Terstegen und überreicht ihm eine Ofenplatte, welche im Werk gegossen wurde mit nackten Damen versehen, die allegorisch die Tugenden „Treue", „Gerechtigkeit" und „Kampfkraft" darstellen. Ein Werk desselben Künstlers, der auch die Eingangshalle der HoSta-Ledeburheim mit dem Fries „Geballte Arbeiterkraft beim Tiegelstahlguss" ziert, angefertigt zu der Zeit, als jedermann noch von den „Horst-Wessel-Werken" sprach. Etwa gleichzeitig beklagen „start up – Unternehmer" Robert Höller und Egbert von Alversdorf in einem Interview mit „Radio Salz & Rüben", dass sie gezwungen seien ihr Unternehmen aus der digitalen Wüste Ledeburheim in eine Region mit jungen Leuten, die „Expertise" hätten und „Ei-Tiee affin" wären, zu verpflanzen. Qualifiziertes Personal sei in Ledeburheim trotz großer Bemühungen nicht zu finden. Sie geben die Schuld einem Staat, der bereits Jugendliche verweichliche, das Anspruchsdenken fördere, jede Eigeninitiative und -verantwortung lähme. Es fehle an der geistigen Haltung den Job zum Lebenszweck zu gestalten, den Verzicht auf das schnelle Geld zu üben wegen mangelnder Opferbereitschaft. Sie vergessen nicht auf die linksliberale Fehlentwicklung in diesem Lande hinzuweisen und führen dafür die sattsam bekannte ‚sozialistische Gulaschkanone' ins Feld.

Als zwei Wochen später das Landgericht in Wolfenstedt den Herrn Dr. Terstegen wegen des Verdachtes auf Untreue frei spricht, dagegen die Herren Höller und von Alversdorf zu einer Bewährungsstrafe verurteilt, ist dieses Urteil dem Chefredakteur des „Radio Salz & Rüben" keine Meldung wert. Seiner Meinung verstoßen solche Nachrichten gegen das Redaktionsstatut nur Wahrheiten zu senden, die der Hörer für wünschenswert hält.

Erntedank im November

Liebe Gemeinde!

Auch wenn wir heute nur ein kleiner Kreis sind, so sagt doch Jesus, der Sohn Gottes: „Wo Zwei oder Drei in meinem Namen versammelt sind, da bin ich mitten unter Euch…" Gott kommt es nicht auf große Zahlen an. Manche denken, feierliche Gottesdienste bedürfen einer Menge an Gläubigen, so wie jemand viele ihm liebe Menschen und Freunde zu einem Geburtstagskaffee einlädt, dann traurig ist, wenn stattdessen viele Absagen erfolgen. Haben wir Grund zur Traurigkeit? Nein, morgens umgibt uns der kühle Novembernebel, er hilft Gedanken zu ordnen, erfrischt mich auf der Fahrt mit dem Fahrrad zum Reformhaus, wo ich eigenhändig die Dinkelbrötchen für unsere Familie besorge. Dort treffe ich dann Menschen, die fleißig die Straße fegen, Frauen, die emsig Fenster putzen, überall ist Leben in einem Monat, der doch eher dem Nachdenken gewidmet ist.

Bevor ich in diese Gemeinde kam, arbeitete ich draußen auf dem Lande. Ich predigte dort zum Reformationstag über die Beharrlichkeit und Freude im Glauben. Ein feiner Nieselregen ging hernieder, während ich über die Freude am Monat November in Ägypten berichtete. Nach meinem Examen war ich dorthin gereist, weil es um diese Jahreszeit dort am schönsten ist. Nach der Predigt kam ein bodenständiger Landmann auf mich zu und sprach mich an: „Also Herr Pastor, das müssen Sie mir erklären, was ist am November so zum Freuen? Wir haben Volkstrauertag, Totensonntag, auf dem Friedhof werden Tannenzweige ausgelegt, alles ist verblüht. Das soll Freude verbreiten?"

Ich war sprachlos. Diese Klarheit in der Fragestellung dieses einfachen Mannes, der damit eine Fülle theologischer Disputationen wie einen Eimer Waschwasser vor meinen Füßen buchstäblich ausschüttete, ließ mich nachdenklich werden. Es blitzte auf und Kindergeschrei hob an. „Sehen Sie, ein neues Gemeindemitglied werden wir jetzt taufen, auch ein Freudenspender", rief ich erleichtert im Weggehen und eilte zu den Taufgästen.

Doch quälte mich diese Frage weiter. Schließlich hatte ich mehrere Jahre an verschiedenen Universitäten studiert, sodass mich meine vorübergehende Ratlosigkeit ärgerte. In meiner Studierstube, dem Allerheiligsten, wie meine Frau zu sagen pflegt, genieße ich den Blick über das weite Land. So auch an diesem Nachmittag, als bleigraue Wolken das kühle Sonnenlicht verdeckten und in der Ferne ein Traktor die letzten Rüben auf dem Feld einsammelte. Plötzlich durchzuckte es mich. Ich hatte die zündende Idee, dachte an das Gleichnis vom Sämann im Weinberg, verließ den Raum und stürmte ins Wohnzimmer. Dort saß meine Frau, strickte an den Missionsstrümpfen für Mali, ein Projekt der Frauenhilfe unserer Gemeinde, während ich mit freudiger Erregung verkündete: „Der Herr bringt seine Ernte im November ein!"

Sie lächelte mich glücklich an, während aus dem Kinderzimmer das Geschrei unserer Jüngsten zu vernehmen war, eine Herzensfrucht von wenigen Monaten.

Ja, der Herr bringt seine Ernte im November ein, dann wenn wir manchmal verzagt vor dem grauen Alltag stehen und undurchdringlicher Nebel die Klarheit der frohen Botschaft verdeckt. Es war wieder ein Novembersonntag, als ich über die Öllampen der Jungfrauen sprach, von Finsternis und Licht, Trauer und Hoffnung. An der Kirchentür stand eine alte Frau, sie schaute mich ernst an und fragte eindringlich: „Herr Pfarrer, sie predigen so fröhlich über diesen dunklen Monat. Die Katholiken haben es doch aber besser, denn sie zünden zu Allerseelen ein Licht an den Gräbern an, das gibt ein wenig Freude und Wärme in dieser Zeit, aber wir Evangelischen sitzen im Dunkel."

Erschrocken hielt ich inne. Schon wieder hatte ich mich ertappt dabei, grundsätzlichen Fragen aus dem Weg zu gehen, mich nicht der offenen Diskussion zur Ökumene zu stellen. Wie weit dürfen wir diesen Weg beschreiten, ohne uns selbst zu verraten. Was meinte Martin Luther zur Frage des Lichtes? Trauer in Dunkelheit, oder Erleuchtung der traurigen Finsternis? Wie können akademische Fragen dem Volke nahe gebracht werden, ohne des hermeneutischen Kerns entkleidet zu werden? Dies schoss mir durch den Kopf, wo doch diese schlichte Frau eines starken Trostes bedurfte. Ein Blick zur Uhr – in einer Viertelstunde erwartete mich ein junges Paar zum Trauegespräch; aber ich stand jetzt und hier und zweifelte, ob ich diese Frau allein lassen konnte in ihrem inneren Zwiespalt. Das muss der heilige Geist gewesen sein – ich muss immer wieder schmunzeln, wenn ich an diese Begebenheit denke, denn mit einem Mal stand die Antwort klar vor meinen Augen. Diese Frau hatte ihren einzigen Sohn kurz nach Kriegsende in einem amerikanischen Kriegsgefangenenlager verloren. Anfang November 1945, glücklicherweise nicht im kalten russischen Osten, so traf ich sie gelegentlich am Grabe auf dem Friedhof. Darum kam es mir auch so leicht über die Lippen: „Der Herr bringt seine Ernte im November ein. Denken Sie doch nur einmal daran, wie Ihnen wohl zumute gewesen wäre, hätte man Ihnen statt im November am Weihnachtstag die Botschaft vom Tod Ihres Sohnes überbracht!" In Ihrem Auge erglänzte eine Träne und stumm hielt ich ihre Hand in der meinen.

Ich habe mich noch öfter gefragt, ob wir nicht gelegentlich über unser studiertes Wissen, die Stimme der Demut überhören, nicht aus Hoffart, sondern durch zu viel Ablenkung. So wünschte ich unserem tapferen Organisten, der Sonntag für Sonntag hingebungsvoll die Orgel spielte, während er alltags einer ungezogenen Kinderschar in der benachbarten Hauptschule ein wenig Rechnen, Schreiben und Lesen beibrachte: „Na mein guter Herr Scheffler, wo wir doch im November immer so wenig Lieder im Gottesdienst singen, da können sie ja noch mal so richtig ausspannen, bevor der Weihnachtsstress losgeht." Ernst schaute er mich an und mit bebender Stimme entgegnete er: „Sie irren sich, denn im November bereite ich die Weihnachtslieder vor, deren stimmungsvolle Ausgestaltung und das neue Kirchenjahr im Lied." Beschämt schwieg ich. Wieder einmal hatte ich vor wissenschaftlichem Eifer das Naheliegende übersehen. Dieser Mann brauchte diesen Monat zum Kraft schöpfen. Da fiel es mir wieder ein. Vor fast zehn Jahren hatte es einen handfesten Skandal in dieser Gemeinde gegeben. Die Frau unseres Orgelspielers war zum Ewigkeitssonntag angeblich zu dem entfernten Grab ihrer Eltern gereist, um es dort in töchterlichem Totengedenken zu schmücken. Jedoch traf man sie in einem drittklassigen Hotel mit dem Referendar der Schule in einem Doppelzimmer an. Die aufgebrachten Kirchenvorsteher wollten damals diesen Umtrieben gründlich Einhalt gebieten und forderten mit Rücksicht auf das Empfinden der Gottesdienstbesucher die sofortige Suspendierung des Organisten und erst nach langen Diskussionen war es meinem Amtsvorgänger gelungen, einen Kompromiss auszuhandeln. Ohne Orgelspiel hätte dem Gottesdienst auch wirklich etwas gefehlt. Unser Herr Scheffler blieb uns erhalten, eine sofortige Scheidung und die Versetzung des Referendars konnte dann wieder etwas vom göttlichen Frieden, nach Jahren der Unruhe, in unsere Gemeinde einziehen lassen. Das war mir wieder gegenwärtig als ich in die gütigen grauen Augen unseres Organisten blickte. „Der Herr bringt seine Ernte im November ein", sagte ich eindringlich, während ich ihm warm die Hand drückte. Ein bewegtes Zittern in seinem Körper bewies mir, dass er mich verstanden hatte.

Ja, liebe Mitchristen, wer hätte das gedacht. In einem solchen tristen Monat sind wir vielleicht viel eher empfänglich für die göttliche Verheißung, die direkt ins Herz gehende Botschaft, als in den leichtlebigen und luftigen Sommermonaten. Es sind Festtage, der Volkstrauertag, der Ewigkeitssonntag, von mir aus auch Totensonntag genannt, sie leuchten aus der Dunkelheit und rufen: „Der Herr bringt seine Ernte im November ein!"

Noch nie habe ich in meiner Amts- und Wirkungszeit es so deutlich gesehen, wie das tröstende Wort in solchem Monat wirkt. Denken Sie doch nur an die Mutter, die im Altenkreis mit Gleichgesinnten das Buch Hiob studiert und weiß, dass die brennenden Kerzen kein hohler Grabschmuck für ihren verlorenen Sohn sind, sondern auf die Ankunft des Gottessohnes verweisen. Da sitzt in der ungeheizten Kirche unser eifriger Organist übt Weihnachtschoräle und hat den Blick fest auf Epiphanias anstatt auf trügerische Grabbesuche und zwielichtige Hotels gerichtet. Schweigsam stapft der biedere Landmann über seine heimatliche

Scholle, nicht zurückdenkend an den vergossenen Schweiß des Beackerns, sondern aufmerksam die junge Saat betrachtend. Alle diese Menschen haben Grund zum Feiern und wir sollten uns ein Beispiel daran nehmen. Zu Beginn haben wir gesungen: „Wenn ich einmal soll scheiden, so scheide nicht von mir." Lassen Sie uns dafür beten, dass wenn der Herr uns eines Tages scheidet, wir zur reichen Frucht gehören und nicht zum Fallobst!"

„Na, Herr Pischornik, die Gottesdienstbesucher haben sich ja zum Schluss noch angeregt mit Ihnen unterhalten. Denen hatte es wohl die Predigt angetan. Wie war denn der Tenor? Oder, einfach ausgedrückt, was meinten die denn so?" „Tja, Herr Pastor, die drei Männer wollten eigentlich Geld, weil das Amt heute geschlossen ist, da habe ich sie wegen Lebensmittelgutscheinen an die Diakonie verwiesen und die alte Frau von Hohenwulsch lässt entschuldigen, dass sie von der Predigt nicht viel mitgekriegt hat. Die Batterie in ihrem Hörapparat ist wohl leer. Das Auswechseln sei immer so schwierig. Ob da nicht einmal die Gemeindeschwester vorbeikommen könnte?"

Friedrich-Wilhelm Schnurz †

Ein Nachruf von Gertrud Scholtz-Vollbracht

Am „Tag der deutschen Einheit" verstarb der berühmte Schriftsteller, Weltbürger und Harzer, unser guter Friedrich-Wilhelm Schnurz nach nur kurzem schwerem Leiden im Kreise seiner Familie. Viele unserer Bürger werden sich an diesen Mann erinnern, der sich engagiert für die weltoffene Harzer Kultur einsetzte. Seine Reisetätigkeit führte ihn zu den entlegensten Orten der Erde, und wir zuhause auf der heimischen Scholle ließen uns von seinen packenden Reisebeschreibungen gern gefangen nehmen. „Mit der Heimat im Herzen die Welt umfassen" - dieses bekannte Zitat von Gorch Fock war ihm stets Verpflichtung. In seinem großen Werk: „Deutsche Leitkultur und ihre heutigen Spuren in der Ukraine" schildert er die Erlebnisse einer Reise in dieses Land im Jahr 2008. Ihn freute das Wiederentdecken des Heldentums der Ukrainer, wie in den schweren Jahren, als er selbst bei Kursk in sowjetische Gefangenschaft geriet. Unsere Werte waren für ihn ein Herzensanliegen. Das durfte ich erleben, als er mit mir gemeinsam eines der vielen Zeltlager der „Wiking-Jugend" besuchte. Die frischen, ordentlich gekleideten, wohlerzogenen Kinder gaben uns Hoffnung auf ein besseres Deutschland.

Das Land der Dichter und Denker ist um einen begnadeten „Schreiber der Wewelsburg" ärmer geworden. Gehe ein nach Walhalla zu den Helden der Feder!

Adventliche Weihnachtswehen

„Nein, es war also ganz reizend! Eine ergreifende feierliche Stimmung." Fräulein Isolde Sebisch schwärmt im Kreise der Worthlarer Literaturfreunde, die sich zur Generalprobe des alljährlichen „Friedrich-Wilhelm Schnurz Weihnachtsgedenklesens" bei der Bergamtmannswitwe Pinzel samt ihrem Kater Giselher zusammen gefunden haben. Sie stößt aber mit diesem emphatischen Ausbruch, der sich auf die Adventsfeier der Kirchengemeinde bezog, nur auf ein mäßiges Echo, da die Begutachtung der selbst gebackenen Plätzchen der Frau Bergamtmann Pinzel weitaus mehr Aufmerksamkeit erregt.

Die Buchhändlergattin Stuppenbrunn tuschelt mit der Löwen-Drogistin Frau Rülpenich: „Selbst gekauft käme der Wahrheit viel näher. Als ich neulich in Bad Herzburg in der Konditorei Bittermeier war, da sah ich doch unsere Bergamtswitwe, wie ein riesiges Paket über den Verkaufstresen gereicht wurde und die Pinzelsche tönte: 'Ihre Plätzchen sind die besten – da schmeckt man die echte Confiserjee! ' Das habe ich mit eigenen Ohren gehört."

„Na, dat is ja wat fies", entgegnet die gebürtige Kölnerin Rülpenich, die auch nach 20 Jahren Worthlar ihr rheinisches Idiom bewahrt hatte. Auch Fräulein Sebisch hat kapituliert und krümelt ein „Deliziös" über ihre Lippen – sie ist bei dem dritten Plätzchen angelangt. Frau Pinzel hat dem keine Aufmerksamkeit geschenkt. Sie ermuntert Giselher: „Na du guter Kater, wenn du brav 'bitte bitte' machst, dann gibt es ein Leckerli."

Isolde Sebisch ist nicht so schnell zu entmutigen. Sie beginnt von Neuem: „Bei der Adventsfeier hatten wir auch viele Tiere im Programm eingebaut. Denn es ist ja auch für Kinder, die auch etwas Bewegung brauchen wie Ihr Giselher" Frau Rülpenich horcht auf: „Bei uns in Dottel gab es zum Tag des heiligen Franz von Assisi auch eine Messe mit Vierbeinern und Segnung, dat hätt aber bei minge Dackel nühs jenützt, der ist trotzdem überfahren worden."

Frau Stuppenbrunn antwortet rasch: „Ach, lassen sie uns doch über unseren Literaten sprechen, wie ich höre haben Sie da auch etwas zum Besten gegeben, nicht wahr, meine liebe?" Sie wendet sich an Fräulein Sebisch. Denn jene wohnte aus nicht ganz uneigennützigen Motiven inmitten einer bunten Schar im Festsaal der Kirchengemeinde „zum guten Hirten" anlässlich der bereits angesprochenen Feier bei. Sie ergreift flugs die Gelegenheit am Schopfe und beginnt ihren Bericht:

„Das müssen Sie sich 'mal vorstellen. Die Frau Schreyer ließ es sich nicht nehmen, trotz ihrer 75 Jahre, den Adventsnachmittag mit einem Ständchen des Blockflötenkreises zu eröffnen." Eindringlich berichtet sie über die so innig vorgetragenen Flötentöne, die in ihrer Klangfülle so recht an eine Atemtherapiegruppe der südlich von Worthlah gelegenen Lungenheilstätte 'Fichtenfrische' erinnerten. Besonders das festliche „Macht hoch die Tür – die Tor macht weit...ein König aha-aller Kö-önigreich" mit leicht angeschrägtem „h", welches die Melodie verlangt, ließ die fragile Tonstabilität deutlich hervortreten. Einige Kinder winkten im Wiegenrhythmus mit Papiersternen, jedoch nur der Sohn der Leiterin vom Mütterkreis saß seelenruhig am Rand der Bühne und riss die Zacken seines Sternes ab. Als er zu weiterem Schwenken aufgefordert wurde, warf er sich brüllend auf den Boden und trommelte mit den Fäusten auf selbigem herum. Seine Großmutter Ernestine dachte, es gehöre zur Aufführung und klatscht begeistert Beifall, sodass die Pfarramtssekretärin Schwierigkeiten hat den Gedichtvortrag „Weihnachtswehen" des berühmten Heimatdichters „Friedrich-Wilhelm Schnurz" anzukündigen. Mit Applaus wurde der Name der Vortragenden bedacht, die sonst in ihrem Amt als Notenwart des Kirchenchores ein eher unbemerktes Dasein fristet: Fräulein Isolde Sebisch.

Sie zwängt sich voll froher Erwartung auf ihren Auftritt durch die Stuhlreihen, welche kaum durch das Stolpern über die Strickjacke der Kirchenvorsteherin Olga Braunscheit und dem anschließenden Umwerfen einer vollen Teetasse beeinträchtigt wird. Auf der Bühne nimmt sie am Tisch Platz, haucht ihre Brille an und trinkt einen Schluck Wasser. Dank der erwartungsfrohen Stille ist deutlich von zwei Konfirmanden zu vernehmen: „Was will denn die Trockenpflaume da vorne?"

Weihnachtswehen
von Friedrich – Wilhelm Schnurz

Der Graf Pieselke
wippt im Schaukelstuhle
im Takte am Revers die Nelke.
In die lehmbraune Kuhle
vor dem Hause staubig trocken
fallen erste Schneeflocken.

An der klirrenden Kette
jault Franz-Josef der Dobermann,
ein Huhn gackert mit um die Wette
- Knoschten zündet das Brennholz an;
in dem Schuppen aus Brettern
üben Flammen das Klettern.

Der edle Graf seufzt vernehmlich
nun ja, wehmütig er bekennt:
„der Knoschten ist zu dämlich."

Doch brummelt er: „Ist ja Advent.
Doch brennen sollen nur die Kerzen
wie des Töchterleins Herzen.

Jene schaut nach den Pferden,
schüttelt ab Kummer und Harm,
denkt an ein neues Werden.
In ihrem Herzen ist's nicht warm -
es fehlt die Weihnachtsgans im Darm.

Ein Stern fällt vom Himmel;
sie spürt den Gruß vom Läutenant.
Unter lautem Gebimmel
die Schlittenfahrt ein jähes Ende fand.
Im Schneematsch auf dem Acker
steckt fest der geliebte Racker.

Versunken nun stehen sie beisammen,
Knoschten, Tochter und Lieutenant.
Der Schuppen wird ein Raub der Flammen.
Des Grafen Diener kommt zum Schlitten gerannt,
er ruft: „Herbei, oh ihr Frommen!
Der Advent ist gekommen. "

Es empfängt Graf Pieselke
Knoschten, Tochter und Offizier,
schnuppert an der Nelke,
singt: „Macht hoch die Tür!
Knoschten von alleine brennt der Schuppen,
Los, Geh' lieber 'mal die Ente ruppen. "

Festlich muss der Diener verkünden:
„Gegrüßet sei der Schwiegersohn in spe.
Vergeben sind die Sünden.
Durchlaucht trennen sich von Gut Gänsesee. "
Graf Pieselke schmunzelt: „Euer Lehen. "
Töchterlein strahlt: „Die Weihnachtswehen. "

Es ächzt des Schuppengebälk,
dort hinein flieht das Geflügel.
Der Abendsonne zartrosa Gewölk
steht über dem Aschenhügel.
Drunter die Ente, dann Knoschten hinterher
Jetzt sieht man Beide nicht mehr.

Derweil im gräflichen Salon
knallt der Korken vom Champagner.
Graf Pieselke tönt vom Chaiselongue:
„Prost, Tante Tanja!"
Sie sind sich einig, Tanjas Sohn nämlich
der Knoschten – war abgrundtief dämlich.

Heftiger Applaus krönt den Vortrag. Zurück an ihrem Platz erklärt Fräulein Sebisch: „Kaum jemand hat unsere Heimat atmo-
sphärisch dichter und poetischer in Worte gefasst als Friedrich-Wilhelm Schnurz." "Ist mir schnurzpiepe", brummt Klempner Dengler. Isolde Sebisch lässt sich nicht so schnell entmutigen: „Das ist Kunst, die hohe Dichtung, die das Innerste aus-
drückt!"

„Mir ist eine Dichtung lieb, die das Innerste im Rohr zurückbe-
hält. Einmal Weihnachten ohne wegen einer vergammelten Dichtung zu Kunden rausfahren zu müssen, weil die Weihnachtsgans
im Keller Schwimmübungen machen kann. Doch Obacht! Jetze
muss meine Enkelin die 'sterbende Gans' oder so tanzen." „Das
hat ja wohl weniger mit der Dichtung zu tun, darf ich wohl annehmen", entgegnet Fräulein Sebisch spitz. Der Handwerker
bleibt unerschütterlich: „Na, warum glauben Sie, tue ich mir das
Brimborium hier an? Es geht um die Cordula." Da irrte der
Mann. Denn vor der Pantomime der Kindergruppe wird erst einmal gesungen. Auf einen Wink von Pastor Kallmann werden die

Kerzen an der Fichte angeknipst. Organistin Brosse intoniert am Harmonium: „Am Weihnachtsbaume die Lichter brennen...".

Da hält es auch den graubärtigen Installateur nicht mehr. Er schmettert mit Begeisterung: „... die Tante Lene hat falsche Zähne und krumme Beene fest und starr..." Verärgert beißt Fräulein Sebisch in einen Lebkuchen, der von der Frauenhilfe gebacken worden war. Die Nachbarin hatte das Gebäck besonders empfohlen. Isolde Sebisch ist in diesem Moment dankbar, dass sie im Gegensatz zur Tante Lene über ein gesundes Gebiss verfügt und begreift die Adventsbotschaft ihrer Nachbarin, die die Lebkuchen als einen besonders guten Jahrgang anpries, der heute nicht mehr so oft vorkäme.

Viel Zeit ihrer üblen Laune nach zu gehen hat Fräulein Sebisch jedoch nicht. Der Chor ist erst nach den „Sonntagskindern" dran. Jene sind die unvermeidliche Beigabe junger Eltern, die zum Gottesdienst kommen und wegen der hohen Sterblichkeit der restlichen Gemeinde bei Laune gehalten werden müssen. Frau Oberstudienrätin Schlegarstig hat mit Hinweis auf ihren Tinnitus in einer Kirchenvorstandssitzung durchsetzen können, dass die Kinder, die meist aus Kasachstan stammen, während des Gottesdienstes im Gemeindesaal in deutschen Volksliedern und der korrekten Benutzung sanitärer Einrichtungen unterwiesen werden, während die Eltern mit all den anderen Gemeindegliedern ungestört sich der Andacht und Erbauung widmen können. Als Dankeschön für dieses selbstlose Engagement der pensionierten Lehrerin hatten die Sonntagskinder das Weihnachtsspiel: „Olga, die sterbende Gans und das Kerzenwunder" eingeübt. Die Handlung ist schnell erzählt: zu Weihnachten soll eine Gans geschlachtet werden, die die Kinder der Kulakenfamilie vorher vom Küken an aufgepäppelt haben. Als sich das Fest nähert, was kurzerhand vom 6. Januar auf den Heiligabend verlegt wurde, da reißt die Gans aus und flieht in die Kirche, wo sie unter der Kerze bei der Madonna goldene Eier legt. Dadurch wird das Schlachten abgeschafft und es gibt zu Weihnachten nur noch Hirseklöße an Chicorée mit Preiselbeertunke und Ahornsirup.

Frau Oberstudienrätin hatte persönlich in die Regie eingegriffen, weil nach ihrer Meinung der vegetarische Aspekt in der russischen Version nicht ausgeprägt genug erschien. Das Schauspiel beginnt. Mütter, Großmütter und Tanten sind hingerissen, während der Anteil männlicher Besucher deutlich abgenommen hat. Das liegt daran, dass der Küster Rautendorf vor dem Gemeindehaus den Gasgrill in Betrieb setzte und erste Würstchen den Grillduft auch in den überhitzten Gemeindesaal tragen. Inoffiziell ist auch das Bierfass bereits angestochen und der Glühwein dampft vor sich hin. Drinnen jedoch spielen die Kinder mit glühenden Wangen und die Enkelin von Klempner Dengler tanzt mit der zum Tode verurteilten Gans. Zu den ekstatischen Klängen des einzig in der Gemeinde vorhandenen Orffschen Instrumentes, einem altersschwachen Xylofon, auf dem drei Kinder verbissen herumhämmern und einem Tambourin, der meditativen Tanzgruppe, von deren Leiterin getupft, damit das Chakra nicht herausfällt, soll nun die Gans unter die Kerze der Madonna flüchten. Die Madonna spielt die sechsjährige Magdalena, Tochter des zweiten Pastors Kallmann, der erst durch diese Besetzung einer tragenden Rolle seine grundsätzlichen theologischen Bedenken hinten anstellen konnte. Die Gans ist eigentlich ein Schwan, der dem Sohn des Vorsitzenden des Kirchenvorstandes gehört und der ihn sonst als Schwimmhilfe benutzt. Der Küster kam auf den Einfall das Plastetier gehörig aufzublasen, doch mangels Luftpumpe blieb ihm nichts anderes übrig, als den Blasansatzschniepel mit der Propangasflasche zu verbinden. Die Kinder waren begeistert über das prall gefüllte Tier. Jetzt, wo sich das Drama seinem Höhepunkt nähert, müsste es doch dem Erzähler zu denken geben, ob nicht die beste Füllung für Geflügel aus Zwiebeln und Äpfeln bestehen sollte. Indes – Magdalena kann nicht mehr stehen. Sie wechselt von einem Fuß auf den anderen. Dabei geschieht es, dass ihr das Kerzenwachs über die Finger kleckert. Sie schreit auf, just in dem Moment wo die Schwanengans sich unter die Madonna mit Kerze flüchten will. Die Enkelin von Klempnermeister Dengler versucht noch das Kunststoffgeflügel dem heißen Wachs und der verzehrenden Flamme zu entreißen, sie packt die Gans fest, doch am Schnabel ist der Plast bereits erweicht, der Gasüberdruck wird schlagartig abgebaut und aus dem Schnabel der Gans zischt eine Stichflamme in Richtung Magdalena, die nun einer eher flambierten Ikone gleicht. Frau Dompfaff, die unter kaum merklicher Schwerhörigkeit leidet, klatscht begeistert Beifall und schwärmt noch längere Zeit von diesem bezaubernden Kindertheater mit dem Feuer speienden Drachen.

Küster Rautendorf beweist, dass er jeglicher Lage gewachsen ist. Er nimmt den Putzeimer, der zum Reinigen des Grills bereit steht und kippt den Inhalt über die Darstellerinnen. Das Plastegeflügel wirkt schlaff und hat sich offenkundig völlig verausgabt. Nur der Sohn des Kirchenvorstehers heult über das Hinscheiden seines „Schwimmschwanes" und spricht deutlich das aus, was er vorhin bei den Männern draußen an der Theke neben dem Grill gehört hat: „Scheißweihnachten!"

Hektisch ruft Organistin Brosse den Kirchenchor zusammen. Im Bass und Tenor klaffen deutliche Lücken: „weil der Glühwein sonst kalt wird", begründet ein Sänger seine Abwesenheit. Fahrig stimmt sie den Chorsatz an: „Zünd an, zünd an in uns ein Licht..." In der allgemeinen Hektik beginnen die Stimmen jede in einer anderen Tonart, das dem romantischen Werk einen spröden

Klang verleiht. Der Sopran klingt so melodisch, als ob mitten im kalten Winter eine Straßenbahn durch eine enge Kurve fährt. Das schadet aber nichts, da eh' Keiner zuhört.

Die Diakonin Klara Kurzer hat davon nichts mitbekommen. Sie hat letzte Hand angelegt für den Abschluss des offiziellen Teiles: das alljährliche Konfirmandenkrippenspiel in der Kirche. Es gilt als der Höhepunkt jugendlicher Gemeindeaktivität. Dazu wurden Konfirmanden ausersehen, die noch nicht die erforderliche Anzahl an Gottesdienstbesuchen aufweisen. Durch ihr Mitwirken bei dem Krippenspiel erhalten sie die einmalige Gelegenheit ihr Punktekonto aufzubessern. Diese Chance ist zugleich die Motivation zur eindringlichen Darstellung des weihnachtlichen Geschehens.

Klara Kurzer lässt es bei der Gestaltung an nichts fehlen. In der Kirche ist ein Stall aus Waschmittelkartons aufgebaut, von der Kanzel hängt an dünnen Drähten ein Blinkstern aus dem Kaufhaus und statt Ochs und Esel blökt ein Schaf und eine Ziege. Letztere probiert derweil, ob der Kokosläufer essbar ist. Küster Rautendorf sind diese Krippenspiele ein Gräuel, doch hat er jetzt andere Sorgen – außerdem darf das Bier nicht schal werden.

Endlich versiegt das Geraune und die Diakonin sagt das Krippenspiel an. Die Mütter sind wiederum hingerissen; auch vereinzelte Väter haben sich nun eingefunden. Die Konfirmanden haben ein Weihnachtslied einstudiert, welches sogleich erklingen soll. Die Diakonin ist zu vernehmen: „Stäärn über Beetlähäm zeig uns den Weech, füahr uns zur Krüppe hün, zeig wo sie stääht...". Die Konfirmanden liefern einen undefinierbaren Klangteppich, die Gitarre besticht durch ein gleichförmiges „Schrumm schrumm..." Danach begibt es sich, dass die Konfirmanden nun in den Dialogen wetteifern, wer am tonlosesten und am schnellsten durch die

Zielgerade gehe. Das Ganze hat etwas von preisgekrönter österreichischer Nöhlliteratur, gewissermaßen Elfriede Jelinek auf der Überholspur der A 1 südlich von Köln morgens um halb drei.

Das Mienenspiel der Akteure verrät ein alleiniges Interesse daran, von anderen nicht gesehen und gehört zu werden. Misstrauisch wird nach möglicherweise bekannten Gesichtern im Publikum gefahndet, während Maria und Elisabeth bei dem: „...voll der Gnade bist du und gesegnet sei die Frucht..." die restlichen Worte in nicht enden wollendem Gekicher ersticken.

Küster Rautendorf ist Tischler. Zu Hause ist die Modelleisenbahn sein ganzer Stolz. Für sämtliche Versorgungsleitungen verwendet er einen dünnen Draht, der unauffällig ist. So hat man in der Kirche den Eindruck, dass der Himmelskörper am Firmament schwebt. Dem Blinkstern bekommt dies allerdings nicht so gut. Die Glühlämpchen benötigen viel mehr Strom als sein Güterzug, Sie sind direkt an die Steckdose angeschlossen. Dadurch überhitzen sich mit der Zeit die Drähte, die Isolierung schmilzt und ein plötzlicher Kurzschluss verteilt einen letzten Funkenregen über den Stall, bevor die Dunkelheit den Ort des Geschehens überdeckt. Gerade in dem Satz der heiligen drei Könige: „Schau nur, da bleibt der Stern stehen, dort muss es sein..." erlischt das Licht, Schaf und Ziege werden nervös und reißen sich los. Nachdem der Küster die Taschenlampe gefunden hat und die Sicherungen wieder einschraubt, ergreifen die Konfirmanden die Gelegenheit um die Tiere wieder einzufangen, was nicht ohne Gejohle abgeht und den Zuschauern ob des urplötzlich entfalteten Talentes zu ungezwungenen Bewegungen und ebensolcher Sprechweise ein Erstaunen abnötigt. Die Aufregung blieb bei den Tieren natürlich nicht ohne Folgen für deren Verdauung und in eine dieser Hinterlassenschaften tritt die moralisch entrüstete Frau Oberstudienrätin Schlegarstig, was ihr einen Kommentar entschlüpfen lässt, der sich absolut mit der Überzeugung des kleinen Kirchenvorstehersohnes zum Weihnachtsfeste deckt. Fräulein Sebisch jedoch ist bereits längst durch das Kirchenportal entwichen.

Jetzt hat sie sich heiser geredet. Sie nimmt eine Tasse Tee und Frau Rülpenich ergreift die Gelegenheit zum Kommentar: „Also, dat is wat lustich, wat se da verzällt han..."

Die Frau Bergamtmannswitwe Pinzel verzieht die Mundwinkel: „Na das muss ja dort ein buntes Treiben gewesen sein. Ich bin ja für eine moderne Kirche – aber man darf es nicht übertreiben. Unser Dichter, der Friedrich-Wilhelm Schnurz, ist Gott sei Dank erhaben über solch' Kirchenklamauk. Da muss ich nur eine Zeile von ihm lesen und ich bin entrückt von allem Gewöhnlichen. Fräulein Sebisch, ihr Engagement in Ehren, aber denken sie einmal bei Ihren Lesungen an die Säue der Perlen!"

Frau Rülpenich lässt einen Keks auf den Boden fallen: „Na dat is ja ne Sauerei! Han se denn niet ihren Giselher 'ne saubere Katzenklo hinjestellt?" Dä hätt jet wat op de Perser jemaat! "

Während der Übeltäter den zu Boden gefallenen Keks verspeist, lässt sich die Buchhändlergattin Stuppenbrunn vernehmen: „Das mit dem Herrn Schnurz – also das greift zu kurz! Der hat uns doch zusammen mit der Leiterin der städtischen Bücherei, dieser Frau Scheuss, welche ja nebenbei im Taubstummenheim als Referentin für Rhetorik tätig war, uns tatsächlich so bequatscht, dass wir 200 Exemplare seiner Lyrik-Sammlung: „neblige Gräber in Humms Schächten" gekauft haben und die uns garantierte Abnahme im Altersheim „Schweineteichs Ende" durch den Prozess, den Pastor Schlunger angestrengt hatte, vereitelt wurde. Bloß, weil da so ein paar Alte ihr überzähliges Vermögen nicht der Heimleitung schenken wollten, die hatten doch sonst niemanden als Erben. Anstatt sich über die Verpflegung zu beschweren, hätten sie besser mit geistiger Nahrung ihren Hunger stillen sollen. Greise sind egoistisch. Die haben uns einfach auf den Schwarten sitzen gelassen. Wegen diesem Pastor Schlunger wurde das Altersheim geschlossen und darum diese teuren Bücher nicht gekauft, denn Schnurz musste ja im Eigenverlag drucken lassen und war deshalb meist um Kleingeld verlegen, wofür wir dann bluten mussten. Ich habe übrigens einige Exemplare davon mitgebracht. Sogar mit Widmung. Das sollten Sie sich einmal unverbindlich anschauen. Ich kann auch auf größere Scheine entsprechendes Kleingeld herausgeben."

Lang ist nicht kurz,
egal nicht schnurz.
Große Ideen
ein flüchtiges Wehen
vom Winde des Meisters
in die Welt geblasen.

Ein ewiger Wrasen.

(Friedrich – Wilhelm Schnurz aus: „An Kunstergüssen Schwafylons")

Weihnachtsmarkt in Worthlar

Man fragt sich:
Enthält dieser Glühwein Methanol? Oder handelt es sich um die konservative Endlösung zum Eindampfen des Landeshaushaltes, im Sinne von mehr Eigenverantwortung in Verbindung mit Verteilung privater Almosen statt Sozialpolitik?
Anno 2005 strich die berüchtigte Ministerin Für Familie, Soziales und Gesundheit *Undine vom Leiden* das Landesblindengeld.

Bleibe im Lande und verkümmere redlich

1965:

Die Felder waren bereits abgeerntet, die Bäume entblätterten sich, doch die späte Oktobersonne sorgte noch für eine gewisse Wärme, welche die beständig zwischen einem Möbelwagen und dem Wohnhaus pendelnden Personen ins Schwitzen brachte. Die Bewohner dieses Hauses „An der Untermühle 3" sahen nur selten einem Umzug zu. Schließlich beherbergte dieses Vierfamilienhaus meist Mieter in den besten Jahren, die keinerlei Notwendigkeit sahen ihren Wohnsitz in dieser ‚Perle des Vorharzes' mit einem dieser womöglich völlig heruntergekommenen Dörfern, geschweige denn mit einer lärmenden und unsittlichen Stadt zu vertauschen. Hier pflegte man sein Leben zu verbringen, denn woanders würde auch nur mit Wasser gekocht, so hörte man es immer wieder. Im Erdgeschoss rechts lebte bereits der Sohn, der nach dem Tode seiner Eltern mit Frau und Tochter eingezogen war. Seine Eltern waren die ersten Mieter, die das schmucke Gebäude in dem damals so beliebten Heimatschutzstil bezogen. Es waren Dienstwohnungen für die Wachmannschaft eines Arbeitslagers, das abseits in einem Waldstück verborgen, die notwendigen Arbeitskräfte für den Kalksteinbruch lieferte. Der Steinbruch war längst stillgelegt und die Baracken im Wald riss man nach den letzten Flüchtlingsströmen in den Fünfziger Jahren ab. Die Familie Jeckeln jedoch gab nur sehr widerwillig Auskunft über die Geschichte dieses Hauses. Auch schaut kein Familienmitglied aus dem Fenster, wie es die anderen Bewohner tun, um mit guten Ratschlägen den Wedekinds bei der Umzugsarbeit zu helfen. Allein Frau Rösener, welche gegenüber den Wedekinds wohnt, nimmt den Jungen, die im Grundschulalter sind am Möbelwagen die Kartons ab, um sie einem Möbelpacker zu reichen, der schon Mühe hat, den sich füllenden Laderaum gut auszunutzen. Nach über einer Stunde wird die Ladeklappe geschlossen und Wedekinds verabschieden sich von Frau Rösener. Sie kann es sich nicht verkneifen an die Entscheidung Grastede den Rücken zu kehren, zu kommentieren: „Meinen Sie in Ledeburheim ist es besser? Hier haben Sie doch alles, gesunde Luft, nette Leute, einen guten Arbeitsplatz. Bleibe im Lande und nähre dich redlich." Herr Wedekind schüttelt den Kopf: „Nee, lassen Sie man. Die neue Wohnung ist gerade fertig geworden und bietet mehr Komfort. Außerdem, was glauben Sie, wie lange wird wohl noch die Zuckerfabrik in Grastede arbeiten? In Nordharingen haben sie die Fabrik schon dichtgemacht. Es heißt, dass in Deutschland in jedem Jahr eine Zuckerfabrik verschwindet. Auf der Hütte habe ich einen guten Job. Schichtarbeit kenne ich ja, wenn man an die Rübenkampagne denkt und im Stahlwerk suchen sie jetzt jede Menge Leute. Der Verdienst ist besser als hier." Stattdessen erfolgt die Frage: „Sie haben ja gar nicht diese schöne Anrichte verladen. Ist die noch oben in der Wohnung?" Herr Wedekind nickt: „Die passt nicht zu unserer neuen Wohnung, das Wohnzimmer wollen wir neu einrichten. Als Brennholz wäre die Anrichte zu schade, obendrein haben wir auch Zentralheizung. In der nächsten Woche kommt ein Cousin von mir, der holt die ab." Der Möbelwagen fährt los, während die Wedekinds zu ihrem VW stapfen, der ebenfalls voll beladen ist. „Auf Wiedersehen", ruft Frau Rösener hinterher und bemerkt, dass die junge Frau Jeckeln neben ihr steht. Frau Jeckeln drückt ihre Gefühle in einem Satz aus: „Kann ich verstehen, dass die von hier weg wollen. Ich bin ja auch nur wegen meines Mannes hier." Frau Rösener empfindet das als Angriff: „Das liegt doch an einem selbst, wenn man sich aber von der Dorfgemeinschaft ausschließt, muss man sich nicht wundern. Das ist überall so. Kommen Sie doch zu unserem Landfrauennachmittag. Da werden Sie sich nicht langweilen." Frau Jeckeln müht sich ein „vielleicht" ab.

1993:

In der dritten Etage der Wohnanlage „Am Oderberg" hält Frau Wedekind Kaffeekränzchen. Erschienen sind: Fräulein Sebisch, das Ehepaar Gargelow und Cousin Bernward. Das Geplauder schwenkt zu den „Gründerjahren" dieser Wohnanlage. Frau Wedekind ergeht sich in der Schilderung über die Umgebung, als sie gerade einzogen. Von der durch Baufahrzeuge gestalteten Landschaft zwischen Erdwällen herausragenden ungefügen Betonklötzen, die tausend Menschen ein neues Obdach geben sollten. Junge Leute waren es vor allem, wie sie selbst. Wenn die Maschinen schwiegen, ertönte vielstimmiges Kindergeschrei zwischen den glatten Betonwänden. Die Blumenkästen der neuen Mieter boten die einzigen Farbtupfer in dem Gelände. Die Sonntagsspaziergänge wurden zu Gratwanderungen zwischen lehmigen Wasserlachen und aufgehäuften Bauabfällen. Diese Idylle wurde zusätzlich von ohrenbetäubendem Radiogeplärr untermalt, besonders wenn ein Fußballspiel stattfand. Doch im Rückblick meint sie versöhnlich, sei es ein kollektives Leben in abgezirkelten Käfigen gewesen, die Kommunikation angefüllt mit Geräuschen aus den benachbarten Wohnungen. Aber, wenn Besuch kam, dann hieß es: „Schön habt ihr es hier." Gewissermaßen als Eingangswort, wie bei der Liturgie im Sonntagsgottesdienst. Spätestens bei der Besichtigung des Badezimmers wurden Rufe des Erstaunens laut, dass heißes Wasser aus Hahn und Brause ohne angeheizten Badeofen ständig nutzbar wäre. Ihr Mann habe dann stets darauf hingewiesen, wenn es gerade jetzt noch so wüst draußen aussähe, Blumenrabatten angelegt und Büsche gepflanzt würden. Auch an die Spielplätze sei gedacht worden. Sie konnte es sich dann nie verkneifen, dass sie in dem nahen Supermarkt als Kassiererin arbeiten würde. Es werden einige Anekdoten aus der damaligen Zeit ausgetauscht. Die Erinnerung glitzert wie Lametta über der rauen Wahrheit, bis Frau Wedekind in der Gegenwart ankommt.

Sie beklagt, dass beide Jungs nun aus Ledeburheim weggezogen seien. Aber sie gäbe die Hoffnung nicht auf, dass der Ältere vielleicht sich an das Amtsgericht Ledeburheim versetzen lassen würde. Ihre Schwiegertochter, die eine waschechte Salzhäuserin sei, habe so eine Andeutung gemacht. Rechtspfleger würden überall benötigt. Da wäre auch schon die Rede gewesen von Familienplanung. In der Wohnanlage seien bloß die Alten noch übrig geblieben. Die leerstehenden Wohnungen werde mit Aussiedlern und so einem „Zeugs" gefüllt. Jetzt käme die Polizei fast täglich vorbei. Diese Russenbengel würde mit Drogen handeln, sich besaufen und Schlägereien mit den türkischen Jugendlichen anfangen. Das belaste sie und ihren Mann doch sehr. Cousin Bernward, dessen Frau vor einem Jahr an Krebs verstarb, ist im Stadtentwicklungsamt tätig. Er erwähnt zum Erstaunen aller, dass die Bebauung, des Weißbachtales am Ortsrand von Bad Salzhausen genehmigt worden sei und man dort junge Familien ansiedeln wolle. Ob das nicht etwas für den Neffen wäre? Diese entscheidende Wendung in der Gesprächsrunde bewirkt einen Stimmungswechsel. Es darf wieder fabuliert und geplant werden, wenn auch nur zuerst in Wolkenkuckucksheim. In der Tat war im „Flothe-Rundblick" zu lesen, dass der Einwohnerschwund in Ledeburheim an die Substanz der Großstadt ginge und bei unverändertem Trend Ledeburheim unweigerlich seinen Großstadtstatus verlieren würde.

2015:

Das Lehrerzimmer zeigt eine fast gähnende Leere. Es ist Mittagspause und bis Konferenzbeginn sind es noch eineinhalb Stunden. Zwei Herren sitzen auf dem Sofa. „Jens, hast du Lust noch ein Kaffee und ein Brötchen zu verspeisen, bevor diese ätzende Konferenz losgeht. Die dauert garantiert bis sechs Uhr." „Steht wieder einmal ein Referat zur ‚einheitlichen Heftführung' von der Simone auf dem Programm? „Glücklicherweise nicht, aber der Chef will eine Diskussion zu unserem Schulprofil und unserer Leitidee anstiften. Da sind alle Karrieristen gefragt, seine Ideen auf eine etwas andere Art mit derselben Aussage vorzutragen." „Na da wittert doch unser Oberdenunziant Miesefelder gleich Morgenluft. Der geiert doch schon seit langem auf eine A 15 Stelle. Lass' uns gehen."

Wenig später sieht man die beiden Herren an einem Bistrotisch stehend in der Bäckerei „Friebold", etwa drei Gehminuten von dem Humboldt-Gymnasium entfernt. Der jüngere, ein sportlicher Typ, glattrasiert mit zarter Nickelbrille und sein Gegenüber ein untersetzter Mann mit einem Haarkranz, nicht unähnlich dem Senator Gaius Julius Caesar, mit dessen Lektüre er bereits Schülergenerationen quälte – man hätte sie für Vater und Sohn halten können. „Bodo, kannst du dir vorstellen, wie wir es genießen, dass seit einer Woche unser Jüngster durchschläft?" Der Angesprochene stimmt ihm zu: „Das war bei uns auch so. Unsere Daniela hat glücklicherweise schon bald durchgeschlafen. Du wohnst mit deinen Eltern zusammen?" Jens beißt in sein Brötchen, es krümelt und nimmt danach einen Schluck Kaffee. „Bei uns ist das so eine Art Generationenwechsel. Meine Eltern haben das Haus kurz nach der Wende gebaut. Da kamen seinerzeit viele Ossis, um ihr Glück bei uns zu suchen. Da wurden Wohnungen wieder knapp. Mein Vater ist ja gleich nach Abitur und Bundeswehr zur Ausbildung an das Amtsgericht Osnabrück gegangen. Nestflucht liegt wohl in unserer Familie. Meine Mutter hat er ja dort kennengelernt. Aber er ist dann zurück nach Ledeburheim, als sein Onkel ihm steckte, dass das Bebauungsgebiet „Weißbachtal" genehmigt war. Als das Haus im Weißbachtal endlich fertig war, wollten meine Großeltern erst nicht dort einziehen. Da wurde ich dann geboren. Nach dem Abi habe ich nur noch Zivildienst in der Kirchengemeinde „zum guten Hirten" gemacht. Die alte Schlegarstig hat mich da noch gepiesackt. Ich hatte mir geschworen, nie wieder zurückzukommen. Mit Mareike bin ich nach Marburg aufgebrochen. Sie hat dann aber ihr Soziologie-Studium beendet. Nach meinem Referendariat in Kassel drängte sie mich nach Ledeburheim zurückzukehren. Das war schon belastend. Ich habe dann nachgegeben. Die Großeltern waren schon tot und wir zogen bei meinen Eltern ein. Wir haben das Haus erweitert. Die obere Etage reicht über die Garage. Das Zusammenleben klappt gut. Sie unterrichtet Yogisches Fliegen, ayurvedische Medizin und Ganzheitlichkeit an der Malldorfschule. Als unser Norman geboren wurde, haben wir seine Nachgeburt in der Kühltruhe eingefroren und im Frühling in ein Erdloch gelegt und einen Apfelbaum darüber gepflanzt. Ich habe meine Frau noch nie so glücklich gesehen. So etwas bewirkt tatsächlich die Liebe zur Scholle!"

Zur Person von Albert-Leo Schlageter:
(1894 - 1923)

Quelle: LeMo - lebendiges Museum online,
© Andreas Michaelis,
Deutsches Historisches Museum, Berlin, 14. 09. 2014, Text: CC BY NC SA 4.0

Sein Leben im Lauf des Jahres 1923 :

- Januar: Teilnahme am ersten Parteitag der NSDAP in München. März: Die Ruhrbesetzung durch französisches und belgisches Militär löst aktiven und passiven Widerstand aus. Schlageter organisiert und leitet einen Stoßtrupp für Sabotageakte gegen die Besatzungstruppen.
- 7. April: Schlageter wird in Essen verhaftet.
- 7. Mai: Ein französisches Militärgericht verurteilt Schlageter zum Tode.
- 26. Mai: Albert Leo Schlageter wird in Düsseldorf hingerichtet.
- 10. Juni: In München findet auf Initiative der NSDAP eine Gedächtnisfeier für Schlageter statt. Er wird fortan als Märtyrer der nationalsozialistischen Bewegung geehrt.

Dieser beschriebene Gedenkstein befand sich noch nach 1975 als ein Quarzitfelsen auf der sogenannten „Hanskühnenburg", neben einem Aussichtsturm in 750 m Höhe 'Auf dem Acker' im Oberharz. Ein pensionierter Förster, nebst obligatorischem Dackel, empörte sich über diese Missetat, dass Vandalen ein Stück von diesem Gedenkstein abgeschlagen hatten. Jenes Verbrechen an der deutschen Geschichte inspirierte den Autor zu einem Textbeitrag für das Projekt „Lesezeichen" in der Kunstpraxis von Inge van Kann in Mechernich anno 1990